# 汤姆索亚历险记
## The Adventures of Tom Sawyer

马克·吐温
Mark Twain

## 图书在版编目（CIP）数据

汤姆·索亚历险记/（美）马克·吐温（Twain, M.）著；楼文宗译.
一北京：华艺出版社，2009.7
（世界名著经典文库系列）
ISBN 978-7-80142-826-4

Ⅰ.汤…　Ⅱ.①马…②楼…　Ⅲ.儿童文学-长篇小说-美国-近代
Ⅳ.I712.84

中国版本图书馆CIP数据核字（2007）第051565号

**汤姆·索亚历险记**

| | |
|---|---|
| 著　　者： | 马克·吐温 |
| 译　　者： | 楼文宗 |
| 责任编辑： | 华仁 |
| 封面设计： | 崔娱 |
| 版式设计： | 天麦艺擘设计制作 |
| 出版发行： | 华艺出版社 |
| 社　　址： | 北京北四环中路229号海泰大厦10层 |
| 邮　　编： | 100083　电话 82885151 |
| 印　　刷： | 北京市顺义兴华印刷厂 |
| 开　　本： | 880×1230　1/32 |
| 字　　数： | 140千字 |
| 印　　张： | 7.625 |
| 版　　次： | 2009年7月北京第1版第1次印刷 |
| 书　　号： | ISBN 978-7-80142-826-4/I·393 |
| 定　　价： | 12.00元 |

# 目录

一

作品导读

充满野性的童真天地

——马克·吐温和他的作品

二

延伸阅读

三

《汤姆索亚历险记》全文

# 作品导读

# 充满野性的童真天地
## ——马克·吐温和他的作品

马克·吐温（Mark Twain 一八三五——一九一〇），美国著名作家，世界著名的短篇小说大师，被誉为"美国文学中的林肯"。马克·吐温原名塞缪尔·朗赫恩·克里门斯，一八三五年十一月三十一日出生在美国密西西比河畔小城汉尼拔，一个乡村中贫穷的律师家庭，父亲是一名律师，但收入极微薄，家庭的负担很重。为了摆脱生活困境，于是全家迁移到密西西比河岸边的肯尼波尔城。这里有许多未曾开垦的土地，满目荒凉。童年的马克·吐温经常到附近的农场和黑人孩子一起玩耍，听黑人大叔丹尼尔娓娓讲述动听的童话故事。多年后，他还说过这样的话："直到现在，我还是像当时那样，乐于看到黑面孔。"

十二岁时，马克·吐温失去了父亲，他被送到一家印刷所当学徒。这里仅供吃穿，不发工钱。后来，他出外谋生，来往于密西西比河沿岸的各个城市，到处流浪。他曾经做过很多工作：送报人、排字工人、学徒工、密西西比河上的水手、舵手、南军士兵，还经营过木材业、矿业和出版业。在工作过程中，他饱览了密西西比河沿岸的风土人情和自然风光，接触了各种各样的人，并细心地观察他们的生活，熟悉他们的性格，从中获得了许多知识。这样的经历，为他后来的创作累积了丰富的素材。

当时，在密西西比河上航行的轮船通常以十二英尺的水深为安全水位。所以，当水手们喊出"两倍六英尺水深——Mark Twain"时，处于高度警觉的掌舵手就有了安全感，可以放心驾驶了。这段水上生活给塞缪尔留下了深刻的印象。一八六三年，塞缪尔在内华达向一家报社自荐担任记者，开始写文章，并频繁地发表文艺作品。在他要离开热爱的领航员工作时，心中感到无限的眷恋。为了

纪念在密西西比河上的生活，他就选用了水手们常喊的"马克·吐温"这句话，作为发表文章的笔名。

一八六五年，马克·吐温在旧金山把社会上广为流传、关于加州金矿的故事加工成《卡拉维拉斯著名的跳蛙》出版。在短短的几个月里，马克·吐温的名字随着《卡拉维拉斯著名的跳蛙》传遍了文坛。一八七〇年，马克·吐温与奥莉维娅·兰登结婚，婚后不久即迁居康乃狄克州的哈特福德。马克·吐温在七十和八十年代的重要作品大都是在那里写成的，其中包括他的长篇代表作《顽童历险记》。

从十九世纪八十年代末到二十世纪初叶，马克·吐温遭受了一连串的打击，生意受挫，丧妻丧女。《败坏了赫德莱堡的人》就是在这一时期写成的。晚年的马克·吐温文名愈盛。一九〇七年，牛津大学授予他名誉文学博士学位，平素一袭白衣的马克·吐温红袍加身，登上了荣誉的顶峰。

在马克·吐温长达四十年的创作生涯，共写出了十多部长篇小说、几十部短篇小说及其它体裁的大量作品，其中著名的有短篇小说《竞选州长》、《哥尔斯密的朋友再度出洋》和《百万英镑》等，长篇小说《镀金时代》、《汤姆索亚历险记》、《乞丐王子》和《康乃狄克北佬在阿瑟王宫廷》等。《顽童历险记》则是他的最优秀的作品，曾被美国小说家海明威誉为是"第一部"真正的"美国文学"。

一九〇〇年以后，他发表了许多时评，其中有抨击帝国主义及其工具传教士而称扬中国义和团运动的《给在黑暗中的人》，揭露沙俄侵略行径的《沙皇的独白》等。晚年重要著作是由他口授、由他的秘书笔录的《自传》。一九一〇年四月二十一日，马克·吐温病逝，他是美国文坛上一位不朽的现实主义作家，他的优秀作品已成为美国文学和世界文学中的珍品。现在，马克·吐温的主要作品已大多有中文译本。

　　马克·吐温的作品，笔调轻松诙谐，充满了幽默，主要内容是批判社会中的种种不平等现象。现代美国人常常称他为"黑色幽默"之父，因为他擅长使用幽默和讽刺，针砭时弊时一针见血，毫不留情，同时，他还使用了大量的民间习惯语和幽默，并且经常使用对比和夸张的手法，使作品中的人物栩栩如生，读来格外亲切。

　　马克·吐温的作品对后来的美国文学产生了深远的影响，人们普遍认为他是一位划时代的作家，是美国文学史上的一大里程碑。因为他不仅终结了新英格兰作家对美国文坛的统治，使美国文学真正摆脱了附庸地位，而且将现实主义的刻画和浪漫主义的抒情做到了和谐统一。在马克·吐温平易而又富于表现力的语言风格面前，原本神圣不可动摇的欧洲文学传统突然变成了《败坏了赫德莱堡的人》中的那袋"金币"。对美国风格、美国气派的执着追求，使马克·吐温超越了一大批同时代的平庸幽默家，也对后起的海明威和福克纳这些美国文坛上里程碑式的人物产生了重要的影响。

　　马克·吐温不仅作品中的幽默运用得当，而且在生活中也是幽默十足。在一八七四年，马克·吐温与另一位作家合写的长篇小说《镀金时代》，通过对一位企业家兼政客的描写，揭露了西部投机家、东部企业家和政府官吏三位一体掠夺国家和人民财富的黑幕。发表后获得强烈回响，有位记者以《镀金时代》的真实性问题就询于马克·吐温。他在酒席上回答说："美国国会中有些议员是婊子养的。"这话被公诸报端，引起国会议员的愤慨，纷纷要求他澄清或道歉"声明"。马克·吐温写道："日前小的在酒席上发言，说有些国会议员是'婊子养的'，事后有人向我兴师问罪，我再三考虑，觉得此言是不妥的，故特登报声明，把我的话修改如下：美国国会中的有些议员不是婊子养的，幸祈鉴谅。"这个"声明"使那些议员们啼笑皆非，使广大读者捧腹大笑。马克·吐温不愧为讽刺文学大家！

　　《汤姆索亚历险记》这部小说是马克·吐温最为著名的四部长篇小说之一。在小说中，作者运用优美生动的笔触，描写了十九世纪密西西比河畔一个小镇上人们的生活，不夸张地说，这部小说可以视之为是当时美国社会的一个缩影。

　　在小说中，作者成功地塑造了一个聪明、智慧、充满正义感而又极其淘气的典型形象——汤姆·索亚。在小镇上，以汤姆为首的一群孩子在自己的爱爱恨恨中快乐地生活。为了能够让自己摆脱枯燥乏味的功课、无聊的教义和平庸的生活环境，汤姆带领几个孩子做出了种种的冒险活动。先是克服了内心的恐惧，勇敢地站出来揭发一个十恶不赦的歹徒；后来又以他的勇敢和智慧，在山洞中挽救了自己和另一个女孩的生命；并且凭借自己的聪明智慧，找到了很大的一笔财富。

　　在小说中，汤姆·索亚是一个多重角色的集合，他讨厌现实生活的平庸，想过那种充满刺激和激情的日子，所以他带领小伙伴们去做海盗，过行侠仗义的生活。在小说中，汤姆·索亚有理想、有抱负，可是同时也有着无尽的烦恼……

　　小主人公汤姆和他的小伙伴幼稚而又认真的言行可以给我们很深的启示，他们讨厌牧师骗人的鬼话，不喜欢学校枯燥的教育，却喜欢和循规蹈矩的大人与孩子唱对台戏，他们聪明活泼、正直勇敢，尤其是在一些重大事件发生的时候，在正义与邪恶的较量中，在危机降临的时刻，他们均能义无反顾地挺身而出。

　　小说第二章中有关出让刷墙权的那段描写，充分展现出汤姆具有杰出的领导才能。本不知不觉地自愿成了汤姆的"俘虏"，他不仅替汤姆刷墙，而且为了能刷上墙，连自己的苹果也赔上了。当孩子们抢着刷墙时，汤姆却暗自高兴着。

　　为了能够引起别人的关注，汤姆用自己出卖刷墙特权时得到的各种各样的财宝和其他的小伙伴交换条子，又在众目睽睽之下凭借着这些条子领取了新的《圣经》，可是就在同伴们后悔羡慕的时

候，意想不到的结局出现了。别人问他《圣经》内容时，他的回答却是驴唇不对马嘴。当他和贝基的关系出现"危机"时，为了平息内心情感，他飞快地翻过小山，跑到很远的地方，并且准备一天都不再回到讨厌的学校里去了。

在小说的后面，为了解救了莫夫·波特，经过激烈的思想斗争，最后汤姆勇敢地站出来作证，再一次体现出汤姆坚持正义、不畏强暴的优秀品格。

马克·吐温在描写以汤姆为首的这一群淘气孩子的时候，并没有让自己停留在单纯的人物刻画上，而是独出蹊径，跳出一般人写小说的常规，按照儿童的天性发展来进行描述，在具体的行文过程中，对儿童的心理也做了生动的描述。

在哈克向汤姆请求让他加入"强盗"团伙时，汤姆说出了一段耐人寻味的话："总之，强盗要比海盗格调更高。在很多国家，强盗算是最上流的人物，他们都是一些诸如公爵之类的人物。"虽然这些见解出自汤姆·索亚这个孩子之口，但却可以看出，当时社会在儿童心中有着怎样的印象。显然，它已经远远超出了儿童所能思考的范围。在这个意义上，马克·吐温的这部小说虽然是为儿童写的，但它的读者却不仅仅局限于儿童，可以这么说，这部小说是写给一切人看的高级儿童读物。

在这本书的原序中，马克·吐温曾经这样写道："我写这本小说的主要目的，是为了娱乐孩子们。但是，我希望大人们不要因为这是写给小孩看的书就把它束之高阁。因为透过阅读这本小说，成年人能够想起当年的自己，想起自己年幼时的情感、思想、言谈，还有一些现下看来让人感到不可思议的事情。"

现在，马克·吐温的出生地汉尼拔已经成为一个著名的旅游胜地，他的著名代表作《汤姆索亚历险记》和《顽童历险记》均取材于此。现在的汉尼拔镇的街区还保留着马克·吐温时代的模样，整个城区只有一条可以一眼望到尽头的大道。然而，每年有近十万来自世界各地的游客到此探寻汤姆和哈克贝利的足迹。

在镇上唯一一条大道的南面，有一幢白色的两层小木楼，这就是马克·吐温的故居。在马克·吐温故居旁有一道半人多高、五六公尺长、用木板围成的墙。那是人们津津乐道的"汤姆·索亚墙"。在《汤姆索亚历险记》里，汤姆的姨妈罚他刷墙，狡黠的汤姆就想了个鬼点子"引诱"他的小伙伴来帮忙。结果，同伴们不仅争着要为汤姆刷墙，甚至还送汤姆礼物以争取刷墙的机会。

每年国庆期间，小镇还要举办"汤姆·索亚日"。从全国各地选拔的小学生均赶到这里参加汤姆·索亚知识竞赛。最后，人们从中选出"年度汤姆"，作为汉尼拔镇的旅游亲善大使。他们要给游客讲汤姆的故事，头头是道地回答人们提出的问题。

# 延伸阅读

## 一、《顽童历险记》《The Adventures of Huckleberry Finn》

《顽童历险记》和《汤姆索亚历险记》一样，都是美国十九世纪后期，杰出的批判现实主义作家马克·吐温创作的长篇小说，这部小说发表于一八八四年，与作者的另一部小说《汤姆索亚历险记》构成了姊妹篇。

在《汤姆索亚历险记》中，汤姆和哈克发现巨款后变成了巨富，哈克这个流浪儿最后被道格拉斯寡妇收养，并受到她的严厉管教。当然，哈克的钱也被她收去了。哈克虽然住在道格拉斯家中，但是天生的野性使他无法忍受，所以他常离家出走。哈克的父亲是个酒鬼和流氓，他要带走哈克并要回那笔钱。因为他每次酒醉后都会闹事，让村镇的人们大伤脑筋，最后只好答应让他带走哈克和那笔钱。

哈克与父亲来到离镇上很远的树林里，过起了以渔猎为主的生活。他的父亲一喝酒就发酒疯，毒打哈克，哈克忍受不了，就想办法逃了出来。然后，哈克在一个岛上遇见了逃亡的黑奴吉姆，两个人于是结伴乘木筏逃跑，想逃到一个没有种族歧视、不买卖黑奴的自由州去。在逃亡过程中，他们经历了很多艰难险阻，并结下了深浓的友情。在途中，他们遇上了两个骗子，这两个家伙一路上花言巧语，想方设法哄骗，到后来还悄悄地把黑奴吉姆给卖掉了。哈克为了吉姆的自由，历尽千辛万苦，最后得知吉姆的主人在临死前已经宣布让吉姆自由了。整部小说以喜剧的模式收尾，令人回味无穷！

这篇小说是反对种族歧视的典型作品。马克·吐温在书中对黑人孩子吉姆的优秀品质进行了歌颂，也描写了白人孩子哈克的机智和勇敢，赞美了黑人和白人之间的友谊。主题深刻、严肃，具有很强的传奇性和趣味性。整部小说的现实主义描绘和浪漫主义抒情交相辉映，尖锐深刻的揭露、幽默辛辣的讽刺以及浪漫传奇的描写浑

然一体，而这正是马克·吐温独特的艺术风格。

## 二、《汤姆叔叔的小屋》《Uncle Tom's Cabin》

《汤姆叔叔的小屋》的作者是美国女作家斯托夫人（一八一一——一八九六年）。全名为哈丽雅特·伊丽莎白·比彻·斯托，出生于康乃狄克州一个基督教牧师家庭，自幼即受启蒙思想和欧洲文学的熏陶。一八三二年，她随父亲迁往辛辛那提市，担任教员。这座城市与南部蓄奴州只有一河之隔，因为她对黑人奴隶的遭遇十分同情，对奴隶制度深恶痛绝，所以她的一家人都积极参与并援助逃亡奴隶的活动中。

一八三六年，她与卡尔文·埃利斯·斯托教授结婚。一八五〇年随夫迁至缅因州。她写的长篇小说《汤姆叔叔的小屋》（一八五二）揭露了南部种植园黑人奴隶制度的残暴和黑奴的痛苦。小说赞扬了伊方莱莎夫妇所代表的黑人为反抗压迫、争取自由解放而做的斗争，同时也推崇汤姆所体现的逆来顺受的基督教博爱宽恕精神。小说发表后，在国内外引起强烈反响，有力地推展了美国反奴隶制度的运动，被称为美国废奴文学的杰出代表。一八五六年，她发表了根据黑奴起义领袖德雷德·司各特的事迹写成的长篇小说《德雷德，阴暗的大沼地的故事》。

《汤姆叔叔的小屋》出版后受到了空前的欢迎，从一八五二年发行单行本，截至一八六一年美国南北战争爆发，十年间累计发行量高达三百万册之多。小说还陆续译成几十种语言流行于全世界，并被改编成各种语言的话剧在世界各地演出，对世界各地，尤其是亚洲和非洲被压迫民族的觉醒产生极大影响。

小说的内容是这样的：汤姆是庄园主人谢尔比家最忠实、最得力的黑奴，对基督教非常虔诚。黑奴们十分尊敬他，主人的儿子也喜欢他，称他为汤姆叔叔。

汤姆的主人谢尔比在股票市场上投机失败后，为了还债，他决定把两个奴隶卖掉。一个是汤姆，一个是女奴伊方莱莎的儿子哈利。伊方莱莎听到主人要卖掉汤姆和自己的儿子后，立即连夜带着儿子逃到自由州，再往加拿大逃奔。在废奴派组织的帮助下，她和她的丈夫乔治·哈里斯成功地抵达了加拿大。

汤姆却是另一种遭遇。他知道并支持伊方莱莎逃走，但是他自己并没有逃跑。对主人要卖他抵债也没有怨言，甘愿听从主人摆布。他曾经几次被奴隶主转卖，最后落到一个极端凶残的奴隶主手中。这个奴隶主对奴隶任意鞭打，横加私刑。最终，汤姆叔叔被奴隶主活活打死。

## 三、《吹牛大王历险记》《The Adventures of Baron Munchausen》

《吹牛大王历险记》是十八世纪德国作家毕尔格的一部"幻想故事集"。记述了德国十八世纪敏豪森男爵所讲述的荒诞离奇故事，二百多年来，一直吸引着世界各国的读者，风靡全球。

这位全名为凯尔·弗利德里·敏豪森男爵（一七二〇——一七九七），当时也确有其人，他以吹牛和空谈闻名于世。他曾在俄国军队服务过，也和土耳人打过仗。在回到德国后，从自己的经历开展而出，讲述了众多离奇古怪的故事。一七八五年，德国学人鲁道夫·埃利希·拉斯别（一七二七——一七九四）用英语写成《敏豪森旅俄猎奇录》在伦敦出版。一七八六年。德国作家特佛里·奥古斯特·毕尔格（一七四七——一七九四）又把它翻译成德文，并在其中增加了很多有趣的内容，在德国出版，更名为《敏豪森男爵历险记》。

大陆地区曾在一九四九年后根据俄译本，翻译成《敏豪森奇游记》和《吹牛大王历险记》出版。现在，还有的译本叫做《吹牛男爵历险记》，是译者根据毕尔格的德文原著翻译的。

这部德国民众十分喜爱的文学名著，主要是讽刺十八世纪德国上层社会妄自尊大、说大话、放空话的恶劣风气。自作品传世以来，敏豪森男爵的名字就成了爱编瞎话的和吹牛家的代名词，很多人在谈到某个人善于撒谎时，总是说"这个人撒谎可真是敏豪森呀"。

当然，这部作品之所以能够拥有强大的生命力，不仅在于它讽刺了社会现实，更在于它所展现别出心裁、引人入胜的幻想境界，大胆而又合乎人们心理逻辑的夸张手法，新奇的构思，和隽永、风趣的用语。在这本书中，每一个故事都可以视为想象神奇的童话，这不但使当时专为儿童创作的作品黯然失色，也使很多的童话作家对它津津乐道，认为可以从中得到很好的借鉴。

这部作品在世界文学史上也获得了极高的赞誉，被人们称之为十八世纪儿童文学的瑰宝，讽刺文学的里程碑。高尔基曾将它与歌德的《浮士德》，莱辛的《解放了的普罗米修斯》等相提并论，说它是受到民众口头创作影响的"最伟大的书本文学作品"。

## 四、《苦儿流浪记》《Sans famille》

《苦儿流浪记》是十九世纪的著名小说，作者是法国著名作家赫克托·马洛（一八三〇——一九〇七）。马洛是一位多产的作家，一生写过不下七十部小说，《苦儿流浪记》是其中最为家喻户晓的一部。这部小说问世后，曾被译成英、德、俄、日等多种文字，而且直到一百多年后的今天，它还在法国被重印出版，并多次被搬上银幕。

《苦儿流浪记》写成于一八七八年，这正是法国资产阶级建立第三共和的第三年，也是羽翼已丰的资产阶级准备实现工业化的前夕。马洛将自己手中的笔，对准了社会的苦难层面：农村破产、工人们恶劣的劳动条件、童工数量剧增和在法律允许下对童工的剥

削；小说透过维泰利斯和他的戏班子，阿根老爹和他的一家子，加斯巴尔大叔和他的推车工，上演了一幕幕有时使你哭泣、有时使你破涕为笑的"传奇性"节目。

整部小说的内容是这样的：雷米是个弃儿，从小就被一个石匠的妻子抚养。在他八岁那年，养父石匠因为受伤残废而失去了工作。因为家庭生活困难，石匠把他卖给一个流浪的卖艺人，从此，他和卖艺人带着几只小动物到处流浪。这个卖艺人是个特别善良的老人，他对雷米特别好。空闲的时候还教他读书弹琴。在一次卖艺中，老艺人不幸被警察送进了监狱。出狱后，老艺人又不幸冻死，而雷米被一个花匠救活了。后来，花匠因为一次天灾，花房全部损坏，因为还不起债，也被送进了监狱。

小雷米只好又去流浪。在他流浪的过程中，他遇到许多困难，但是他毫不灰心，最后终于找到了自己的亲生母亲。

## 五、《雾都孤儿》《Oliver twist》

《雾都孤儿》的作者是查尔斯·狄更斯（一八一二——一八七〇），他生于英国一个贫苦家庭，父亲是海军小职员。十岁的时候，因为家庭债务问题，全家被迫迁入债务人监狱，十一岁起就开始承担繁重的家务。他在鞋油工作坊当学徒的时候，由于包装熟练，曾被雇主放在橱窗里当众作秀操作，作为活广告任人围观，这一经历给了狄更斯永久的伤痕。十六岁时，他到律师事务所当缮写员，而后担任报社采访记者。他只上过几年学，全靠刻苦自学和艰辛劳动成为知名作家。

狄更斯一生共创作了十四部长篇小说，还有许多中、短篇小说和杂文、游记、戏剧、短剧，等等。其中最著名的作品是描写劳资矛盾的长篇代表作《艰难时代》（一八五四）和描写一七八九年法国革命的《双城记》（一八五九）。其他作品还有《雾都孤

儿》（一八三八）、《老古玩店》（一八四一）、《董贝父子》
（一八四八）、《戴维·科波菲尔》（一八五〇）和《远大前程》
（一八六一），等等。

狄更斯是十九世纪英国现实主义文学的主要代表。艺术上以妙
趣横生的幽默、细致入微的心理分析，以及现实主义描写与浪漫主
义气氛的有机结合著称。被萨克雷等誉为英国的"一批杰出的小说
家"。

《雾都孤儿》是狄更斯第二部长篇小说，小说的内容是这样开
始的：一个不知来历的年轻孕妇昏倒在街上，人们把她送进了贫民
收容院。第二天，她生下一个男孩后死去，这名孤儿被取名奥立
弗·退斯特。十年后，奥立弗成了棺材店的学徒。他不堪虐待，自
己逃出了棺材店，跑到了雾都伦敦。但是不幸的，他落入到贼帮的
手里。小小的奥立弗在逆境中奋力挣扎，幸亏他本性善良，因而得
到了善良的人们的帮助，使他一次次化险为夷，并最终和爱他的亲
人团聚在一起，而他神秘的出身最终也真相大白。

# 目录

第一章　　　顽皮汤姆．．．．．．．．．．．．．．．．．．．1

第二章　　　快乐粉刷栅栏．．．．．．．．．．．．．10

第三章　　　汤姆的紫罗兰．．．．．．．．．．．．．16

第四章　　　主日学校里震惊四座．．．．．．．22

第五章　　　无聊中的乐趣．．．．．．．．．．．．．32

第六章　　　课堂巧识贝基．．．．．．．．．．．．．37

第七章　　　贝基伤心欲绝．．．．．．．．．．．．．49

第八章　　　重温侠盗梦．．．．．．．．．．．．．．．56

第九章　　　夜探坟地．．．．．．．．．．．．．．．．．61

第十章　　　雪上加霜．．．．．．．．．．．．．．．．．68

第十一章　　汤姆良心受谴．．．．．．．．．．．．．75

第十二章　　心病不必用药医．．．．．．．．．．．79

第十三章　　初尝海盗生活．．．．．．．．．．．．．84

第十四章　　岛上逍遥．．．．．．．．．．．．．．．．．91

第十五章　　自命不凡的英雄．．．．．．．．．．．97

第十六章　　遭遇狂风豪雨．．．．．．．．．．．102

第十七章　　海盗死而复生．．．．．．．．．．．111

第十八章　　汤姆返校．．．．．．．．．．．．．．．114

第十九章　　真实的谎言．．．．．．．．．．．．．123

# 目录

第二十章　　　英雄救美................126

第二十一章　　老师的镀金脑袋.........131

第二十二章　　乏味的日子..............139

第二十三章　　乔逃亡在外..............143

第二十四章　　提心吊担的夜晚.........150

第二十五章　　掘地寻宝................152

第二十六章　　强盗找到金子..........160

第二十七章　　暗暗跟踪...............169

第二十八章　　发现新线索.............172

第二十九章　　寡妇幸免于难..........176

第三十章　　汤姆和贝基失踪了.........183

第三十一章　　发现印第安　乔.........192

第三十二章　　安全归来...............201

第三十三章　　罪有应得...............204

第三十四章　　人小鬼大...............214

第三十五章　　哈克与"强盗"为伍.....217

## 第一章 顽皮汤姆

"汤姆!"

没人答应。

"汤姆!"

依然没人答应。

"汤姆这孩子! 你究竟怎么啦?"

还是没人答应。

老太太把眼镜往下拉了拉,从镜片上方打量了一下房间,又把眼镜往上抬了抬,从镜片下面看了看房间。她几乎从不透过镜片来寻找像一个小男孩这样大的东西。这副眼镜做工精细,让她感到很骄傲。这副眼镜其实是为了老太太自己的"优雅漂亮"而配的,并不是因为它很实用——即使透过两片炉子盖,她也能清清楚楚地看东西。

此时,她有些茫然,一会儿之后,她的嗓子里发出了并不尖锐、却能让每个角落都能听到的声音:

"哼! 如果我逮着你,我一定……"

话并没有说完,因为这时她正弯着腰用扫帚使劲地往床下捅,每捅一下,她就得停下来喘口气。结果呢,除了捅出来的那只猫外,她一无所获。

"真没见过这么令人头疼的孩子!"

她走到敞开的门口,站在那儿朝外看,希望能在满园子的西红柿藤和吉普逊草丛中找到汤姆。可是,那里也没有汤姆的踪影。于是她开始憋足劲、敞开喉咙朝远处高声呼唤:

"汤——姆——!"

就在这时,她身后有了不易察觉的动静,老太太立即转过身子,一把揪住了那个身穿短外套的小男孩的衣角,及时地阻止了他的逃跑。

"嗨！我应该想到那个壁橱的，你躲在里面干什么？"

"什么也没干。"

"什么没干？！看看你的爪子，看看你的嘴巴，再看看你浑身上下都是些什么东西？"

"我不知道，姨妈。"

"哼，我可知道，那是果酱——正是那东西。我已经跟你讲过无数次了，你要敢动那果酱，我就剥了你的皮。把鞭子给我！"

那晃来荡去的鞭子让汤姆头皮开始发麻——大事不妙了。

"哎哟！姨妈！你看你身后。"

老太太急忙转身，一把抓住裙子，以防有什么危险。同时间，汤姆一撒腿就溜出门外，飞快地翻过高高的木栅栏，一眨眼就不见了。

他的玻莉姨妈呢？惊愕地站在那儿，过了好一阵子才突然轻轻地笑了起来。

"该死的臭小子！难道我总是不能吸取教训吗？真该好好地提防他才是，难道他在我眼前玩的把戏还不够多吗？唉……我这老糊涂现在真的成了最大的胡涂蛋啦！常言道，老狗学不会新把戏。可是天啊，他的鬼把戏从来就没有同样过，哪怕在短短的两天内也没有，谁晓得下一个鬼把戏是什么。看起来他知道可以折磨我多长时间才会惹得我生气，而且他也知道，只要随便想个法子哄我开心一会儿或者逗我大笑，我就什么都不会和他计较，更不用说揍他一顿了。天啊！我对这孩子的确是没尽到责任啊！《圣经》说，孩子不打不成器。我也知道，我正在把这孩子宠坏，这对我们俩都没有好处。唉！虽然他的脑子里全是鬼点子，但他是我那过世的亲姐姐的儿子呀，我怎么可能狠得下心来揍这可怜的孩子呢？每次放他一马，我就觉得对不起自己的良心，可是每次打他，我又有点心疼。好啦好啦，就像《圣经》说的，人自打从娘肚子里出来，一辈子很快就在各种各样的苦难中度过了，我看确是如此。如果今天下午他

要逃课，那我明天必须得给他安排点活儿，惩罚惩罚他。周六让他干活，实在是太狠了——所有的男孩都在放假，他又最恨干活了。可是，我必须得对他负责，否则我就成了孩子堕落的罪魁祸首。"

汤姆真的逃课了，在外面玩得似乎忘了一切。他回家的时候，碰巧赶上吉姆（黑人小孩）正在锯木头，他必须在晚饭前把这些木头劈成第二天要用的柴火。汤姆主动地上前帮他的忙，却滔滔不绝地跟吉姆讲他下午所干的事，所以，绝大多数活最终还是由吉姆自己做完了。汤姆同母异父的弟弟希德也在一旁，帮忙捡完地上的碎木块。他是个安静老实的孩子，从不做什么冒险的事，也没见他惹过事。

吃完饭的时候，汤姆老是在饭桌上偷糖吃，玻莉姨妈开始盘问他，她打算设个圈套，巧妙地套出汤姆的实话。跟大多数头脑简单的人一样，她相当自负，所以就不知道自己的心思很容易被人看穿，反而把那些诡计当成是高明的手腕和狡猾的计策。这时，玻莉姨妈说：

"汤姆，今天学校里应该很热吧？"

"对呀，姨妈。"

"很热很热，是不是？"

"是的。"

"那你一定很想去游泳吧？汤姆。"

汤姆心里忽然慌乱了起来，感到有些惊疑不安，就偷偷地瞟了瞟姨妈的那张脸。老太太当然不会让他看出任何蛛丝马迹。他只好回答：

"没有，姨妈。哦，我是说没怎么想去。"

玻莉姨妈伸手摸了摸汤姆的衬衫，说："我想，你现在并不觉得怎么热，是吗？"她很得意，因为汤姆的衬衫是干的，这么问的话谁也不知道她的真实意图。然而，汤姆还是看穿了姨妈的诡计，于是就来了个先发制人，以防老太太继续耍花招。

"我们大家互相往头上打水，姨妈你看，我的头发还没干呢！"

老太太一下子就泄气了，自己居然忽视了这个谁都看得见的证据，以致让机会溜走了。一计不成又生一计，她继续问道：

"那么，你们往头上浇水的时候，总不会拆掉缝在衬衫上的领子吧？把上衣解开，让我瞧瞧！"

汤姆顿时松了口气，神色自若地解开上衣，让姨妈看那条仍然缝得好好的领子。

"呵，这就怪了。随便你吧！我敢肯定你逃课游泳去了！你呀，就跟烧焦了毛的猫没什么两样——坏得并不像表面看起来那样。这次就算了吧！"

汤姆今天如此乖巧听话，玻莉姨妈感到很高兴，虽然她同时也为自己的计谋未能得逞而难过。

希德却在这时开口了：

"哦，如果我没记错的话，你好像是用白线给他缝的领子呀，可是现在却成了黑线。"

"嘿，汤姆！我的确是用的白线。你……"

还没等姨妈说完，汤姆已经溜到了门口，他给弟弟留下一句话：

"希德，我可饶不了你，你准备挨揍吧！"

来到一个安全的地方后，汤姆细心地看了看别在上衣翻领上的那两根大针，一根绕着白线，另一根绕着黑线。他说：

"要不是这个希德，姨妈永远不会注意到这件事。有时她用白线缝，有时又用黑线，真讨厌！要是她都用一种线该多好啊！换来换去的，我怎么记住呢？我发誓要给希德一点颜色瞧瞧，非揍他一顿不可。"

在这个村庄里，汤姆不是个乖孩子，而他非常了解的希德却是——汤姆因此而痛恨他。

只不过短短一两分钟的工夫，汤姆就将烦恼抛到九霄云外去

了。跟大人们遇到烦恼时不一样的是，汤姆的健忘并不是因为烦恼不怎么沉重和难受，而是他很快又能找到一种全新的、更强烈的兴趣，这就像大人们在兴奋的感受面前，也会暂时忘却自己的不幸一样。对汤姆来说，现下最有价值的事就是一种新的吹口哨的方法。他刚从一个黑人那里学会这玩意儿，因此不想被别人打扰，想专心练习练习。这种口哨声像小鸟的叫声，流畅而婉转，音调听起来很特别。在吹口哨的时候，舌尖断断续续地顶住口腔的上部——如果读者曾经有过孩提时代的话，可能仍然记得这种方法。勤奋用功和专心致志很快就起了作用，汤姆已经掌握了其中的诀窍。他吹着口哨，昂首挺胸地沿着街道走去，心里那股喜滋滋的快乐，就跟天文学家发现了新行星时没什么区别，甚至可以毫无疑问地说，汤姆那份强烈的快乐比天文学家的兴奋还要深刻得多。

　　夏日的傍晚过得很慢，天色还没有黑下来。汤姆的口哨声忽然卡住了——他的面前站着一个比他大一点的、他从来没见过的男孩。任何来到圣彼得堡这个贫穷、破落的小村子的陌生人，不管他们是多大年龄的男男女女，总能引起当地居民的好奇心。况且，这个男孩的衣着十分讲究——在工作日里竟然穿戴得整整齐齐，这更让汤姆不由得对他刮目相看了。他的帽子看起来很不错，扣得紧紧的蓝色上衣跟裤子一样，新鲜整洁。今天可是星期五啊！但这男孩居然穿着鞋，还打着一条鲜亮的丝织领带。尤其让人受不了的是，他摆出的那副城里人的嘴脸。汤姆看着他那身漂亮的衣服，就益发觉得不自在，越来越觉得自己的衣服非常寒酸又老土。两人都不说话，都在那儿斜着脚步兜圈子——只要其中一个动一步，另一个也跟着挪一步。就这样，他们俩大眼瞪小眼地僵持了好一会儿，最后，汤姆先说话了：

　　"你打不过我！"

　　"那就让我领教一下好了。"

　　"好啊，我就打给你看。"

"哈，别吹牛了。"

"我肯定能打赢。"

"你不行。"

"我就是行。"

"不行！"

"就行！"

"说你不行就不行！"

他们停住了，都有些不太自在。汤姆又问：

"你叫什么？"

"你管呢！"

"哼，我就要管！"

"好啊，我看你怎么管。"

"要是你再废话，我就得管。"

"哈哈，我偏要废话，你又能把我怎么样？"

"你认为自己很了不起吗？只要我愿意，把一只手绑在背后都能把你揍得趴下。"

"你只是在那儿说大话，怎么还不动手呢？"

"你再敢嘴硬，我就要揍你了。"

"哦，是吗？你这种只会吹牛的我见得太多了！"

"了不起啊你！还自以为是个东西呢。看看你那顶帽子！"

"看不顺眼吗？那就把它摘下来吧。你要敢碰一碰它，我就让你好看！"

"你就尽量吹牛吧。"

"你不也是吗？"

"你是只说不练的胆小鬼。"

"噢，滚蛋吧你！"

"听着！你再骂我的话，我就用石头砸碎你的脑袋。"

"别吹了，快来砸啊！"

"我一定会的。"

"那你还等什么呀？只吹牛不动手。哦，我知道了，好害怕。"

"谁怕你啊！"

"你害怕！"

"不怕！"

"就是怕！"

他们俩停了下来，过了没一会儿，又开始互相瞪着对方，都侧着身子，兜着圈子走了几步。两个人突然间又用各自的肩膀顶着对方。汤姆说：

"快从这里滚开！"

"你自己滚吧！"

"我不。"

"我也不。"

双方站在那儿，冒着怒火的眼睛狠狠地瞪着对方，都斜着一条腿使劲撑着，想把对头往后推，可是谁也奈何不了谁。两人顶啊顶，脸涨得通红，直到浑身燥热时才稍稍松懈下来，却仍然警惕地观察着对方的动静。

汤姆又说：

"我知道，你这个狗崽子是个十足的胆小鬼。我大哥哥动动小指头，就能把你捏碎了。只要我告你的状，他会揍你。"

"吓唬谁啊？我可不怕。我的大哥哥比你的大哥哥更厉害，他能把你的大哥哥扔出那边的栅栏。"（他们都抬出了并不存在的大哥哥）

"撒谎。"

"你说的就不是谎言吗？"

汤姆伸出大脚指头，在地面的灰土上划了一条线，说：

"有种你就跨过这条线，看我不把你打得站不起来。可不要怪

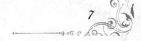

我事先没有警告你！"

哪知这个陌生男孩竟然想都不想，立即就跨过了汤姆划的"警戒线"，并说：

"我倒要看看你有多大的本事，怎么打我？"

"最好不要逼我动手！当心点。"

"算了吧，你不是说要打我吗？还在等什么呢？"

"这样吧，你要是给我两分钱，我就揍你。"

那个男孩马上从口袋里掏出两个分币，轻蔑地把它们放在掌心上。汤姆一巴掌就把钱打翻在地上。眨眼间，他们俩就在滚滚的灰尘里扭打起来，互相揪住着对方的衣领，使劲扯着对方的头发，抡起拳头狠狠地往对手的鼻子招呼，拼命地抓挠着对方的脸，两个人浑身上下全是泥和灰。最后终于分出了胜负，飞扬的尘土里，汤姆骑在了那个男孩的身上，用拳头使劲地捶打着胯下的男孩。

"服不服？求我饶了你吧！"他说。

那个男孩挣扎着想从汤姆身下出来。他开始大哭——主要是因为愤怒。

汤姆不肯就此罢手，继续逼他求饶。

那男孩才极不情愿地说："求你别打了！"汤姆这才让他站起来，说："哼，你尝过我的厉害了吧！下次最好小心点，弄清楚自己耍嘴皮子的斤两有多少。"

这个刚来的男孩一边拍打着衣服上的灰尘，一边哭着离开。他不停地回过头，朝汤姆摇晃着脑袋，吓唬地说：

"别让我下次抓住你，否则我会，我会……"

趾高气扬的汤姆根本就不把他的威胁放在眼里。他刚一转身离开，那男孩抓起一块石头就朝他扔来，正好打在汤姆的背上，然后就像兔子一样飞快地逃了。汤姆立即开始追赶，紧紧咬住不放，一直来到他家的大门口。他站在那儿嚷嚷着让那个男孩出来比划，那个男孩只管躲在窗子后面对汤姆挤眉弄眼，再也不肯出来。后来，

对手的妈妈出面了，斥骂汤姆是个下流、没有家教的坏种，要他马上滚远些。汤姆在临走之际，扬言说有机会还要再狠狠地揍那浑小子。

汤姆回到家时已经很晚了。他爬上窗台，蹑手蹑脚地往里钻，却突然发现姨妈正在那里"恭候"着。当玻莉姨妈看到汤姆的衣服被弄成了那副糟糕的样子时，她的决心更加不可动摇了：明天是休息日，必须得让他干活！

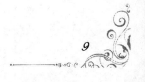

## 第二章　快乐粉刷栅栏

夏天的早晨如约而至，四处明媚而清新，充满着勃勃生机。每个人都在心底里唱着一首欢快的歌，有些年轻人还情不自禁地把它唱了出来。伴随着轻快的脚步，每张笑脸都荡漾着欢乐。槐树的枝头挂满了花朵，香甜的气息在空气里四处飘荡。卡第夫山在村庄不远处巍然挺立，郁郁葱葱，绿意盎然，它是一块宁静祥和的"乐土"，如梦似幻，时时都在召唤着人们。

行人穿越道上走来了汤姆，他一手提着一桶油漆，一手拿着一把长柄刷子。他环顾四周的栅栏，心中所有的快乐立即就消失了，满是惆怅。要知道，栅栏有三十码长、九英尺高呢！生活似乎异常空洞、乏味，成了他的累赘。汤姆唉声叹气地用刷子蘸着油漆，从最上面那层木板开始刷起，机械地重复了几次。然后他发现，刚刚刷上了白色油漆的那一块木板和整个长得不可触及的栅栏比起来，实在太微不足道了，于是就泄气地一屁股瘫坐在一个木头箱子上。就在这时，吉姆从大门口蹦蹦跳跳地出来了，他提着一只锡皮桶，哼着《布法罗的女孩子们》。汤姆一向认为，到镇上去打水是十分讨厌的活儿。但是他此刻可并不这样想，他开始十分惦记镇上的许多伙伴。在那里，白人孩子、黑人孩子和混血儿都在排队，一边休息一边等着打水，大家交换着各自的玩物，互相嬉戏打闹。汤姆记得，抽水机离姨妈家大约只有一百五十码远——吉姆却从来没有在一个小时内提回过一桶水，有时还必须去催促他！这时，汤姆就对吉姆说：

"嗨！吉姆，你要是愿意刷栅栏，我就去打水吧。"

可是吉姆只管摇头：

"不行啊，少爷。老夫人让我去打水，不准在半道上跟人玩耍。她估计你就是会让我刷栅栏，所以就吩咐我只管做自己的事情，不要理睬别的——她要亲自来看你刷栅栏呢。"

"咳,你别管她怎么说,她老是那一套。把桶给我吧,我很快就回来,她不会知道的。"

"哦,不行,少爷,我不敢呀!老夫人会扭断我的脖子,真的。"

"哈哈,她从来没有揍过人——只是用顶针在脑袋上敲几下而已,我倒想知道,谁怕这个啊?她不过是吓唬吓唬你,嘴上说说是伤害不了你的——只要她不嚷嚷就不会有事的。我送你一个好东西吧,一颗白色大理石石子!"

吉姆心动了。

"白色大理石石子啊,吉姆!好玩得很呢!"

"嘿嘿,那的确是很不错的好东西。但是少爷,我怕老夫人……"

"另外,我再让你看看我那个又肿又痛的脚指头。"

吉姆终究是个凡夫俗子——这种诱惑对他来说,简直是无法抵挡的。他放下水桶,接过白色的大理石石子,弯下腰兴致勃勃地看着汤姆揭开缠在脚上的布带子,观察着那个脚指头。但就在这时,吉姆的屁股突然被打了一下——玻莉姨妈站在那儿,手里提着一只拖鞋,眼神里满是得意。她刚从地里干活回来,正好撞个正着。吉姆飞快地拎起水桶,沿着街道溜了。

汤姆赶紧干活。可是不久之后,他又记起了原来为这个周末要好好玩耍一场的那些计划,心里就十分不痛快。那些自由自在的孩子们过一会儿就会跑到这儿来,做各种各样的游戏,他们还会看到他必须得刷栅栏,更会挖苦嘲笑他。一想到这点,他的心就像着了火,难受得要命。他取出自己所有的宝贝玩意儿,认真地检查着——有各种破破烂烂的玩具、大理石石子和没有什么用处的东西。如果用这些玩意儿收买别的孩子替他刷栅栏,足够了,但是要想换来半个小时的自由自在,可能还远远不够。他只好打消了用这些宝贝玩意儿收买那些男孩子的主意,把这些宝贝玩意重新装回口

袋。灰心绝望之际，汤姆脑子里忽然又冒出个绝妙透顶的主意。

于是，他一声不响地拿起刷子接着干活。不久，本·罗杰斯从街道一边走来了，这个男孩是所有孩子中最让汤姆害怕的一个——汤姆最怕他的讥笑。本·罗杰斯走起路来又蹦又跳，这充分说明他的情绪此时好极了，而且正打算做点畅快的事情。他啃着苹果，嘴里还不时地发出悠长悦耳的汽笛声，期间还夹杂着叮叮当当的铃声——他在扮演着一艘汽轮呢。他离街道中心越来越近，便开始减速，身子向右倾侧，吃力而夸张地调转船头，好让它逆风靠岸——他扮演的"大密苏里号"好像已经吃水九英尺深了。他既是轮船，又是船长，还是轮机铃。因此，他就在自己的想象中站在甲板上发号施令，同时又亲自执行这些命令。

"停船，伙计！叮——啊——铃——铃！"船快停住了之后，他又缓缓地向人行道靠过来。

"调转船头！叮——啊——铃——铃！"他伸直两条胳膊，用力往身子两侧垂着。

"右舷后退，叮——啊——铃！咔呜——咔——咔呜！咔呜！"

他一边喊着，一边用手臂比划着圆圈，表示轮船要来个四十英尺的大轮转。

"左舷后退！叮——啊——铃！咔呜——咔——咔呜！咔呜！"左手开始划圆圈。

"右舷停！叮——啊——铃！左舷停！右舷前进！停！外面慢慢转过来！叮——啊——铃！咔——呜——呜！把船头的缆索拿过来！赶紧！喂！再把边上的缆索拿过来——伙计别待着！在船桩上把绳头绕住，好，就这样，拉紧——放手吧！伙计，把发动机熄火！叮——啊——铃！刺特——刺特——刺特！"（模仿气门排气）

汤姆对此视而不见，继续刷着栅栏。本瞪大了眼看着他干活，

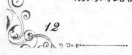

一会儿后说：

"啊呀，你的好日子来了啊，是吗？"

汤姆不理睬，像个大画家似的审视着自己最后刷的那一块，然后又刷了一下，轻轻地。接着又仔细地打量着栅栏。本慢慢地来到汤姆身边。看见本的苹果后，汤姆暗暗地直咽唾沫，但他仍然不动声色地刷着栅栏。本说：

"喂！老朋友，你也得干活啊？"

汤姆这才突然转过身来：

"咳！是你啊，本。我没注意到你呢！"

"哈哈，跟你说吧，我要去游泳喽。难道你不想去吗？当然啦，你喜欢干活，是不是？当然，你乐意！"

汤姆看了看本·罗杰斯，说：

"你把这也叫做干活吗？"

"难道这还不叫干活？"

汤姆继续粉刷栅栏，看似不经意地说：

"呃，这或许是吧，或许不是。我只知道，这只配我汤姆·索亚来做。"

"得了吧！你的意思是你喜欢做这种事情，是吗？"

刷子继续不停地刷着栅栏。

"喜欢做？哦，我真不明白为什么我不应该喜欢，哪个男孩子能每天都有粉刷栅栏的机会呢？"

这事倒还真有些新鲜。本已经不再啃他的苹果了。汤姆灵巧地来来回回地刷着，不时地退后几步，审视着粉刷的效果，再在这里那里补上几刷子。本看着他的每一个动作，越来越觉得有趣，越来越被吸引住了。一会儿后，他说：

"汤姆，让我试着刷一点吧。"

汤姆正打算答应他，但又立即改变了主意：

"不——不，本，我看这恐怕不行，你看，玻莉姨妈对这栅栏

特别在意——它正好在街道边上——但让你刷刷那后面的栅栏倒也无所谓，反正姨妈也不会在乎。是啊，她对这栅栏非常在意，粉刷时必须得加倍小心。我觉得，在一千或者两千个孩子里也找不出一个能按照姨妈的要求刷好这道栅栏的人。"

"不会吧？真的吗？那就让我试试如何？我就刷一点点。汤姆，如果我是你，我就会那样做。"

"本，老实说吧，我是很愿意的。但是，姨妈她……唉，吉姆想干这个，希德也想，可她通通不让。这下你就知道我有多为难了吧？如果让你来摆弄这栅栏，要是出了问题……"

"哦，不会有事的。我一定会很小心的。来，让我试试。这样吧……我把苹果核给你。"

"呃，你看……本，还是算了吧，不行啊。万一你……"

"这个苹果全给你了！"

汤姆这才把刷子让给了本，脸上全是极不情愿的神色，但他的心里却乐不可支。

于是，刚才那艘"大密苏里号"在太阳下粉刷栅栏，累得汗流浃背。汤姆这位退了休的"画家"却躲在不远处的树荫下，跷着二郎腿坐在一只桶上，一边啃着那个苹果，一边计划着怎样才能让更多的傻瓜上当。这儿可不缺这样的蠢材，每过一阵子，就会有些男孩子从这儿路过；最初他们都想来嘲笑一番，最后却都留了下来，转而去粉刷栅栏。等到本·罗杰斯累到不行的时候，汤姆早已把机会转让给比利·费施了，比利用一只修理得还不错得风筝就"收买"了他。当比利累得够呛时，詹尼·米勒也用一只系着小绳子的死老鼠把粉刷的特权争取了过去。就这样，在几个小时之内，总有一个又一个傻瓜前来上当。当下午过去一半的时候，早上几乎还一无所有的汤姆已经成了"腰缠万贯"的财主。撇开前面提到的那些东西不说，他还拥有十二颗大理石石子、一只破破烂烂的口琴、一块透明的蓝色玻璃片、一门线轴做成的大炮、一把不知道开什么锁

的钥匙、一截粉笔、一个很大的酒瓶塞子、一个小小的锡皮士兵、一对蝌蚪、六个鞭炮、一只独眼小猫、一个铜质门把手、一根拴狗索（没有狗）、一个刀把、四片桔子皮、一个破旧的窗框。

在这期间，汤姆十分悠闲，自在而开心——因为有许多伙伴——那栅栏已经被抹上了三层油漆。如果不是因为他的油漆已经用得一点也不剩了，他会让村里的每个男孩子都破产。

他自言自语地说，这个世界并不是想象的那样空洞无趣。他并没有意识到，自己已经发现了人类行为的伟大定律——为了激起大人或孩子干事情的兴趣，只要想方设法地把这件事弄得很困难就足够了。假设他是一位睿智而了不起的哲学家，正如本书的作者，他现在就懂得这样一个道理，工作不过是一个人被逼着去干的事而已，而玩耍则是一个人并非在强迫之下才去做的事。这会有助于他理解为什么做假花或蹬车轮算是工作，而玩十柱戏或爬勃朗山却是一种娱乐。在英格兰，有些有钱人在夏天赶着四匹马拉的客车，沿着同样的路线走二三十公里，竟然是因为他们享受这种特权的花费十分可观；但如果为了这种"服务"而付钱给他们，那这件事情就会成为工作，他们也就不会干了。

这孩子对那天在他周遭出现的实质性变化进行了一番思索，之后就打道回府，向姨妈报告去了。

## 第三章　汤姆的紫罗兰

汤姆来到正坐在一个敞开着的窗户旁的玻莉姨妈面前。这间屋子位于后面，宽敞而舒适，既是卧室，也是餐厅，还是书房。夏天那令人心醉的气息和倦意浓浓的静谧，那芬芳馥郁的花香和催人瞌睡的蜜蜂呢喃，都已经起了作用，姨妈拿着针线活在那儿打盹儿——除了那只在她腿上睡着的猫，她没有伴儿。为了不至于跌碎眼镜，她把它架在满头的银丝之上。她本以为汤姆早就溜出去玩了，现在却诧异地看见他乖乖地站在面前，而且毫无忌惮。汤姆说：

"姨妈，我现在可以去玩了吗？"

"啊？想去玩了？你的活做了多少了？"

"全做完了，姨妈。"

"汤姆，不要跟我扯谎，我受不了的。"

"没骗你，姨妈，真的都做完了。"

玻莉姨妈不太相信汤姆所说的。她要去看看；如果汤姆的话有五分之一是真的，她就比较满意了。但她发现，整个栅栏不但都粉刷过了，而且还反复刷过好几遍，连地上都抹了一块。她的惊讶是无法用语言来描述的，她说：

"哦，真不敢相信，太让人吃惊了！只要你愿意，你就能做得很不错啊，汤姆。"接着，她又加了一句淡化刚才夸奖的话："但我却必须得说，你愿意干活的时候太少啦。好了，你去玩吧，别忘了该回家的时候就回来，不然的话我会捶你。"

汤姆出色的表现令老太太惊喜交加。于是，她把他领到壁橱那里，给他挑了个很不错的苹果。又教导他说，如果不用不道德的手段而靠自己的努力换来别人的款待，那就不会有罪孽感，反而特别有价值、有意义。在她背诵《圣经》的一句名言妙语结束谈话时，汤姆顺手偷了一块油炸面圈。

汤姆蹦蹦跳跳地跑出门，看见希德正在爬外面那个通向二楼后面房间的楼梯。地上有很多土块，汤姆顺手捡起几个砸向希德，于是土块就像冰雹一般在希德的前后左右飞来飞去。在大惊失色的玻莉姨妈赶过来解围之前，希德身上早被六七块泥块击中，而汤姆已经翻过栅栏跑得很远了。

跟往常一样，汤姆赶时间时根本就不从栅栏上的大门出去。现在汤姆心平气和了——希德让姨妈注意到汤姆的黑线，从而让他遭了罪——他已经在希德身上出了气，解决了这件事情。

汤姆从那排房子后面绕过，钻进了紧挨姨妈家牛栏后面的一条泥泞不堪的小巷。不一会儿，他就安全地脱离了被逮的危险，急急忙忙地朝村子里那块公用地赶去。按照先前的约定，两支由男孩子们组成的"部队"已经在那里会合，准备开战。汤姆和他最要好的朋友乔·哈伯分别是这两支队伍的将军，这两位伟大的司令官都不屑亲自参加战斗——那种事适合下属和士兵——他们只管在一块高地上坐着指挥打仗，差遣着各自的随从和副官去发号施令。经过漫长而艰苦的战斗，汤姆的部队取得了伟大的胜利。接下来，双方统计阵亡人数，互换俘虏，商谈下次交锋的条件和日期；之后，双方都列队开拨，汤姆也自个儿回家了。

当他经过杰夫·撒切尔家时，看见一个花园里站着一个新来的女孩。她有着一对美丽迷人的蓝眼睛，金黄的头发编成了两条长长的辫子，穿着夏日上装和宽大的长裤。这位凯旋的英雄立即就被这个小姑娘迷倒了，他的心里已经完完全全地没有了艾梅·劳伦斯的半点影子。他本以为自己已经对她疯狂着迷，甚至把自己的那份感情视为崇拜，但在别人眼里，那只不过是一种虚无缥缈、可怜可叹的爱恋。当初为了赢取她的好感，让汤姆花费了几个月的时间，直到不到一周前，她才答应了他的追求，汤姆只是在这短短的一个星期里才成了世界上最幸福、最骄傲的男孩。但此刻，仅仅在一刹那间，她就走出了汤姆的心里，像一位拜访完毕之后立即告辞的陌

生人。

汤姆斜眼打量着这位让他倾慕不已的新来的可人儿，直到看见她发现了自己。汤姆假装并未注意到她，开始用那些引人发笑的、小孩子玩的花招在她面前炫耀，只为赢取她的好感。他继续显示自己那股可笑的傻劲，可是后来，他在表演惊险的体操时，却一眼瞥见那小姑娘正朝着房子轻移莲步。汤姆走近栅栏，倚在那上面，惆怅不已，企盼她能多待一会儿。她在台阶上停了一下，接着又朝门口走去。当她的脚踏上门坎的时候，汤姆重重地叹了口气。但是他的眼睛马上又亮了起来，因为她在门口消失之前，把一朵三色紫罗兰扔到了栅栏外面。

他跑过去，在离那朵花一两英尺远的地方停下来，然后手遮在眼睛上方朝街上看去，仿佛发现那边发生了有趣的事情。随后，他捡起一根稻草，横放在鼻子上，一边把头往后仰，一边努力地让那根稻草保持着平衡，又吃力地左右移动着身子，慢慢地朝着那朵紫罗兰靠近，终于，他把光脚丫放在花上，用灵巧的脚指头把花抓住，最后，他拿着这宝贝在转角处消失了。只过了不到一分钟，他就把那朵花别在了上衣里面，紧挨着他的心房——也可能是靠近胃的地方，好在他对解剖学所知不多，也不会介意的。

现在，他又返回来了，在栅栏附近游荡着，像先前那样进行炫耀，直到夜幕降临。虽然那个女孩再也没有出现过，但汤姆仍然安慰着自己，希望她那时一定是在某个窗户后面，并且知道他的意图。最后，他很不甘心地朝家走去，同时在那可怜的脑瓜子里想象着种种情景。

吃晚饭的整个过程中，汤姆始终神采飞扬，让姨妈十分不解：

"这孩子怎么了？"

因为他拿土块砸希德，所以姨妈把他臭骂了一通。不过，他对此一点也不在乎，甚至在姨妈的眼皮子底下偷糖吃，为此还被她用指关节敲了一顿。他说：

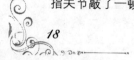

"姨妈，希德拿糖吃，你都不打他。"

"希德没有你这么讨人嫌。如果我不盯着你，你就会泡在糖堆里。"

随后，她起身到厨房去了。希德呢，因为受到了表扬，非常高兴，伸手就去拿糖吃——他故意在汤姆面前显示自己的得意，这种举动令汤姆十分难受。但是，希德失手把糖碗掉到地上打碎了。汤姆万分高兴，却忍着不动声色。他告诉自己，最好什么也别说，就在这儿稳稳地坐着，等姨妈进来问这是谁干的好事时再说不迟。世上没有什么事情能够比看着这个模范"宠儿"丢人现眼更精彩的了。老太太走进餐厅，站在那里望着地上的碎片，恼火的目光从眼镜上面射出来。汤姆兴奋得都快把持不住了。他在心里说：

"好戏开始了！"

但是，在接下来的那一瞬间，他突然发现躺在地上的反倒是自己！那只举起来的有力的巴掌正要再次揍他时，汤姆哭喊起来：

"不要啊，你凭什么打我？还这么狠。那是希德打碎的！"

玻莉姨妈一愣，僵住了，汤姆巴望着她能哄哄自己。但当她反应过来时，只说了这样的话：

"哼！我认为揍你一下也不冤枉你。没准在刚才我不在的时候，你又搞了些乱七八糟的事情呢。"

接下来，她才感到有些良心不安，很想说些什么慈言善语，却又觉得这会被看成是她的道歉，不能坏了规矩。因此，她什么都没有说，心情烦乱地忙着自己的事。汤姆坐在墙角，心里十分伤心。他知道，姨妈正在内心深处请求他的原谅。因为有了这种直觉，闷闷不乐的汤姆也就稍稍有些满足。但他没有表示任何和解的信号，对别的也不理不睬。他晓得，有两道含泪的目光不时地在他身上停留，但他就是不愿意表示自己已经感觉到了。他的脑子里出现了这样一个场景：自己病了，躺在那儿，就要死了，姨妈在他面前弯着腰，请求他的原谅，可他转身对着墙，至死也没有说一句话。啊，

那时她会有什么感受呢？他又想象着自己淹死了，有人从河里把他救起来抬回家，他的卷发湿淋淋的，他那颗满是创伤的心安息了。她会悲痛欲绝地扑到他身上，泪眼滂沱地祈求着上帝把孩子还给她，她发誓永远也不再虐待他了！然而，他仍然躺着一动也不动，周身冰凉，面孔苍白——一个饱经磨难的、令人同情的人终于脱离了苦海。

想着想着，汤姆越来越伤心。后来，他只得把泪水往肚子里咽，以防嗓子哽咽。他的双眼盛满了泪水，眼睛一眨就会泪流成河，顺着鼻尖滚滚而下。通过这种悲伤，他获得了无穷的快慰，如果那些庸俗无聊的愉快或快乐在此刻来扰乱他的情绪，他绝对受不了，因为他的这种快慰神圣得不可亵渎。所以，当玛丽表姐手舞足蹈地跑进院子的时候，他马上躲到一边去了。一周之前，玛丽到乡下去做客，好不容易才又再次看到了自己的家，所以她异常兴奋。当她唱着歌从前门飞进屋子的时候，汤姆却站起来，在暗影的掩护下从后门溜走了。

他找到了一个与他此时的心情相适应的僻静的地方，避开了那些孩子们经常出没嬉闹的地方。河边漂着的一条木筏立即吸引了他的注意。他走过去，坐在筏子的边沿上，凝神望着面前这片苍茫单调的河面，他又希望自己能不知不觉地被淹死，而不必经历那个注定的痛苦过程。一会儿之后，他记起了那朵花，就把它取了出来。花儿已经被弄皱了，委靡不振的，这更让他内心悲凉而快慰的情绪放大了不少。他想知道，她如果了解这件事情，会同情他吗？她会哭泣吗？会不会搂着他的脖子安抚他呢？还有，她会像这个空洞无趣的世界那般对他异常冷漠而转身离去吗？他的想象让他苦涩的心底泛起一丝甜蜜，于是他又在脑子里从不同的角度翻来覆去地想象着种种情形，直到无趣至极才罢休。最后，他在自己的叹息声里站起身来，在漆黑的夜色中走了。

在九点半或十点钟左右，街上空无一人，汤姆沿着街道向前走

着，又来到了那位不知姓名的可人儿住的地方。他停下来，尖着双耳听了一阵，却没有捕捉到任何声响。二楼的窗帘上映着一片昏黄的烛光，那个圣洁的人儿在那里面吗？他翻过栅栏，从植物丛中钻出来，一直来到那扇窗户下面才站住。他久久地仰望着窗子，满含柔情。然后，他在窗下的地上仰面躺下，双手合在胸口上，捧着那朵可怜的枯花。他希望就这样离开人世——在这冷酷的尘世，当死神来到身边的时候，这个孤苦无依的人头上没有任何东西遮盖，没有友爱的手替他擦去死神洒在他额上的汗水，没有满是爱意的面孔靠近前来表示怜惜。这样，在她第二天早上向外张望着令人愉快的清晨时，她就会发现他了。哦！她会为他那可怜的尸身滴落珠泪吗？哪怕只是小小的一滴……当她看见这个年轻的生命无情地被摧折而英年早逝时，她会不会轻轻地叹息呢？

窗帘卷起来了，一个女仆在说话，破坏了此刻神圣的宁静，楼上泼下一盆污水，躺在地上的殉情者的遗体在"哗！"的一声之后，全身湿透！

这位英雄被水浇得差点缓不过气来，一下子就从地上跳了起来，连连喷着鼻子。不久之后，只见有个东西带着风声划破夜空，其间还伴随着一声隐约的叫骂，紧接着就传来一阵窗玻璃"哗啦啦"地呻吟，然后就有一个矮小模糊的身影越过栅栏，飞一般地消失在朦胧的夜色之中。

不久，汤姆就脱得光溜溜的上床了。他正借着烛光检查那拧得出水来的衣服，希德这时醒了过来。希德幸灾乐祸地刚想说几句话取笑，却发现汤姆那令人不寒而栗的目光，立时觉得还是不出声的好。

汤姆睡觉前连祷告也不做，偷了一次懒。希德默默地记住了这点。

## 第四章　主日学校里震惊四座

在这片安宁的土地上，太阳升起来了，神圣的光芒笼罩着平静的村庄。吃过早饭后，珀莉姨妈举行家庭祷告：从一篇完全引自《圣经》的祷告辞开始，其间又夹杂着一星半点的创新。她把二者勉勉强强地揉合在一起，这有点像是由她在西奈山顶宣布摩西律中那个严酷的片断。

汤姆看上去精神十足，一本正经地开始背诵《圣经》中那一段又一段的话。早在几天之前，希德就已经记住了自己该背的那些内容。汤姆全力以赴，集中精力背诵《圣经》中的五个段落。他选了《登山宝训》的一部分，因为这是全文中最短的。半个钟头快过去了，他对要背的内容已经有了些初步的印象。但是也就仅此而已，因为这时候的他已经有些心不在焉，开始胡思乱想起来，双手也在忙着做一些分散注意力的小动作。玛丽表姐把他的书拿过去，让他背来听听，他就尽力不着边际地背下去：

"有福的人……呃——呃——

"穷困……

"呃——对，穷困。有福的人是穷人……呃——

"在精神上——

"精神上——有福的人是精神上的穷人，因为他们——

"因为他们的——有福的人是精神上的穷困者，因为他们的天国。有福的人是那些悲痛的人，因为他们的……他们——"

他就这样结结巴巴地硬着头皮往下背：

"因为他们将要——因为他们将要——呃——呃——将要悲痛……呃——被保佑的是那些将要——呃——将要什么？玛丽，怎么不给我一个提示呢？干嘛这么小气啊？"

"哦，汤姆，可怜的小傻瓜。我可不愿逗你玩，我不跟你开玩笑。你还得重新背。汤姆，千万别灰心，你一定能背出来的。只要

你记住了，我答应给你一些有趣的玩意儿。哎，这就对了嘛，这才是个好孩子。"

"一言为定！玛丽，你要给我什么呢？告诉我好吗？"

"汤姆，你不用问，我说有趣，就一定会是有趣的玩意儿。"

"说话要算数呀，玛丽。我就听你的，再去认真地背一下。"

好奇心和奖品的双重诱惑，真的让汤姆认认真真地背书了，他精神抖擞地背了一会儿，竟然取得了骄人的成绩。他从玛丽那儿得到了一把值一角二分半的崭新"巴露牌"小刀。他兴高采烈，手舞足蹈。虽然这把小刀切不了任何东西，但却是货真价实的"巴露牌"，这代表着一种至高的荣耀。在西部的孩子们看来，这种刀具就是一个谜——居然有很多有损它声誉的冒牌货，这令人难以忘怀，也许永远都会这样吧。汤姆用这把小刀在碗橱上胡乱刻了一气，正打算向衣柜下手，却被叫去换衣服。因为上主日学校的时间到了。

玛丽递给汤姆一盆水、一块肥皂。于是，他来到门外，把洗脸盆搁在一个小凳子上，接着用肥皂在水里蘸了蘸，又把它放下；卷起袖口，悄悄地把水泼在地上，然后转过身，走进厨房，扯起门背后的一条毛巾使劲擦脸。玛丽把那条毛巾拿开，说：

"嘿，汤姆！你好意思吗？可别这么没出息。水对你不会有伤害的。"

汤姆有些尴尬。他重新把洗脸盆盛满水，在洗脸盆旁边站了片刻，好像下定决心似的俯下身子，接着深深地吸了口气，开始给自己洗脸。随后，他闭着眼睛摸索着走进厨房，伸出手去摸那条毛巾。肥皂水顺着他的脸往下淌，这足够证明他洗过脸了。

然而，当毛巾移开后，那张露出来的脸还是不干净——只有两腮和下巴上面洗干净了，像是戴着一个假面具。下巴以下和腮帮子两边往后的部位，看不出沾过一点水的迹象，又黑又脏。玛丽一把把他拉过来，帮他清洗、打扮。之后，他才有了男人样，像个干净

孩子，大花脸也不见了，先前湿漉漉的头发整整齐齐，短短的卷发梳成了左右对称的漂亮样子（他曾经十分苦恼，总认为自己那头天生的卷发有些女人气，也千方百计地偷偷把卷发往下按，贴在头上）。

然后，玛丽把他的一套衣服拿了出来。两年来，每个星期天，他都穿这套衣服——我们直接叫它"那套衣服"好了——很容易就知道他在穿戴方面的全部家当。他穿好衣服之后，玛丽帮着"整理"：把干干净净的夹克扣子，包括下巴底下的，全部扣上；把那个肥大的衣领翻到下面，搭在两肩上，又把它刷得十分干净；替他戴上那顶缀了斑点的草帽。如此一来，他看上去就十分俊秀了，但也极不舒服，所以他显得十分不自在。为了保持整洁而穿上这种衣服简直太拘束了，因此，他心里异常烦躁，他真希望表姐别让他穿那该死的鞋子。可是希望破灭了，她按照惯例和习俗给他的鞋子抹上一层蜡油，再拿出来让汤姆穿上。汤姆急了，埋怨总有人让他做自己不愿做的事情。可是玛丽劝他：

"来吧，汤姆，这才是好孩子呢。"

于是，汤姆又是喊又是叫地总算穿上了鞋。很快的，玛丽也完成了出门前的准备，他们三个就动身了，一起朝主日学校走去。汤姆对那个地方简直是恨到了极点，可是希德和玛丽却十分喜欢。

在主日学校，九点半到十点半上课，之后做礼拜。希德和玛丽总是非常自觉，十分愿意待在那儿听牧师布道；汤姆每次也都留了下来，不过，却是因为某个重要的原因。

这个教堂十分简陋，规模也不大，里面共有三百张靠背很高却没有坐垫的椅子。建筑的顶部安了一个有点像盒子的东西，是松木做成的，当做教堂的尖塔。走到大门口时，汤姆故意减缓脚步，招呼一个同样穿着星期天服装的伙伴：

"喂，贝利，你有没有黄色票？"

"有啊。"

"我用什么东西跟你换你才肯呢？"

"你想用什么来换？"

"一块糖和一枚钓鱼钩。"

"让我看看。"

汤姆就把东西拿给他看。贝利很满意地跟汤姆做了交易。然后，汤姆拿两个白色大理石石子换回三张红票，还用其它一些小玩意儿换了两张蓝票。别的孩子走过来的时候，汤姆就拦住他们，从他们手里换来各种各样的票。十几分钟后，他们才和这群穿得整整齐齐的男孩女孩一起，唧唧喳喳地走进教堂。汤姆来到自己的座位上，跟那个离他最近的男孩吵起架来。那位上了年纪的老师板起面孔，叫他们别再闹了。等他转过身去，汤姆又抓了抓坐在另一张凳子上一个男孩的头发，那男孩回过头来时，他却假装专心致志地看书。随后，他又拿一枚别针扎了一下另一个孩子，痛得那男孩"哎哟"一声大叫起来。他又扎了他一下，结果被老师狠狠地责骂了一通。

汤姆所在的这个班总是这个样子——吵吵闹闹、调皮捣蛋，没有片刻安宁。当他们开始背诵课文时，没有人能够记得很完整，总需要不断地提示才行。不管怎样，他们最后还是马马虎虎地过关了，每个人还得了奖——蓝色的小票，每张票上都有一段《圣经》上的名言。必须背出两段《圣经》内容才能得到一张这样的票。十张蓝票相当于一张红票，可以互相交换。十张红票相当于一张黄票。要是有人能够得到十张黄票，校长就会奖励他一本简装《圣经》。在以前那些好过的日子里，这书值四角钱呢。亲爱的读者朋友们，你们中有多少人肯通过刻苦勤奋的学习方式，背上两千段《圣经》的内容来换取这样一本《圣经》呢？玛丽就肯！她利用整整两年时间耐心地学习，最终得到了两本《圣经》。还有一个有着德意志血统的男孩子得到了五本，他曾一口气背诵了三千段《圣经》的内容，但由于他用脑过度，从此以后就变得痴痴呆呆的

了——这是主日学校的一大悲剧，因为每逢重要的场合，在众多嘉宾面前（汤姆的说法），校长总让这个男孩出来"露一手"。通常，那些坚持用功，力争多得票以换取《圣经》的学生的年龄都比较大。因为这种颁奖大会并不经常举行，所以每次都十分轰动。在当时，获奖的学生是多么光荣而伟大啊，以至于在场的每个学生都会在心底萌生出新的野心，这种野心往往要到一两个星期之后才会消失。汤姆可能从未渴望过能获得这种奖品，但是毫无疑问，许多天以来他的内心深处都有一种隐隐约约的渴望，渴望这种奖励带来的光环和荣耀。

过了一些时候，校长在布道台前面站了起来，手里拿着一本合上的圣经，食指夹在书页之间，他让大家安静下来，听他讲道。这个校长在开始他那段简短的开场白时，手里总会有一本圣经，就像参加音乐会的歌手站在台上开始独唱的时候，手里总少不了一本乐谱一样——没有人知道这是为什么：既然台上受罪的那个人永远都用不上这些东西，不管是圣经也好，还是乐谱也罢。

校长三十五岁，身形瘦削，留着棕黄色的山羊胡和头发。他的衣服领子异常坚挺，领边差点儿就要顶到他的耳朵，两个尖尖的领角绕过脖颈与嘴角看齐，像一堵围墙，这让他只能目不斜视，每当他要扭头往旁边看时，必须得转过整个身子。他的下颌长在一个领结上面，那个领结的四周有花边，又宽又长像一张支票。他脚上那双靴子的头尖尖的，向上翘，属于当时非常流行的那种，像雪橇下面翘起来的滑刀——这种时髦式样要归功于年轻人坚持不懈地连续坐上好几个钟头，拼命地把脚趾抵着墙壁的努力结果。校长华尔特是个庄重严肃的人，思想虔诚、心地诚实，他对宗教信仰、宗教活动及其场所恭敬有加，坚决地让它们与世俗方面的东西划清界限。他自己并不知道，自己已经养成了在主日学校讲话时那种与众不同的语调，而在平常的日子里，他从来不用这种语调讲话。现在，他就用这种语调开始了他的讲话：

"注意了，孩子们，我要求你们尽量规规矩矩地坐端正，专心听我讲一两分钟的话。对啦，很好，乖孩子就应该这么做。那个朝窗外张望的小姑娘——恐怕她认为我也许是在外面的某个地方在给树上的小鸟们讲话吧（孩子们嘻嘻哈哈地喝彩）。我想告诉你们的是，能够看到这么多灿烂、干净的小脸蛋聚集在这里，如此乖巧，我的感觉好极了。"诸如此类的话还有很多，我们对此是再也熟悉不过了，因而没有必要把它们一五一十地写在这里。

某些调皮的男孩又开始打斗嬉戏起来，四周躁动不安，人人都在交头接耳，甚至像希德和玛丽这样安分而不易被带坏的孩子也受到了影响。这场演说的后三分之一便这样被破坏了。华尔特先生的声音戛然而止，教室里也随之鸦雀无声，大家都突然安静下来，默默地表达着他们对讲话终于结束的感激。

不久前的那阵交头接耳，主要是因为出现了这么一件事情——有几位访客来到了这里——这多少显得有点不同寻常。这些访客有：由一位看上去很虚弱的老人陪伴着的撒切尔律师，一位优雅高贵、体形臃肿、满头银发的中年绅士，一位贵妇（毫无疑问，她是那位绅士的夫人）和她手上牵着的一个孩子。汤姆的心里一直就很不自在，感到烦恼不堪，还觉得自己没有良心——他总是躲闪着艾梅·劳伦斯的目光，他受不了她那双含情脉脉的眼睛。但是，当他看见刚刚来到这里的小姑娘的时候，他的内心立即熊熊燃烧起来，感到幸福不已。接下来，他就使出浑身解数开始卖弄——给这个几耳光，抓抓那个的头发，做出种种怪相———句话，他用上了所有可能引起这个女孩的注意的小动作，以此来获取她的好感和欣赏。然而，他想起了在这个可人儿家的花园里所发生的那件不堪回首的事情，他一下子就泄气了，但是这很快就过去了——幸福的浪潮在沙滩上奔腾而过，所有不快的痕迹立即消失得无影无踪。

几位访客在最受尊敬的席位上一一落座，华尔特先生一结束他的演说，就为大家介绍了这几位贵宾。那位中年绅士竟然是个非凡人物——郡里的法官大人。孩子们还从未见过如此显赫的人物，他们很想知道他是由什么材料制成的——他们一方面很想听听他的咆哮声，一方面又对他可能发出的咆哮充满恐惧。法官大人来自康士坦丁堡——一个距此十二英里远的镇，这可是见多识广的人啊。他那双眼睛曾见过郡上的法庭——据说这所房子竟然有一个锡皮的屋顶。他的一切都是那么令人敬畏，这可以由他那令人难忘的缄默和一排排直盯着他的目光来证明。这就是了不起的法官大人，他的弟弟杰夫·撒切尔是汤姆他们镇上的律师。这时，杰夫·撒切尔立即走上去跟自己的哥哥亲近，这让全校师生羡慕万分、嫉妒不已。大家的窃窃私语在杰夫·撒切尔听来，就像令人欢畅无比的音乐一般美妙。

"吉姆，快看！杰夫走上去了。嘿！瞧，他要跟他握手了……他真的在跟他握手呢！唉，难道你就不希望自己就是杰夫吗？"

华尔特先生神气活现，官味十足，来来去去地发号施令，在这里发发意见，到那里给点指导，只要他发现了目标，总要上去说点什么。图书管理员也大出风头，他怀里抱着许多书本，嘴里唠唠叨叨，来回奔忙。至少，这种"卖弄"让这位小权威人物愉快。年轻的女教师们免不了也要趁机显示一下——弯下腰和蔼可亲地看着那些刚被打过耳光的孩子，伸出好看的手指警告那些不安分的学生，或者亲切地拍拍那些乖孩子以示奖励。同样地，年轻的男教师们也不甘落后，他们小声地责骂学生，或者用其它方式表示自己享有威望和重视校规。在布道台旁边的图书室那里，所有男女教师都有事情可干——本来只做一次就可以了，他们却装着很着急的样子，反反复复地做上好几次。小姑娘们、小男孩子们也以各种各样的方式出尽了风头，一时间，教室里纸团横飞，扭扭打打好不热闹。尤其是坐在台上的那位法官大人，面含威严的微笑，高高在上地望着全场，这种优越感让他陶醉不已——他也在卖弄自己啊！

华尔特先生非常希望能找到这么一个机会——给某个学生颁发

一本《圣经》，这可以让自己得到一番展示。现在只剩这最后一件可以让他兴奋到极点的事情没有做了。他在几个明星学生中间转了转，打听了一番情况。有几个学生手里拿着几张黄色票，却没有一个够数的。华尔特先生现在甘愿付出自己的一切，如果能让那个有着德国血统的学生的脑子再次清醒过来的话。

正在华尔特就快绝望的时候，汤姆·索亚来到他的面前，手里拿着九张黄票、九张红票和十张蓝票，请求给他颁发一本《圣经》。这简直就是晴天霹雳。即使再过十年，华尔特先生也绝不会想到这个宝贝竟然会向他提出申请。按照规定他无法拒绝——票没有问题。于是，汤姆将荣幸地与法官大人和其他几位贵宾坐在一起。这个重大的消息就从主席台上当众宣布了，全场为之震动。这是十年来最令人吃惊的事情，这位新英雄的地位被抬高得与法官大人相当。这样一来，所有人吃惊的眼里就有两位而不是一位了不起的人物了。男孩子们心里都在愤愤不平地嫉妒着。尤其是那些刚才用背《圣经》得来的小票跟汤姆交换他的财宝的那些孩子们，他们都懊悔得要命。为了得到汤姆那天因出卖粉刷栅栏的特权而积攒下来的这些玩意儿，他们把小票都给了汤姆，这下却帮了他的大忙，让他获得了这种令人气愤的荣耀。他们现在后悔莫及。这些孩子终于发现他们的对手是一个多么狡猾的骗子，是一条深藏不露的奸诈的蛇，而他们自己却是十足的大傻蛋。为此，他们都觉得自愧弗如。

在给汤姆颁奖的时候，校长绞尽脑汁地说了一些表示赞扬的话，以应付目前这种场面。可是，他的话里并没有多少发自肺腑的热诚，这位可怜的人凭直觉就知道这里面可能隐藏着什么不可告人的勾当。假如汤姆的脑瓜子里能装下两千段经文，那真会让人笑掉大牙——十几段经文就绝对能让他吃不消。

此时，艾梅·劳伦斯千方百计地想让汤姆瞧出她为他感到骄傲和自豪，可是汤姆偏偏就不朝她这边看。她不知道这是怎么回事，

她的心开始慌了，一丝隐隐的疑虑随后爬上心头，跟着又没了，随后又回来了。她凝神看了汤姆好一阵子，当她捕捉到汤姆偷偷地瞟向那个新来的姑娘的目光时，这才恍然大悟。于是，她心碎不已、嫉恨万分，眼泪就流了下来，她开始恨每一个人。她想，汤姆是自己最恨的那一个。

校长把汤姆介绍给法官大人。汤姆紧张得结结巴巴、呼吸困难、心儿狂跳不止——不只因为这位大人物威严无比，也因为他是她的父亲。如果现在是晚上，如果现在一片漆黑，他会情不自禁地拜伏在他的脚下。法官大人将手放在汤姆的头上，夸他是个优秀的小伙子，还问他叫什么名字。汤姆的舌头打了结，呼吸急促，好不容易才回答出来：

"汤姆，"他又慌慌张张地更正，"哦，不对，不是汤姆……应该是……托马斯。"

"噢，这才对嘛。我想应该还有一半吧，可能该有，这很不错。不过，你肯定还有一个姓，你告诉我好吗？"

"托马斯，告诉法官大人你姓什么！"华尔特先生在一旁说，"还要称呼先生，可别忘了礼貌呀！"

"托马斯·索亚，先生。"

"这就对了！这才是个好孩子，很不错的小伙子。不错不错，有出息。两千段的经文实在不少啊，真是够多的，你在背诵经文时花费了那么多工夫，一辈子也不会后悔的，因为知识比世界上的一切财富都更有价值，正是它造就了伟人和好人。托马斯，当你在某一天成为伟人和好人的时候，你会回首往事并且说，这都归功于你在童年时代所上的主日学校，都归功于教给你那些知识的敬爱的老师们，都归功于你的好校长，他鼓励你、鞭策你，还给你颁发了一本漂亮的《圣经》———本精美的《圣经》——让你自己永远珍藏。这一切都归功于老师们的谆谆教导啊！托马斯，将来你会这么说的。无论别人给多少钱买你那两千段经文，你也不肯卖的！

你一定不会卖的。现在请你给我和这位夫人说说你学过的内容，你应该不会介意吧。不会的，我知道你不会介意的，因为我们都非常喜欢有知识有学问的孩子。好了，不消说，你肯定知道那十二个门徒的名字吧，你就把耶稣最初选定的两个门徒的名字告诉我们，好吗？"

汤姆的手捏住一个钮扣眼，使劲地拉着，看上去十分忸怩。他的脸"刷"地一下子就红透了，眼皮子也耷拉了下来。华尔特先生的心猛地沉了下去，心想这个孩子连最最简单的问题都回答不出来，法官大人却偏偏要考他。华尔特先生不得不开口：

"托马斯，不要害怕，回答这位先生。"

汤姆依然紧紧地闭着嘴巴。

"我知道了，你会给我讲的。"那位夫人说道，"那两个门徒的名字叫……"

"戴维和戈里亚斯……"

还是让我们发发善心就此打住吧，这出好戏该收场啦！

## 第五章　无聊中的乐趣

十点半左右，小教堂的破钟敲响了，人们开始聚集起来，准备听上午的布道。主日学校的孩子们也各就各位，跟着自己的父母坐在教堂里，以便接受家长的监管。玻莉姨妈来了，汤姆、希德和玛丽坐在她的身旁。汤姆的座位被安排在靠近过道的那一端，为的是让他离敞开着的窗户和它外面美丽的夏日景物尽可能远一些。大家顺着过道鱼贯而入，他们依次是：年老而贫苦的邮政局局长（他以前的日子过得很好），镇长和他的夫人——这里居然还有个根本没必要存在的镇长（他跟其他形同虚设的摆设没什么区别），治安法官，娇小玲珑的道格拉斯寡妇（她四十岁上下，仁慈善良，乐善好施，生活比较富裕。她在山上有一幢镇上唯一漂亮气派、可称之为宫殿的住宅，每逢喜庆的日子，她就是圣彼得堡镇人引以为傲最热情好客、最慷慨大方的人），名叫华德的德高望重的驼背少校和她的太太，那位远道而来的贵客威尔逊律师。接下来是镇上的大美人，她的身后是一大群让人害相思病的年轻姑娘，她们身着细麻布衣裳，头发上扎着缎带。镇上所有年轻的店员和职员跟着她们一拥而进——他们是姑娘们最痴迷的追求者，最初都在门廊里站着，围起一堵人墙，人人都吮着自己的指头，直到最后一个姑娘走出包围圈。镇里的模范儿童韦理·莫夫逊是最后一个进来的，他对他的妈妈关怀备至，生怕她像雕花玻璃制品一样轻易地摔碎。他总是领着他的母亲上这儿来，别的母亲都羡慕不已。其他男孩子却十分恨他，只因为他过于循规蹈矩了，尤其是他总是能得到赞扬，这令他们很难堪。他的屁股口袋外面每天都垂着一条白手绢，连星期天也这样——很少有例外。汤姆不用手绢，他瞧不起那些用手绢的孩子，认为他们做作、势利。

听布道的人全部到齐后，那口大钟又响了起来，警告那些不守时的和在外面瞎跑的人。在整个布道的过程中，总有一些嬉笑和窃

窃私语从边座席上的唱诗班里传出来，破坏了教堂里本该宁静而肃穆的氛围。我记得在很多年以前，曾经有过一个不像这样没教养的唱诗班，可我现在对它已经没有什么印象了，我想不起来那是在什么地方，可能是在国外吧，我想。

　　牧师拿出大家要唱的赞美诗，饶有兴味地念了一遍。他的强调有些特别，很受当地人的欢迎。他的音调从中音开始，渐渐地一路抬高，直到在最高音的一个字上强调一下，然后又突然像从跳板上跳下来那样直线下降：

　　　　为了建立功勋，别人正奋勇血战
　　　　在沙场
　　　　我怎么能够在花床上安睡，梦想
　　　　进天堂

　　他的朗诵精彩万分，无比美妙，这是大家公认的。在教堂的联欢会上，人们经常邀请他为大家朗诵，每当他朗诵完毕，女人们总要高举双手，随后又让它们无力地垂落在膝上，一边转着眼珠子一边摇头，似乎在感叹："这太美妙了，简直无法形容，能在红尘之中听到如此悦耳的声音真是太难得了。"

　　唱完赞美诗，斯普拉格牧师就把自己当成了告示牌，开始喋喋不休地宣布一些与集会和团体活动有关的消息，他宣布起事情来没完没了，似乎不讲到一声巨响末日来临时不肯罢休——直到今天，美国依然保留着这种令人费解的习惯，在新闻业很发达的城市里也一样。一般来说，越是没有多少存在理由的传统习俗，越是很难根除。

　　接下来，牧师终于做祷告了。这篇祷告辞很不错，内容丰富，涉及了各方面：为教堂和孩子们祈祷，为全郡的安宁祈祷，为那些在风暴肆虐的大海上漂泊的可怜水手们祈祷，为那些在欧洲的君主

专制和在东方独裁统治下受压迫的千千万万穷人祈祷，为那些对主的光芒和福音无动于衷的人祈祷，为遥远海岛上的那些异教徒祈祷。牧师最后的祈祷是，请求主恩准他所说的话，希望自己的祈祷就像播撒在肥沃土壤里的种子那样，必将开花结果，造福无边。阿门。

　　在衣衫发出的一片沙沙声里，人们纷纷落座。本书的主人公对这篇祷告辞并不欣赏，可他不得不忍着，能忍受就不错了。在祷告的过程中，他总是不安分。他并非有意识地记录下了祷告辞的每个细节，虽然他没有认真听，但他对牧师的陈词滥调耳熟能详。只要祷告辞里出现了一些新的东西，他的耳朵马上就能捕捉到，周身极不舒服。在他看来，把一些新东西加进去很不公平，也不够磊落，跟耍无赖没什么区别。

　　当祷告做到一半的时候，一只苍蝇在他前面的座椅靠背上停下来，悠闲自在地搓着腿，伸出胳膊使劲地擦着那颗几乎跟身子一分为二的脑袋。它的脖子暴露无遗，细得像根线。它又用后腿拨弄着翅膀，把翅膀往身上拉，好像要把它的礼服的后摆拉平。它似乎清楚自己的安全绝对没有问题，所以就始终不慌不忙、逍遥自在地在那儿梳妆打扮。这只苍蝇的悠闲自在刺激得汤姆手痒难耐，他忍不住慢慢地把手移过去，打算抓住这个自觉很安全的小东西。但是他又停住了，他不敢——他相信在做祷告的时候做这种事情，灵魂会立即毁灭。当祷告讲到最后一句时，他那弓着的手背还是悄悄地向苍蝇靠近，随着一声"阿门"，苍蝇马上就成了俘虏。可是他的举动被姨妈发现了，所以他只得把它放掉。

　　牧师宣布了祷告辞引用的《圣经》章节之后，开始进行单调乏味的施道，有许多人忍受不住这种冗长沉闷的气氛，渐渐开始昏昏欲睡起来。布道词里列举了地狱里无数五花八门的刑罚，让人觉得有资格进入天堂的人寥寥无几，世人几乎无可救药了。每次做完祷告，汤姆虽然对其内容所知有限，却总能说出牧师所用经文的页

数。可是这次却有些不同，他在计算着祷告辞的页数的同时，对内容也产生了兴趣。牧师描绘了这样一个壮美的场景：千年至福时期，全世界各族人民和睦相处，狮子和羔羊躺在一起，所有人和动物都由一个孩子率领。然而，这个伟大的场面并未感动汤姆，他关注的是那个小孩在千万人面前显现的那种非凡气概。他有些喜不自胜，心里暗暗想着自己是那个孩子就好了，如果那头被驯服的狮子不吃人的话。

　　牧师还在继续不厌其烦地布道，汤姆再次陷入痛苦的深渊。但是他又想起了自己那装在雷管筒子里的宝贝玩意儿，于是赶紧把它拿了出来。这只被汤姆叫做"大钳甲虫"的黑色甲壳虫一被取出来，就咬了汤姆的手指一口。他本能地弹了一下手指，甲虫就被弹翻到过道上，它四仰八叉地舞动着腿，徒劳地想翻过身来。汤姆把那只被咬伤的手指放到嘴里，眼巴巴地望着"大钳甲虫"，一心要把它抓回来，却始终够不着。其他人对布道也厌烦透顶，趁机盯着地上的甲虫，以此打发百无聊赖的时光。

　　这时候，一只情绪不佳的狮子狗游荡着走了过来，它在夏日安闲的气氛里显得无精打采——它在屋子里待腻了，打算出来换换环境。它一下子就看见了这只甲虫，耷拉着的尾巴立即就竖立起来，不停摇摆。狮子狗在甲虫四周转了一圈，审视着这个俘虏，隔得远远地闻了闻，然后围着甲虫又转了一圈，它的胆子越来越大了，渐渐靠上前去嗅着。它张开嘴，十分谨慎地去咬那只虫子，却没有成功。他尝试了一次又一次，逐渐觉得这很好玩，于是把肚子贴在地上，伸出两只脚把甲虫拦住，继续戏耍它。可是，最后它终于玩腻了，下巴一点儿一点儿地低下去，碰到了甲虫。

　　然后，狮子狗一下子就被对手咬住了下巴，它发出一声惨叫，将头猛地一甩，甲虫被甩出了一两码外，再次仰面朝天。附近的观众感到一阵轻松愉快，都轻轻地笑了，有人还拿扇子和手绢把脸挡住，以免被发现。汤姆开心极了。

那只傻乎乎的小狗可能也觉得自己很傻，于是就对甲虫怀恨在心，打算报复。于是它又走到甲虫旁边，再次小心翼翼地发动攻势。它围着甲虫转来转去，一有机会就扑过去，在离甲虫很近的地方挥舞着前爪，再更近地用牙去咬它。如此这般，忙得它摇头晃脑，耳朵闪忽个不停。但是，不久它就玩腻了，本来想找只苍蝇寻开心的，结果还是很郁闷；于是，它把鼻子贴着地面，跟在一只蚂蚁身后走了几步，然后开始打起了呵欠，还叹息了一声，慢慢地坐了下来——那只早被它忘得一干二净的甲虫恰好就在它的屁股下面。于是，这只狗便痛苦地大声尖叫着，在过道上飞快地跑起来。它不停地惨叫、不停地奔跑，从圣坛前面冲过去，跑到了另一边的过道上，然后往大门口冲去。当跑到门边上的最后一段过道时，它已经痛得不行了，后来简直成了一个毛茸茸的彗星，亮光闪闪地以光的速度飞奔起来。最后，这只痛得发狂的狮子狗越出了它的轨道，一下扑到它主人的怀里，被主人一把抓住，紧接着就飞出了窗户。很快地，痛苦的惨叫声越来越微弱，最后消失在远处。

此时，教堂里的布道声突然中止，一片沉寂，所有的人拼命忍着心中的大笑，满脸通红，憋得透不过气来。牧师接着讲道，声音犹犹豫豫又变了调，想要重新收回人们的注意力，说什么也是不可能的了，即使他讲的是十分严肃的内容。从教堂后方的座椅背后，总会有大大不敬的笑声传出来，好像这个可怜虫刚才讲得十分好笑。最后，牧师祝福了人们，大家的苦难才宣告结束，全场一阵轻松。

汤姆·索亚愉快舒畅地回了家。他想，在做礼拜的时候增加点别的花样，倒十分好玩呢。让他遗憾的是，那只小狗太不不够意思了！他很想让它和大钳甲虫好好玩耍，谁知它却带着甲虫跑了。

## 第六章　课堂巧识贝基

新的一天来临了，汤姆却觉得非常难受，他在星期一早晨总是很难受，因为漫长难熬的一周又开始了。他一直认为，在两周之间要是没有这个休息日反倒更好，有了它，再到学校里去，跟去蹲监坐牢没什么两样，他十分讨厌这一点。

汤姆躺在床上胡思乱想，脑子里突然蹦出一个希望自己生病的念头——如果病了，就很有可能待在家里而不用去上学。他仔细地检查了一下自己的全身，没发现什么不对劲的地方。他再次检查了一遍，满以为这次可以找到肚子疼的理由，并且十分希望让疼痛发作起来，但是，他很快就失望了，肚子连半点疼痛的迹象也没有。他想啊想，突然发现了一个新目标——上排的门牙其中一颗已经有些松动。他暗自庆幸，正准备开始呻吟——用他的话说，这叫"开场白"，却猛然想到了一个可怕的问题：如果提出这个理由来逃避上学，姨妈肯定会拔掉这颗门牙的，那将得不偿失啊！因此，他打算暂时留住这颗牙，看看有没有别的法子。找来找去，什么毛病也没找到。后来他又想起有个医生说过，有一种病可以让人躺上两三个星期，弄得不好，可能还会损失一个手指头。于是他赶紧把他那只肿痛的脚指头从被窝里移出来，举到面前细细地观察。虽然他不知道生了那种病会是个什么样子，却认为试一试也是值得的，因此就开始装模作样地呻吟起来。

可是，希德依然沉睡不醒，没有任何反应。汤姆于是呻吟得更起劲了，而且觉得自己的脚真的在痛呢。

希德还是没有任何动静。

汤姆呻吟得太起劲了，累得不停地喘气。他暂停了一会儿，又重新振作精神，发出一阵阵以假乱真的呻吟声来。

希德睡得又香又甜。

汤姆很生气，一边使劲推着希德，一边喊道："希德，希

德！"不出所料，希德醒了，打着呵欠，伸着懒腰，用胳臂支着身子慢慢爬了起来，还打了一个喷嚏，很快的，他注意到了汤姆在呻吟，就瞪着眼珠子问：

"汤姆！嘿，汤姆！"

汤姆没说话。

"你怎么了？汤姆！汤姆！你到底怎么啦？汤姆！"他摇了摇汤姆的身子，惶恐地看着汤姆的脸。

汤姆呻吟着，说："啊，不要啊，希德，别推我。"

"嘿！你怎么了？我得去叫姨妈。"

"不要……不要紧的。也许很快就会好的，不要叫任何人来。"

"我必须得去叫人！别这样叫唤了，听着叫人害怕。你这样子有多长时间了？"

"有好几个小时了，哎哟！希德，别推我，你想要我的命吗？"

"你为什么不早点把我弄醒呢？汤姆，哦，不要再叫了！你叫得我浑身都起鸡皮疙瘩了。汤姆，你哪儿不舒服啊？"

"希德，我什么都不跟你计较了（呻吟），我不怪你以前对我做的一切。我死了以后……"

"哦，你不会死的，汤姆。别这样啊，汤姆——别这样。也许……"

"希德，我原谅所有的人（呻吟）。请你替我跟他们说吧，希德，你把我那个破窗户框，还有那只独眼小猫给那个刚搬来的女孩吧，你跟她说……"

希德一把抓起衣服，立即就跑了出去。汤姆此时真的难受极了，他想不到想象力竟然有这么大的作用，于是他呻吟得更逼真了，如假包换。

希德冲下楼梯，边跑边喊：

"玻莉姨妈，快点啊，汤姆要死了！"

"要死了？！"

"是的，姨妈。你再不上来就来不及啦！"

"胡说八道！我不信！"

她还是赶紧跑上楼，希德和玛丽紧随其后。她此时的脸色显得十分苍白，双唇直打哆嗦。来到床边，不停地喘息着，问道：

"汤姆啊，汤姆！你哪里不舒服啊？"

"哦，姨妈，我……"

"哪里不舒服？孩子，你究竟怎么了？"

"哎哟，姨妈，我那该死得脚指头发炎了！"

老太太一屁股坐在椅子上，嘘了口气，又笑又哭了好一阵子，最后终于平静下来，说："你可吓死我了，汤姆。好了，给我闭嘴吧，别再瞎说了，赶紧起来吧。"

汤姆停住了呻吟，脚指头上的疼痛感也马上没有了。他有点难为情地说：

"玻莉姨妈，脚指头真的像发炎了呢，痛得我都没顾得上牙齿。"

"今天的怪事真不少啊！你的牙齿怎么了？"

"一颗门牙松了，里面痛得很。"

"得了得了，你不要再叫啦。张嘴，不错……是松动了，但那绝对不会痛死人的。玛丽，给我拿根丝线来，再到厨房去弄一块烧红的火炭。"

汤姆说：

"别！姨妈，你手下留情啊！牙不痛了，要是再痛，我也不叫了。姨妈，请你不要拔它。我情愿去上学，还不行吗？"

"什么？你不逃课了？你大呼小叫的，原来就是为了能够待在家里呀，不去上学，难道又想去钓鱼吗？汤姆啊汤姆，我这么爱你，你却总是要耍滑头来气我，你想要我这条老命啊！"这时，拔牙

的准备已经完成。老太太在丝线的一头打了个活结，牢牢地拴住汤姆的那颗门牙，又把丝线的另一头系在床柱子上。随后她夹起那块红红的火炭，冷不防地朝汤姆的面门伸去，几乎碰到他的脸。结果呢，那颗牙就被扯下来了，吊在床柱子上晃啊晃的。

有失必有得。吃过早饭后，汤姆在上学途中遇到的所有孩子都十分羡慕他，因为他上排门牙处的缺口让他发明了一种新的吐口水的方法。一大帮孩子跟在他屁股后面，兴趣盎然地观看他的表演。那个割破了手指头的孩子，曾经深受众人敬佩，带着大家四处玩，可是现在他忽然受到了冷落，很没有面子。他很郁闷，嘴里说像汤姆·索亚那样吐口水根本没什么了不起，可是心里却不这么想。有个孩子说他那是"酸葡萄效应"，因而惹怒了他，被他四处追打。

不久，汤姆碰到了村里的坏孩子哈克贝利·费恩，他的父亲是本镇的一个酒鬼。这里所有孩子的妈妈都对哈克贝利又恨又怕，他成天无所事事，无法无天，而且缺乏教养、粗鄙下流。虽然家长们都禁止自己的孩子跟他搅和到一块儿，但所有孩子却都很羡慕他，喜欢跟他一起玩耍，甚至以他为榜样。汤姆与其他很多体面的孩子一样，对哈克贝利那种逍遥快活的流浪儿似的生活羡慕不已，同样的，他也受到了严厉的警告：不许跟他玩。但是，只要有机会，他就跟他混在一起瞎玩。哈克贝利衣衫褴褛，浑身破布飘飘——他经常穿着大人们当废品丢弃的破旧衣服，他的帽子也是又大又破，边上耷拉着一块弯月形的帽沿。如果他穿上衣，那上衣衣摆就快拖到他的脚后跟，背后两排整齐的扣子一直扣到屁股处；唯一的一根吊带就是他的裤子，裆部像一个垂挂得很低的、空空如也的口袋，在他不卷裤腿的时候，就让毛边的下半截裤脚在灰土里来回扫荡。

哈克贝利来去自由，率性而为。在晴好的天气里，他睡在门外的台阶上；下雨的时候，就睡在大空桶里。他用不着去上学，也不去做礼拜，不必叫谁老师，也用不着听谁的话；他想去钓鱼就去钓鱼，想去游泳就去游泳，根本不受时间地点的限制；也没有人能管

住他不去打架；只要高兴，他熬夜想熬到什么时候都可以；他总是春天到来后第一个光着脚丫以及秋天里最后一个穿上鞋的人；从未见过他洗脸，也从未见过他穿过干净的衣服；他可以随便说脏话，骂人的技术特棒。一言以蔽之，这孩子拥有所有能够充分享受生活的事情。圣彼得堡镇上每个不得自由、饱受压抑的体面孩子都是这么认为的。

汤姆跟那个浪漫的流浪者打招呼：

"哈克贝利，你好啊！"

"你也好啊，喜欢这玩意儿吗？"

"那是什么宝贝？"

"一只死猫。"

"让我瞧瞧，哈克。呵！这家伙硬邦邦的，你是从什么地方弄到的？"

"从一个小孩那儿买的。"

"用什么东西换的呀？"

"一张蓝票和一只从屠宰场搞到的猪尿脬。"

"哦，那你的蓝票又是从哪儿拿到的？"

"两星期前，我用一根滚铁环的棍子跟贝恩·罗杰换的。"

"那么，哈克，死猫有什么用呢？"

"有什么用？它可以治好疣子啊。"

"真的？你这样认为吗？我倒有个更好的药方。"

"我敢打赌，你不知道。是什么方子？"

"不过是仙水罢了。"

"仙水？在我看来，仙水没什么价值吧？"

"你是说它一文不值吗？你试过没有？"

"没有。但是鲍勃·唐纳试过。"

"你怎么知道？"

"哦，他告诉了杰夫·撒切尔，杰夫告诉了钱宁·贝克，钱宁

告诉了吉姆·赫利斯，吉姆又告诉了本·罗杰，罗杰又告诉了一个黑人，而那个黑人把这告诉了我。就这样，我当然就知道了。"

"得了吧，你知道也没用。他们都在骗人，不过那个黑人可能不会。我虽然不认识他，但我从来没见过撒谎的黑人。我呸！那你说说鲍勃·唐纳是怎么试的。"

"哦，一个已经腐烂的老树桩里积有雨水，他把手伸进去蘸那玩意儿。"

"当时是白天吗？"

"当然。"

"他的脸正对着那个树桩吗？"

"对。我猜是这样的。"

"他没有说什么吗？"

"估计没有吧。这我就不知道了。"

"哈！这种蠢办法也称得上是仙水治疣子！唉，那根本就不可能。必须要这样做才行：独自一人到树林里，找到里面有仙水的树桩，等到半夜，背对着树桩把手伸进去，嘴里要念：'麦粒麦粒，玉米面粉。仙水仙水，治好疣子。'之后就闭上眼睛，马上走开，走十一步，再转三圈，然后直接回家。千万别跟任何人说话，否则那个咒语就不灵验了。"

"哼，听起来还真像那么回事儿。但是鲍勃·唐纳的做法不是你说的那样。"

"嘿，我说伙计，他当然没有这样做，要不他怎么会是镇上疣子长得最多的人呢？如果他知道使用仙水的方法，他身上的疣子早就全没了。我总喜欢玩青蛙，所以我身上就是会长那么多的疣子。哈克，我就是用那个办法治好我手上那些数不清的疣子的，有时候我也用蚕豆来治。"

"对，蚕豆不错。我也这样治过。"

"真的？你是怎么做的呢？"

"把一个蚕豆掰成两片，再把疣子挤出血来，把血抹在一片蚕豆上，在没有月亮的深夜找个岔路口，在那儿挖个坑，把这片蚕豆埋进去，最后烧掉另外那片蚕豆。有血的那片蚕豆一直吸啊吸啊，想把它的另一半吸过来，这等于用血去吸疣子。要不了多久，疣子就没了。"

"不错，就是这样，哈克，就是这样。不过在埋蚕豆的时候一定要说：'埋下蚕豆，治好疣子，别再烦我！'这样做的效果会更好。乔·哈帕曾经试过，他去过很多地方哩，差不多到过康维尔。不过我想知道，用死猫又怎么治疣子呀？"

"哦，在半夜里埋葬坏人的时候，你拿死猫到墓地去；魔鬼都在半夜三更活动，有可能是三三两两地结伴而行，你是看不见他们的，不过能听到他们走路的动静，也有可能听见他们说话。在他们带着那坏人去地狱的时候，你把死猫扔在他们身后，并且念：'魔鬼跟着尸体，死猫跟着魔鬼，疣子跟着死猫，我的疣子掉了！'这样治疣子比什么都灵。"

"唔，这听起来很有道理，哈克，你试过吗？"

"没有。这个方法还是霍普金斯老太太告诉我的。"

"是的，她可能讲过，人们都说她是个巫婆。"

"她就是，汤姆，这我清楚。我爸爸亲口说过，她曾经引诱过他。有一天，他从她旁边经过，发现她要引诱他，就捡起一块大石头，幸好她及时躲开了。可是，也就在那天晚上，我爸爸喝得烂醉，爬到一个小木屋屋顶上躺下，却不知怎么回事从那上面掉了下来，摔断了一只手。"

"啊，这太不幸了。他怎么就知道她要引诱他呢？"

"哦，老天！这一眼就能看出来的。我爸爸说，当她们直勾勾地盯着你看的时候，就是要引诱你，尤其当她们嘴里还念念有词的时候，就更不用说了。她们把祷告辞反过来念。"

"我说，哈克，你什么时候要去试试这只死猫？"

"今天晚上。我猜得不错的话，他们会去弄霍斯·威廉斯这个老东西。"

"星期六不就把他埋了吗？他们在星期六夜里没有来吗？"

"呵，看你说的！那些咒语在午夜之后根本起不了作用。一过半夜十二点，星期天就到了。我认为鬼不会在星期天东游西荡的。"

"原来是这样的呀，我倒没有想过这一点。让我跟你一起去怎么样？"

"当然，如果你不怕的话。"

"怕？那倒不会。到时你学猫叫好吗？"

"好的。不过在听到我的叫声后，你也要回应才行。上次你让我在那里学猫叫，黑斯这老家伙就朝我扔石块，还骂什么'去你妈的瘟猫！'后来，我用砖头砸破了他家的窗户。对了，你可别跟别人讲啊。"

"我才不会跟人说呢。那天晚上姨妈把我盯得紧紧的，我没有机会学猫叫。但是这次我一定会咪呜咪呜叫的。咦，那是什么？"

"一只扁虱而已。"

"从哪里弄来的？"

"外面的树林里。"

"你准备用它换什么东西吗？"

"我不知道。我可不想卖掉它。"

"算了吧，这只扁虱才这么大一点。"

"哦，每个得不到扁虱的人都说它不好。我对它倒十分满意呢。对我来说，这是一只很不错的扁虱呢！"

"哼，扁虱多着呢。只要我想要，我就能搞到一千只。"

"得了吧，你怎么不去搞来看看？你自己最清楚，你搞不到。我想，这是一只比较早的扁虱，我今年头一次看到。"

"那，哈克……我用我的牙齿跟你交换吧。"

"先让我瞧瞧。"

汤姆取出一个小小的纸包来，小心谨慎地打开。哈克贝利伸长了脖子想快一点看见这东西。这种诱惑太大了。最后，他问：

"这牙齿是真的吗？"

汤姆翻开嘴唇，给他看门牙处的缺口。

"哦，好吧，"哈克贝利说，"我们就换吧。"

汤姆拿出几天前装大钳甲虫的那个雷管筒子，把扁虱装进里面。之后他俩就各自走开了，都觉得自己比起以前来更加富有了。

当汤姆来到那座如框架结构般的校舍时，他踩着轻快的步伐，装着正经来上学的样子，大步地走了进去。他把帽子挂在钉子上，有模有样地一边忙着一边准备坐下。老师在一把大大的藤编扶手椅上居高临下地坐着，正在一片昏昏欲睡的读书声里打着瞌睡。汤姆进来的时候，老师惊醒了：

"托马斯·索亚！"

"到，先生！"汤姆知道麻烦来了，因为老师叫他的全名。

"到这儿来。好家伙，说说你为什么又迟到了，老这样？"

汤姆眼珠子一转，正想撒谎的时候，一眼瞥见了一个人，她的背上垂着两条长长的金黄色辫子，顿时心为之一跳。暖暖的爱意从心底流过，他立刻认出了那个可人儿。很巧的是，在女孩子们坐的那一边，只有她旁边还有一个空位。汤姆马上回答道：

"我在路上跟哈克贝利·费恩说话耽搁了！"

老师差点被他气死，他恨铁不成钢地瞪着眼睛，一动不动地看着汤姆。"嗡嗡"的读书声在这时停了下来，大家都搞不懂汤姆怎么了，怀疑这个冒失鬼的脑子出了问题。老师说：

"你，你都干什么了？！"

"我在路上跟哈克贝利·费恩说话耽搁了！"汤姆再次清清楚楚地回答。

"托马斯·索亚，你的坦白是我听过最令人吃惊的事情了。你

这么无法无天，恐怕不用戒尺是不管用的。脱掉上衣！"

老师动起手来绝不留情，直到他的胳臂酸软，戒尺明显受损时才停下来。之后，他命令汤姆：

"去吧！跟姑娘们坐在一块，这是给你的一次警告。"

教室里的孩子们都在交头接耳地议论着，因为汤姆好像有些脸红。其实，他是为了那位他爱慕着却又素不相识的可人儿而脸红，尤其是为了有幸与她同桌。他在松木做的板凳一端坐下，那女孩的头一昂，身子往板凳的另一端挪了一下。同学们相互间推推胳膊，挤眉眨眼地窃窃私语，汤姆却一本正经地坐着，把两只胳膊搁在又长又矮的课桌上面，看上去一副认真读书的样子。

渐渐地，大家的注意力开始从汤姆身上转移开来，低沉的读书声如刚才一样再次响起，弥漫在校舍那死气沉沉的空气中。

汤姆已经偷偷地瞟了那个女孩好几次了，她有所察觉后，对着汤姆做了个鬼脸。之后大约一分钟，她都拿后脑勺对着他。后来，她慢慢地转过脸，发现面前摆着一个桃子。她把桃子推开，汤姆又把它轻轻地放回来。她再推的时候，已经温柔了一些。当汤姆再次耐心地把它放到她面前时，她不再拒绝。汤姆在自己的写字板上写道："请你收下它吧，我还有好多呢。"那女孩拿眼角瞄了一下这些字，还是一动也不动。汤姆就又用左手挡着写字板，开始在上面画起来。刚开始的时候，女孩忍着强烈的好奇心不去看他画，可是后来有些动摇了，想看却没有明确的表示。汤姆装着没注意到女孩的反应，仍然不动声色地继续画着。最后，她让步了，犹豫了好一阵子，才用蚊子般的声音说：

"让我看看吧。"

汤姆把左手稍稍移开了一点，露出写字板上画的一座房子，有两面山墙，一缕炊烟从烟囱里袅袅升起。这幅画的确不怎样，画面还模糊不清，却吸引了女孩子的兴趣。此时，她已经把一切都忘得干干净净了，等到汤姆画好的时候，她盯着画认真地看了一会儿，

然后轻轻地说：

"画得真好……再画一个人上去吧。"

这位"画家"就在前院里加了一个巨人，他那庞大得身躯像一辆人字形吊车，仿佛一抬脚就可以从房子上面迈过去。不过，这个姑娘对此一点也不介意，反而对这个巨型怪物很满意。她低声说：

"哦，这个人画得好看极了，接下来就画我吧，我正从那边走过来。"

于是汤姆就画了一个既像水漏也像沙漏的东西（反正是某种定时器），再加上一轮圆月，四肢像是稻草人那般僵硬的手脚，张开的手指拿着一把大得让人害怕的扇子。

姑娘又说了：

"太棒了。如果我会画，就太好了。"

"这简单，"汤姆轻声说，"跟我学好了。"

"啊，你愿意教我呀，什么时候呢？"

"中午吧。你回家吃午饭吗？"

"要是你教我，我就待在这儿。"

"好吧，真是太好了。你叫什么名字呀？"

"贝基·撒切尔。你呢？哦，我想起来了，你叫托马斯·索亚。"

"他们打我的时候，就那样叫我；我很乖的时候就叫汤姆。你叫我汤姆吧，好吗？"

"好的。"

这时候，汤姆又开始在写字板上写着什么，仍然用手遮着不让她看。她这次可不像先前那样了，直接请求汤姆让她看。汤姆说：

"呃，没什么好看的。"

"不会的，一定好看。"

"真的不好看。再说了，你也不喜欢看这个。"

"我要看，我就要看。请给我看看吧。"

"你会跟别人讲的。"

"我不会，绝对不会，百分之一百二十不会。"

"不跟任何人讲吗？永远不，一辈子也不说出去？"

"是的，我绝不会跟任何人说的。现在给我看吧。"

"呃，你真的很想看？"

"你都这样待我了，我就一定要看！"她伸出小手压在他的手背上，两个人开始争起来。汤姆装着不想让她看到的样子，拼命捂着写字板，后来一点点地把手拿开，三个字跳了出来："我爱你。"

"啊，你好坏！"她的脸"刷"地一下就红了，使劲打了他的手一下，心里却甜蜜蜜的。

就在这个时候，汤姆发觉有人慢慢地抓住了他的耳朵，又慢慢地往上提。这一抓非同寻常，汤姆怎么也摆脱不了。在四周一片嘲讽的笑声里，他被拧着耳朵从教室的这边拉到了自己的座位上。老师在他旁边站了一会儿，课堂里顿时静肃起来，这时老师才回到自己的宝座上坐下。汤姆感到耳朵火辣辣的，但心里却美滋滋的。

教室里安静下来时，汤姆暗下决心要认真学习，心底却怎么也平静不下来。结果呢，他在读课文时读得磕磕绊绊；上地理课时，还把湖泊错认做山脉，一切都被他弄回到了世界最初的混沌状态；在拼写课上，他又遭那一串串最简单的字的"暗算"，他的成绩是全班倒数第一，最后，他不得不把那枚奖章还给了老师。这枚奖章一直是他的骄傲，已经戴好几个月了。

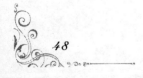

## 第七章　贝基伤心欲绝

汤姆越是想排除干扰认真看书，脑子就越是迷糊。他无可奈何地叹息了一声，打了个呵欠，最终放弃了学习的念头。时间太难挨了，中午放学的时间似乎离他很遥远。在这个最让人犯困的日子里，空气异常沉闷，一丝风也没有。教室里有二十五位学生在认真学习，"嗡嗡"的读书声仿佛一群蜜蜂发出的歌唱，让人们的心灵平静，却催生出重重困倦。远处的卡第夫山矗立在似火的骄阳下，在一层轻微晃动着的热浪里显得更加苍翠，隐隐地透着一股晶莹的紫气，让远处的人觉得十分柔和。几只鸟儿在天空中展翅高飞，十分悠闲。那几头牛勉强算是活物，可它们却趴卧在地上睡觉。汤姆有些急不可耐，巴望着下课的时刻早点到来，哪怕是能找点什么乐子打发时间也好啊。他东摸一下、西摸一下，突然就碰到了身上的某个口袋，心里为之一振，脸上顿时露出感激之情。他偷偷地把那个雷管筒子取出来，放出里面的那只扁虱，搁在平平的长条课桌上。这小东西可能也为了重见天日而兴奋不已，万分感激地拔腿就跑，可是它高兴得太早了，汤姆用一枚别针把它翻了过来，改变了它逃走的方向。

乔·哈帕是汤姆最好的朋友，二人早就成了莫逆之交，只是一到星期六，他俩就成了对阵的敌人。此时，乔·哈帕就在汤姆的旁边坐着，他和汤姆一样，终于发现了快乐的曙光，一下子就被扁虱紧紧地吸引住了。乔从衣服的翻领上取下别针，帮着汤姆操练这个小玩意儿。这种玩法立即就变得更加有趣了。不久，汤姆嫌两个人一起玩一样东西不方便，而且也不过瘾，于是就把乔的写字板放到课桌上，在写字板正中间从上到下划了一条分界线。然后说：

"从现在开始，如果扁虱在你那边的地盘上，你就可以随便拨弄它，我不动手；但是，如果你让它跑到我这边的地盘上来，你就

不许动它。"

"好啊，开始吧。让他走。"

不一会儿，扁虱就越过边界，逃出了汤姆的势力范围。乔逗弄了它一会儿，又被它逃到汤姆这边来了。就着样，扁虱来了去、去了来，当一个孩子聚精会神地不让扁虱逃到另一边时，另一个也兴致勃勃地在旁边看着。两颗脑袋只顾挨得很近地死盯着写字板，忘记了周围世界的存在。后来，乔的运气似乎特别好。扁虱和两个孩子一样又兴奋又着急，这儿走、那儿走，来来回回地忙个不停。但是一次次地，在它胜利在望之际，汤姆的手指也正急不可耐地准备去拨弄它的时候，乔的别针只那么灵巧地一拨，它就乖乖地调转方向，仍旧留在了乔的地盘上。最后，汤姆实在抵受不住扁虱的诱惑，就伸出手中的别针去拨了一下。乔生气地说：

"汤姆，还不该你拨弄它呢。"

"我只是想稍微动一下，乔。"

"伙计，这不公平。你最好还是不要动它。"

"你看你，我又没有使劲拨它。"

"告诉你，你别动它。"

"我愿意！"

"可我不愿意！它在我的地盘上。"

"乔·哈帕，我问你，它是你的还是我的？"

"我不管，它在我这边，你就不许动它。"

"哼，我偏要动它！它是我的，我想怎么样就怎么样，就是拼了命我也得动动它。"

乔重重地打了汤姆的肩膀一下，汤姆立即同样回了一记。你一下、我一下，两人衣服上的灰尘被击打得四处飞扬。全班同学都为能看到这样的场面而兴高采烈，一个个争着看热闹。突然，教室里一下子变得鸦雀无声——老师在观察了很长时间后，悄无声息地出现在他们面前。

终于放学了，汤姆飞奔到贝基·撒切尔面前，压低嗓门对她说：

"你把帽子戴上，装着要回家的样子，走到转角的地方你就独自溜走，最后从那条小巷绕回来。我从另一条路走，跟你一样把大家甩掉。"

贝基跟着一群同学离开，汤姆也跟着另一群走了。片刻之后，他们俩都走到了小巷的尽头，再回过头来走进学校。这世界就只剩下他们两个了，于是他们就坐在一起，把一块写字板放在面前，汤姆递给贝基一支铅笔，开始手把手地教她画画，就这样又画了一个令人叫绝的房子。后来，他们对画画逐渐没那么有兴趣了，就开始聊天。汤姆完全沉浸在幸福之中，他说：

"贝基，你喜欢老鼠吗？"

"不喜欢！我讨厌他！"

"哼，我也讨厌老鼠——活的。我问你，你喜欢死老鼠吗？用一根线拴着，在头顶上甩来甩去地玩的那种。"

"不，无论怎样，我都不喜欢老鼠。我喜欢口香糖。"

"啊，我跟你一样。如果现在有就好了。"

"真的吗？我这儿有几个。我可以让你嚼一会儿，但是你得还给我。"

他俩讲好条件，就开始轮流咀嚼着口香糖。他们坐在长凳上，将悬着的腿晃来晃去，十分兴奋。

汤姆问贝基："你看过马戏吗？"

"看过，我爸爸说如果我是个乖乖女，他还会带我去看的。"

"我已经看过三四次了。跟看马戏相比，做礼拜简直算不了什么。马戏团演出时，总是花样百出。我想在长大后去马戏团做一个小丑。"

"啊，是吗？真是好主意呢！小丑满身都画着小点点，可爱极了。"

"对啊，一点都不错。本·罗杰斯说，他们能赚很多很多的

钱，一天差不多能赚一块呢。嘿，贝基，你订过婚吗？"

"什么是订婚呀？"

"哦，如果一个人订婚了，就是说他/她快结婚了。"

"没有。"

"你愿意订婚吗？"

"应该愿意吧，我也不知道。我还是不明白那是怎么一回事？"

"怎么一回事？这不太好说。有点像这样，你对一个男孩子说，你永远也不会和除他之外的人好，然后你就跟他亲嘴。每个人都可以做得到的。"

"亲嘴？亲嘴干什么呀？"

"呃，那个，你知道，那就是……嘿，反正人家都是那样的。"

"每个人都那样做吗？"

"呃，对啊，恋爱中的人都是那样的。你还记得我在写字板上写的字吗？"

"我……我记得。"

"那是什么啊？"

"不告诉你。"

"要不我来告诉你好了。"

"好……好吧……我看还是等以后再说吧。"

"不，我现在就说。"

"不行，现在不能说的……明天说吧。"

"不，不行，还是现在说。我求你了，贝基……我小声地、轻轻地说还不行吗？"

贝基犹豫着，汤姆把这看做了默许，于是就用胳膊搂住她的小腰，将嘴凑近她的耳朵，轻轻地说出了那三个字，另外又追加了一句：

"现在你也把那句话轻轻地说一遍。"

贝基拒绝了一会儿才说：

"转过脸去，你别看我我才说。你可千万别跟其他人讲啊，汤姆，你不会对别人说的，对吗？"

"我肯定不会的，我保证。你说吧，贝基。"

等他转过脸，贝基羞怯地弯下腰，直到呼出的气息吹动了汤姆的头发，才从嘴里挤出蚊子般的声音："我——爱——你！"

说完之后，她就绕着课桌和板凳跑，汤姆马上开始追赶她；最后，她跑到一个墙角里躲起来，羞得撩起白裙子把脸儿遮了起来。汤姆一把紧紧地搂住她的脖子，恳求着说：

"好了，贝基，该做的都做了……除了亲嘴。你别害怕……这没什么。求你了，贝基。"他使劲地拽她的围裙和手。

贝基慢慢地屈服了，把手放了下来。她的脸蛋因刚才的那番折腾而红扑扑的，她仰起头，顺从了汤姆。汤姆亲了亲她那鲜红的小嘴，说：

"好了，贝基，我们什么都做了。你要记住，从此以后你只能爱我，不要跟别人好，只能嫁给我而不能嫁别人，永远永远不变心，好不好？"

"好的，汤姆。我只跟你恋爱，不爱别人，我只嫁给你，不跟别人结婚。你也一样，除了我不能娶别的女孩。"

"对对对，没错。另外，我们平时上学或放学的时候，只要没有其他人在场，你就跟我一起走吧。开舞会的时候，你挑我做伴，我选你做伴，订了婚的人都这样。"

"太有趣了。以前我都没听说过呢。"

"啊，这才有意思！嘿，我跟艾梅·劳伦斯……"

贝基睁大了双眼，定定地望着他，他才突然明白自己犯了个天大的错误。于是，他赶紧闭上了嘴，有些手足无措。

"啊，汤姆！这么说来，我并不是第一个跟你订婚的呀！"

小姑娘一下子哭了起来。汤姆赶紧安慰她：

"哦，贝基，别哭，我已经不再喜欢她了啊。"

"哼，谁知道呢，只有你才清楚。"

汤姆伸出胳臂，想去搂她的脖子，却被她一把推开。她扭过脸，对着墙继续哭泣。汤姆试着还想去搂她，不断讲一些好话，可是贝基始终不肯理睬。他有点下不了台，十分尴尬，就抬脚快步走出了教室。他在附近站了一会儿，心里如一团乱麻，不时向门口投去焦急的一瞥，希望她后悔了能出来找他，可是他失望了。渐渐地，他觉得什么地方不对劲，担心自己真的酿成大错。汤姆的内心几番挣扎，然后镇静下来，返回教室去认错。贝基仍然站在教室后面的墙角里，对着墙壁抽泣。汤姆的良心开始不安起来，他走到她的身边站住，却不知道给怎么办。迟疑了一会儿，他才说道：

"贝基，我再也不喜欢别人，我是真的只喜欢你啊。"

贝基没有反应，仍旧抽泣着。

"贝基，"汤姆求她，"贝基，你说话啊？"

贝基抽泣得更厉害了。

最后，汤姆拿出了自己最珍贵得宝贝———个壁炉架顶上的铜把手，从她背后伸过去给她看，说：

"求求你了，贝基，拿着这个好吗？"

没想到贝基一把就将它打翻在地上。

汤姆觉得很没有面子，转身就跑了，他大步地奔出教室，翻过小山，一直走了很远，他打算今天再也不回学校了。很快的，贝基开始担心起来，她跑到门口看了看，根本没发现汤姆的影子。她飞奔着来到操场上，也没有找到汤姆。于是她喊道：

"汤姆！汤姆，你快回来！"

她凝神静听，却没有听到任何回应。寂寞和孤独涌上心头，她坐在地上哭了起来，一边哭一边跟自己生气。这时候，同学们都三三两两地开始来到学校了，伤心欲绝的她只得假装成什么事也没

发生过的样子。四周那些陌生的同学中，没有一个可以分担她的痛苦和忧愁。痛苦而乏味的下午在她看来是如此的漫长，让她饱受煎熬。

## 第八章　重温侠盗梦

　　汤姆躲躲藏藏地穿过几条小巷，避开那些返校的同学后，就慢腾腾地走着，情绪十分低落。孩子们大都相信反复跨过河流，就不会被人追上这种迷信的说法，汤姆也是这样，现在他就跨过一条小溪，再返身跨回来，来来回回地好几次。半个小时之后，他消失在卡第夫山上道格拉斯寡妇那幢豪宅背后，将山谷里隐约可见的学校抛在了身后。

　　他钻进一片茂密的树林，一路披荆斩棘，闯出一条路来，直到树林深处一棵枝繁叶茂的橡树下才停住，一屁股坐在长满青苔的地上。树林里不见一丝动静，闷热的气流令人窒息，连小鸟都懒得歌唱。大地昏昏欲睡，远处偶尔传来一两声啄木鸟工作的声音，让原本寂静的树林透出一股死寂，也更加衬托出汤姆内心的孤寂无助。

　　他心灰意冷，而周围的环境似乎也是因为他的这种情绪才存在的。他把两肘撑在膝盖上，双手托着下巴，坐在那儿久久地沉思着。他认为，人活着就是遭受苦难罢了，以此看来，刚刚死去的吉米·赫杰斯真是令人羡慕啊！他想起了风儿在林梢歌唱，想起了风儿轻轻晃动着坟头的花草，如果人能够长眠于地下做着各种美梦，那该有多美妙啊。他此时真希望自己以前在主日学校里的那些劣迹根本就没有存在过，那样的话，他就可以放心地撒手而去，了无遗憾。他想起了贝基，反省了一番自己对她的所作所为。他认为自己并没有对不起她，而她却像对待狗一样地对待他的善意，简直就是把他当成了狗。她总有一天会后悔的。他真希望自己能暂时地死去，哪怕死一会儿也好啊。

　　年轻人的骨子里都隐藏着活泼愉快的种子，想要长久地将它们压抑是不可能的。汤姆就是这样，他很快就在不知不觉中关心起眼前的事情来。假如他扭头就离开，来个"人间蒸发"，会发生什么事情呢？如果他到海外一个无人知晓的地方，又会怎么样呢？贝基

又会有什么想法呢？到马戏团当小丑的念头在他脑海中一闪，令他很不舒服。要知道，在汤姆的潜意识里，他似乎已经来到了神圣而浪漫的国度，哪里还能容忍小丑那种花花绿绿、毫不正经的东西。突然，他又愿意去当一名士兵，等到浴血奋战、功成名就之时，才带着满身的伤痕荣归故里。可是他又觉得这不好，还不如与印第安人为伍，跟他们一起捕杀野牛，在崇山峻岭间和荒无人烟的西部大平原上作战，等当上酋长后再回家。到那时，他在头上插满羽毛，身上画满令人恐惧的花纹，在一个夏天的早晨，当大家正昏昏欲睡的时候，雄赳赳、气昂昂地出现在主日学校里，嘴里发出令人毛骨悚然的怪叫，让同伴们惊羡不已，看得他们两眼发直。这还不算，比这更神气更刺激的就是去当海盗！妙！就这么干！顿时，汤姆仿佛看到那令人激奋的光辉场面已经呈现在眼前。看啊！他名动天下，让人闻之丧胆。他在那条长长的黑色"风暴神"号快艇的船头插上令人胆寒的旗帜，在大海上乘风破浪，那是何等的气派与威风啊！等到他闻名天下的时候，你再看看他归来的样子吧！他将在父老乡亲们面前突然出现，昂首挺胸地走进那教堂。他历经沧桑，脸色黝黑。只见他头戴一项插着漂着翎毛的帽子，上穿黑色绒布紧身衣，下着宽松短裤，脚蹬肥大的长筒靴，背挎大红肩带，腰挂马枪和一把已经破损的短剑。黑色的大旗在风中猎猎作响，上面绘着交叉的骷髅和白骨。阵阵低低的议论传来："这就是海盗汤姆·索亚，横行西班牙海面上的黑衣侠盗！"想到这儿，汤姆的心里不禁滚过一波又一波狂喜的巨浪。

他决定就这么干：从家里逃走，去当海盗。他盘算着带上所有的家当，在第二天早上就采取行动。必须马上开始准备。他来到不远处一棵烂树旁，用那把巴露牌折刀在树干的一头挖起来。他把手按在那上面，开始念着叽里咕噜的咒语，那模样给人留下了深刻的印象："没有来的，快来吧！在这儿的，留下来！"

随后，他开始刨去泥土，移开下面露出的那块松木瓦块。一个

底板和四周都是松木瓦块的"百宝箱"呈现在眼前，可是精致的"百宝箱"里只有一个弹子。汤姆简直不敢相信自己的眼睛，他困惑地挠着头皮说：

"嘿，怎么不灵了！"

汤姆迷信的事情没有应验，气得他一下子扔掉了那个弹子，站在那儿沉思起来。他跟其他伙伴一样，向来都相信它万无一失，可是这次却不灵了。把一个弹子埋下时，念几句跟它有关的咒语，两周之后再来挖，并说一遍刚才汤姆念过的咒语，就会发现以前失散的弹子们都将重新聚集到一起。然而，现在却真的不灵了。汤姆的所有信心顷刻间荡然无存。他在过去多次听说过这事，全是成功的例子，从来没听说过有一次不灵验。他对此异常纳闷，最后认为是魔鬼在作祟，破解了这个咒语。这样的自我安慰让他稍稍好受了一些，他在附近找了一个小小的沙堆，沙堆中间有一个漏斗形的坑。他趴在地上，将嘴紧紧贴那个坑上，喊道：

"小甲虫，小甲虫，告诉我这究竟是怎么了！小甲虫，小甲虫，请告诉我，这究竟是怎么回事啊？"

沙子在慢慢地动，一只黑色的小甲虫从里面钻了出来，可是马上就被吓得缩了回去。

"他不告诉我，就是说一定有妖怪在捣鬼。"

他明白跟巫婆作对是讨不了好的，只好垂头丧气地让步。但是，刚才扔掉的那个弹子突然在他的脑海里闪过，为什么不把它找回来呢？于是他就走来走去地寻找起来，但还是没有找到。他就回到"百宝箱"旁边，在刚才扔弹子的地方站住，随后从口袋里又掏出一个弹子，朝同一个方向扔去，嘴里喊道：

"老兄，找你的兄弟去吧！"

他看着弹子落下去，就走过去找起来。可能是因为将弹子扔得太远或太近了，他没发现先前的那个，因此又重新试了两次，第三次终于成功了，他发现两个弹子相隔不到一英尺远。

这时候，一声锡皮玩具喇叭的声音从树林里的林荫道那儿隐隐传来。汤姆飞快地脱掉上衣和裤子，将背带系在腰上，拨开朽木后面的灌木丛，迅速拿出一副简陋的弓箭、一把木剑和一只锡皮喇叭。他光着脚丫，袒露着上身，跳了出去。不一会儿，他就在一棵高大的榆树下停了下来，吹了一声喇叭与刚才的声音呼应。随后，他踮着脚尖东张西望，警惕、谨慎地对他想象中的同伙说：

"好汉们，少安毋躁！听号令行动。"

乔·哈帕在这时冒了出来。他也全副武装，却轻装上阵，显然精心装备过。

汤姆朝他喊话：

"不许动！何人竟敢擅自闯进谢伍德森林？"

"吾乃皇家护卫戈茨勃恩的至交，打遍天下无敌手。尔乃何人？竟敢……竟敢……"

"竟敢口出狂言。"汤姆提示哈帕，因为他们全凭记忆在背这些话。

"尔乃何人，竟敢口出狂言？"哈帕接着说。

"我吗？在下罗宾汉是也，马上就要让你这匹夫知道我的厉害。"

"哦？你真是那位名震江湖的绿林好汉吗？我正想与你比划比划，这林中乐土只能归胜者所有。看招！"

他们都把身上多余的东西扔到地上，一人拿着一把木剑，面对面地站在那儿对峙着，开始了一场激战。汤姆说：

"你听好了，如果你懂剑法，就让我们痛痛快快地分个高下！"

于是他们就"痛痛快快"地比起来，直到两个人都累得大汗淋漓、气喘如牛。最后，他们叫了起来：

"倒啊！倒啊！你怎么不倒下？"

"我不干！你怎么不倒呢？你都抵挡不住了。"

　　"倒不倒并不重要。书上说我不能倒下，还说'接着反手一刺，立即结果了那可怜的戈茨勃恩的至交'，你应该转过身去，让我一剑击中你的后背。"

　　乔无奈地转过身去，挨了汤姆一记重击，倒了下去。随后，他从地上爬起来，说："你得让我杀掉你才公平。"

　　"嘿，那可不行！书上又没这么规定。"

　　"算了吧，真他妈小气……拉倒吧。"

　　"你听我说，乔，你可以装扮成达克修士，或者是磨坊主的儿子马奇，拿一根前端装有铁头的木棍揍我。要不然，我来扮演诺丁汉的行政司法官，你扮演罗宾汉，这样就可以杀死我了。"

　　乔觉得这个主意不错，他们就照那样做了。后来，汤姆再次扮演了最初的那个罗宾汉，他被那个卑鄙无耻的尼姑给害了，由于没有护理好伤口，他终因失血过多而奄奄一息。最后，乔扮演的一群绿林好汉悲痛欲绝地来了，他们拖着罗宾汉前进，把他的弓放到他那已没有半点力气的手里，汤姆就开口了：

　　"箭落之处，一片绿林，那就是可怜的罗宾汉的葬身之地。"他射出那支箭后，身子往后便倒，准备死去。凑巧的是，他倒在浑身是刺的青草上，一下子他就跳了起来，那生龙活虎的样子哪里还像个死人？

　　汤姆跟乔穿戴整齐后，就藏起了他们的武器，随后离去。令他们伤心失望的是，现在这世界已经没有绿林好汉了，他们真希望能在现代文明里找到什么东西来弥补这个遗憾。他们的口号是，宁可当一年谢伍德森林的好汉，也不愿意做一辈子美国总统。

## 第九章　夜探坟地

那天晚上九点半，汤姆和希德像平日一样遵照吩咐上床睡觉。做完祷告后，希德很快就进入了梦乡，汤姆却没有睡，他躺在床上，忍受着难熬的时间慢腾腾地走着。他觉得天快要亮了，却听到时钟只敲了十下！这太折磨人了。他的神经要求他翻翻身，哪怕动一动也好，可他怕把希德弄醒了，只好纹丝不动地躺着，双眼呆呆地盯着那黑沉沉的夜色。四周一片死寂，后来在那令人恐惧的寂静里传来一丝几乎不易察觉的响动，而且越来越大。钟摆在滴答不定的摆动。那些古老的屋梁发出一阵阵神秘莫测、沉闷的呻吟，似乎要断裂开来。楼梯也"吱吱嘎嘎"地发出声音，让人隐隐觉得是鬼怪们在四处活动。从玻莉姨妈的卧室里传出来的鼾声匀称而低沉。后来，一只蟋蟀也加入了这种氛围，不知它从哪个角落里发出一阵唧唧的鸣叫，让人心里烦乱不已。靠近床头的墙壁里也有一只小蛀虫，以踢嗒的声音不停地呼应，听起来更加阴森可怖——这似乎预示着某个人快死了。一只狗的狂吠远远传来，在夜空中回荡，与其它地方隐约可闻的狗叫遥相呼应。汤姆被折磨得快不行了，最后他认定，时间停滞，永恒开始。后来他开始控制不住地打起瞌睡来，时钟敲了十一下他也没听见。

不知在什么时候，他迷迷糊糊地听到窗外传来一阵猫儿异常凄惨的叫春声音，有邻居打开了窗户。汤姆被惊醒了，只听见传来一声："滚你妈的！该死的猫！"随后，一只空瓶子就砸到了姨妈的木顶小屋，玻璃清脆的爆裂声使他完全清醒了。一会儿工夫，他就穿好衣服、戴好帽子，爬出窗户，在屋顶上匍匐前进，并且小心翼翼地"咪呜"了一两次，然后纵身一跳，落到了木顶小屋上，再跳到地上。哈克贝利·费恩已在那里等候多时，他的手里还拿着那只死猫。两个人随后一起走进了黑沉沉的夜色。半个小时后，他们出现在坟地附近，在深深的草丛中穿行。

　　这个离小镇大约一英里的地方是西部旧式的坟地，坐落在半山腰，四周围着一道七扭八歪、没有一个地方是笔直的木栅栏。整片坟地被丛丛杂草淹没，所有的旧坟都已坍塌，看不见一块墓碑，只有顶部浑圆的、被虫子蛀过的木牌子歪歪斜斜地插在上面，显得那么无依无靠。以前，这些牌子上还有"纪念谁谁谁"的文字，可是现在，即使有亮光也无法辨认出来了。

　　风声从树林里传来，瑟瑟作响，汤姆心想，这也许就是鬼魂们对有人打扰他们而发出的抱怨。两个孩子都很少说话，只是偶尔壮着胆子悄悄地说一两句，因为这个时候的坟地异常肃穆，寂静得令人压抑。后来，他们终于找到了那座刚刚垒起来的新坟。在不超过几英尺远的地方，三棵大榆树长在一起，正好让他们躲起来。

　　他俩静静地等待着。似乎过了很久很久，周围仍然是一片沉寂，只有远处的猫头鹰偶尔发出一阵叫声。汤姆终于忍受不住了，他首先打破沉默，压低嗓子问道：

　　"哈克，你觉得死鬼们愿意我们上这里来吗？"

　　"我怎么知道呢？这里一点声音都没有，是不是很恐怖？"哈克贝利同样低声地说道。

　　"就是。"

　　接下来，他们又陷入了沉默，都在暗暗地嘀咕着这件事情。过了好一会儿，汤姆又小声地问：

　　"喂，哈克……你说，霍斯·威廉斯会听见我们说话吗？"

　　"当然听得见，至少他的阴魂可以听见。"

　　又停了片刻，汤姆才继续说：

　　"刚才我提起他的名字时，要是加上'先'的尊称就好了。话说回来，我从来都是很尊敬他的，而别人都叫他霍斯。"

　　"汤姆，在谈论死人的时候怎么小心谨慎都不为过。"

　　汤姆觉得这话很扫兴，犹如一盆冷水当头浇下，他就没再说什么了。

　　时间慢慢地过去了。突然，汤姆一把抓住哈克的手，说：
"嘘……别出声！"

　　"怎么啦，汤姆？"两人立即紧紧地挨在一起，心都快跳到
嗓子眼儿了。

　　"嘘！又有响声！你听见了吗？"

　　"我……"

　　"听！现在听见了吧？"

　　"天啊！汤姆。来了，他们真的来了！怎么办才好啊？"

　　"我不知道。你说他们会发现我们吗？"

　　"哦，汤姆，他们跟猫一样，晚上也能看见东西的。我要是没
到这儿来就好了。"

　　"啊，别害怕。我觉得他们不会找我们的晦气，我们又没有招
惹他们。只要我们不动，他们发现我俩的可能性就很小。"

　　"汤姆，我倒是不想动弹。可是，天啊，你看我浑身都在发抖
呢。"

　　"听！"

　　他们紧紧地挨着，埋下头，屏住呼吸，听到一阵低沉的说话声
从远远的坟地那头传来。

　　"看！看那里！"他们小声地说，"那是什么东西？"

　　"火！哦，鬼火！汤姆，这太恐怖了。"

　　在一片漆黑中，几个模模糊糊的影子慢慢地过来了，一盏老式
的洋铁灯笼一路晃着，地上被照得斑斑驳驳的。哈克立即用颤抖的
声音说：

　　"一定是鬼来了，我的天啊，有三个呢！汤姆，我们完蛋了！
你还能做祷告吗？"

　　"让我来试试。你别害怕，他们不会害我们的。现在我躺下来
睡一觉，我……"

　　"嘘！"

"怎么啦？哈克？"

"那是人啊，至少有一个是人！我听得出那是波特老头的声音。"

"不是……那不是他。"

"我敢打赌我没有弄错，你一定不能发出一点点声响。他没那么灵，肯定看不见我们的。我想，他可能又喝醉了……这个该死的老废物！"

"好吧，我一定安静。哦，他们停下来了。现在不见了……他们又来了，现在他们又来劲了，又泄气了……又来劲了，而且很有干劲呢！他们这下找对了方向。喂，哈克，那儿还有另外一个人，是印第安·乔，我听出来了。"

"没错，就是那个杀人不眨眼的狗杂种！要是他们都是鬼倒好了，鬼都比他们仁慈得多。我不明白他们上这儿来打的是什么鬼主意。"

两个孩子紧张得都不说话了，因为那三个人来到了那座坟墓旁边，距离孩子躲藏的地方只有几英尺远。

"就这儿。"第三个人说道。那个提灯笼的人把灯笼举了起来，医生鲁宾逊那张年轻的面孔出现在灯光下。

波特与印第安·乔推着的一个手推车上，有一根绳子和两把铁锹。他们从车上拿下东西，开始掘墓。鲁宾逊将灯笼放在坟头上，转身走到榆树下面，背靠着一棵树坐了下来，两个孩子一伸手就可以摸到他。

"快点挖，伙计们！"医生低声说，"月亮随时都有可能出来。"

挖墓的两人粗声答应着，继续挖掘。只听到单调刺耳的"嚓嚓嚓"声音不断传来，他们一锹一锹地抛泥土和石块。突然，低沉的木头声响起——有一把铁锹碰到了棺材。一两分钟后，棺材就被抬了出来，他们把它放到地上，接着用铁锹撬开棺材盖，又把死尸弄

了出来，掀到地上。这时候，云开月出，尸体的那张脸没有半点血色。他们将尸体搬到已经准备好的车上，又在上面盖上毯子，用绳子捆好。波特拿出一把大弹簧刀，割断从手推车上垂下来的绳头，说道：

"医生，我们已经把这该死的东西弄好了。你再多给五块钱吧，不然就别想把它弄走。"

"对对对！"印第安·乔附和着说。

"嘿，我说你们是什么意思啊？"医生问，"在这之前我已经照你们说的给过钱了啊。"

"那没错，不过远远不够，"印第安·乔一边说，一边来到医生跟前，"你还记得五年前的一个夜晚吗？我到你爸爸的厨房要点吃的东西，你却让我滚蛋，还说什么我到厨房去没安好心。从那时起，我就发誓要收拾你，即使花上一百年时间也要收拾你。你爸爸说我是没身份的流浪汉，就把我送进了监牢。你想想，我会就此罢休吗？印第安人的血债必须得血来还，谁让你现在落到我的手里呢！"

这时候的印第安·乔已经开始对着医生挥舞拳头，不断恐吓着他。鲁宾逊医生冷不防地猛出一拳，一下子就将这个恶棍打翻。

波特扔掉弹簧刀，叫了起来："你竟敢打我的朋友！"他立即扑了上来。两个人拼命地扭打在一起，地上的草被踩得东倒西歪，泥土也四处弥漫。印第安·乔也迅速地爬起来，双眼喷着火，抓起波特扔在地上的那把刀子，像猫一样弓腰驼背地在扭打的人周围悠转，寻找下手的机会。

突然，医生一下子就把波特摔开，抓起坟头上那块重重的墓碑，猛地把他砸倒在地。就在这时，印第安·乔乘机拿刀子向医生的胸膛刺去，一下子全捅了进去，医生立即摇摇晃晃地倒在波特身上，鲜血把波特全身都染红了。月亮再次钻进云层，这可怕的一幕被隐藏在黑暗中的人尽收眼底。汤姆和哈克被吓坏了，赶紧在夜色

中慌忙地跑了。

一会儿之后，月亮又从厚厚的云层中钻出来了。印第安·乔这个杂种站在那里凝视着那两个人，只听到医生好像说了一句什么话，在临死前还长长地喘了一两口气。印第安·乔说："死鬼，我们那笔账算扯平了。"他又忙着在尸体身上东掏西摸，然后将那凶器塞到波特的右手里，坐在撬开的棺材上。几分钟之后，波特动了动，渐渐苏醒过来，不断地呻吟着。当他举起右手，发现自己手里握着那把刀时，不由得一呆，刀落到了地上。他挣扎着坐起身来，推开压着他的尸体，盯着它看了一会儿，又朝四周望瞭望，心中百思不得其解。随后，他的目光才与乔的目光相遇。

"上帝啊！发生了什么事情，乔？"他说。

"大事不妙啊，波特，"乔静静地说，"你为什么非得要他的命呢？"

"我？！我可没干这事。"

"想抵赖吗？这可是赖不掉的。"

波特浑身哆嗦，吓得面无人色。

"我以为我不会喝醉，今晚我本不想喝酒的，但是现在我昏昏沉沉的，比我们刚到这儿的时候还厉害，几乎想不起来任何事情。哥们儿，你老实告诉我，我真的杀了他吗？乔，我根本不想那样干啊。天地良心，我根本不想那样干，乔，告诉我啊？乔，哦，太可怕了……他这么年轻有为，前途不可限量啊。"

"嘿，当时你们两个打起来了，他用那块牌子打了你的脑袋，你就倒下去了。可是你又爬起来，踉踉跄跄地一把夺过这把刀，猛地将它捅进他的胸膛。他垂死挣扎，又拼命地打了你一下，于是你就昏迷了，像死人一样躺在这儿，现在才苏醒。"

"啊，我根本就不知道自己都做了些什么。要是我头脑清醒的话，我宁愿自己死掉。我想这可能是威士忌惹的祸，那时候我很冲动。乔，我今天第一次拿起了凶器，以前跟人打架时是从来不用

的。大家都知道这一点。乔，你可别把这事说出去！这才够意思啊，我求你了，乔。我一直都喜欢你的，什么时候都帮着你。你不会忘了吧，乔？你不会讲出去吧？"这个可怜虫一边说着，一边跪倒在那个残忍的真凶面前，不断哀求着。

"没错。莫夫·波特，你向来对我很好，我不会对不起你的。怎么样，我还算够朋友吧？"

"哦，乔，你太慈悲啦。我这一辈子都会祝福你的。"波特感动得哭了。

"算了，不要再说了。现在没时间哭了。你要马上从那边走，注意别留下任何脚印。"

开始的时候，波特还一路小跑着，可是很快地就飞奔起来。乔这个杂种站在那里，望着他的背影自言自语地咕哝道："瞧他刚才那样子，他十有八九想不起来这把刀了。当时他醉得厉害，脑袋又被重重地打了一下。等他想起来的时候，他已经远在十里之外了。他是不敢自个儿回来取刀的，这个胆小鬼。"

月亮出来了，惨淡的光芒照着死去的鲁宾逊和那具毯子裹着的尸体，也照着那个已被揭去盖子的棺材和那座被挖开的坟墓。附近的一切又重新陷入一片死寂之中。

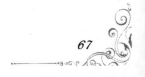

## 第十章　雪上加霜

汤姆和哈克被吓坏了，只顾朝着小镇飞奔，一句话也不敢说。由于担心被人发现，他们一边跑一边向后看。对他俩来说，路上的一个个树桩仿佛是一个个对手，吓得他们魂飞魄散。在经过小镇附近的农家小屋时，有只狗被惊动了，一下子就狂叫起来，吓得他俩没命地狂奔。

"要是能在没累垮之前一口气跑到老制革厂那儿就好了！"汤姆压低声音、气喘吁吁地说道，"我恐怕快坚持不住了。"

哈克也好不到哪儿去，喘得很厉害。现在，他们的处境完全一样，眼睛直盯着他们要去的方向，一心一意拼命往那儿跑啊跑。他俩的距离越来越近，最后几乎同时冲进那扇敞着的大门里，一下子筋疲力竭地扑倒在厂内的阴暗处，这才感到无比的舒坦。他们渐渐平静下来。汤姆低声问：

"哈克，你觉得这事会有什么结果？"

"如果鲁宾逊医生被杀死了，我想会用绞刑。"

"真的吗？"

"肯定会的。我知道，汤姆。"

汤姆稍稍想了一下，然后才问：

"谁会去揭发呢？是我们吗？"

"你说到哪里去了，万一事情有了变化，印第安·乔没有被绞死，那麻烦就大了，他早晚会弄死我们。绝对会这样的。"

"我就正在想这事呢，哈克。"

"如果有人揭发，就让莫夫·波特那个白痴去干吧！他总是喝得醉醺醺的。"

汤姆还在想着什么。片刻后他才低声说：

"哈克，莫夫·波特不知道出事了，他怎么能告发呢？"

"他怎么不知道出事了？"

"印第安·乔动手的时候，莫夫·波特刚好被打倒，你想他还能看见什么？还能知道什么吗？"

"对啊！汤姆，你真有几下子。不错，是这样。"

"还有，那一击没准会要了他的命呢！"

"这不可能，汤姆。我能看得出他当时醉了，再说他还是个老酒鬼呢。我爸就是这样一个人，只要他喝醉了，你就是把教堂搬来压在他头上，他也不会醒过来，他自己也是这么说的。所以莫夫·波特当然也不例外喽。假如你一点酒也没喝，那一击说不定反而会要了你的命，我也不是很清楚。"

汤姆又沉思了一会儿，说：

"哈克，你能肯定自己不会把这事说出去吗？"

"汤姆，你也明白，我们绝对不能走露半点风声。要是被印第安·乔那个混蛋知道了，而他又没被绞死，那他会像淹两只小猫一样把我俩给淹死。这样，听着汤姆，现在我们彼此发誓——我们必须这样做——绝不说出去一个字！"

"我同意，这样最好了。好，请举起手发誓：我们……"

"哦，不不不，还不够。光举手发誓只能用于像小姐们发誓那样的小事情，她们在生气的时候，会把所有誓言都忘得干干净净，把你给出卖了。像我们今天遇到这样的大事情，光口头发誓还不算，要写下来，歃血为盟。"

汤姆对此深表赞同，他对哈克佩服得五体投地。夜色深沉，四周漆黑，令人心生恐惧。此时、此地、此景，正好符合这种气氛。他看见月光照射下的地上有一块松木板，就把它捡了起来，还挺干净的。接着，他又从口袋里掏出一小截"红砚石"，然后对着月光划了起来。他向下落笔的动作缓慢而沉重，向上抬笔时轻灵而迅捷。他一边写，一边念念有词，好像在为自己加油。最后，他好不容易才划成了下面几句：

　　哈克·费恩和汤姆·索亚对天发誓：我们将严格保守秘密，若有半点私心假意，愿当场倒毙，尸骨无存。

　　同样地，哈克贝利对汤姆流利的书写和慷慨激昂的誓言内容也心悦诚服，所以他立即就从衣领上取下一枚别针，对着自己就要放血。这时汤姆说：

　　"等一下！这样不行。别针是铜做的，得看看上面有没有铜绿。"

　　"什么铜绿？"

　　"不管是什么东西，反正上面有毒。要不然，你现在吞点下肚，你就知道厉害了。"

　　汤姆拿出一根针，把上面的线去掉，用针在两个人的大拇指上分别刺了一下，再挤出两滴血来。然后他们又挤了几次，汤姆立即用小指蘸血写下了自己姓名的首字母，又教哈克写好H和F。这些都做完了后，宣誓才算结束。他们还念着咒语，为松木板举行了乏味的埋葬仪式，将它埋在墙根下。他们认为通过这样的方式，那个让他们保守秘密的枷锁也随之被埋葬了，钥匙也就显得多余了。

　　就在这时，从这幢破楼的另一头的缺口处溜进来一个人影，鬼鬼祟祟的，以致他们一点也没有察觉。

　　"汤姆，"哈克贝利小声地问，"我们这样做了之后，就不会泄密了，永远都不会吗？"

　　"那还用说。不管发生了什么变化，我们必须保守秘密，否则我们将'当场倒毙'，你也明白这点。"

　　"对，我想是这样的。"

　　他俩又小声嘀咕了一阵子。没过多久，忽然听到外面有狗在叫，那声音悠长而又凄凉，离他们不到十英尺远。两个孩子心里十分害怕，一下子就抱在一起了，紧紧地不敢分开。

　　"他是不是在为我们俩人中的一个哭呢？"哈克贝利呼吸急

促，壮着胆子问道。

"不知道，你从那个缝隙往外看看。快点！"

"不。你自己去看吧，汤姆！"

"我不能……我不能去看，哈克！"

"他又叫起来了！汤姆，我求你了。"

"哦，老天，真是太谢谢了！"汤姆小声说，"我听出来了，那是布尔·哈宾逊的声音。"（如果哈宾逊先生有个奴仆叫布尔的话，汤姆就叫他"哈宾逊的布尔"；可是如果他的儿子或狗叫布尔，那汤姆就叫他或他布尔·哈宾逊）

"哦，这还差不多，汤姆。差点吓死我了，我还以为那是只野狗呢。"

"布尔·哈宾逊"再次叫起来，汤姆和哈克贝利的心里顿时一片冰凉。

"哦，上帝！那家伙绝不是布尔·哈宾逊！"哈克贝利压低声音说，"去看看，汤姆！"

汤姆虽然浑身颤抖，但还是走过去，将眼睛凑到那条裂逢上往外看。"哦，哈克，那果然是只野狗！"汤姆的声音很小很小，哈克贝利几乎听不见。

"快点，汤姆，告诉我那狗是在嗥谁？"

"哈克，他一定是嗥我们吧。我们现在成了一条绳上的蚂蚱。"

"唉，汤姆，我们完了。我知道自己不会有好下场，我平时做的坏事太多了。"

"好后悔啊，都怪我逃课旷课，又不听话。只要我愿意去做，我也会是个希德那样的乖孩子，可是我却不肯做。不过，这次要是饶了我的话，我敢打赌我一定会在主日学校里好好表现表现！"说着说着，汤姆的声音就开始带着哭音了。

"你还算坏吗？"哈克贝利也受到感染，跟着抽泣起来，"汤

姆·索亚和哈克贝利相比，简直就是天壤之别啊。哦，上帝呀上帝，假如我有一半能比得上你就好了。"

汤姆哽咽着低声说：

"快看，哈克，你看他现在背对和我们。"

哈克又开始高兴起来，也凑上去看了看，说：

"不错，是背对着我们，刚才也是这样的吗？"

"是的。我好傻啊，最初根本没往那方面想。哦，你瞧，这太棒了。现在它在嗥谁呢？"

这时，那狗却不叫了，汤姆侧着耳朵，警觉地捕捉着外面的声音。

"嘘！那是什么声音？"他小声说。

"听起来有点像猪发出的声音。不，汤姆，那是有人在打呼噜。"

"不错，是呼噜声！哈克，那声音是从哪儿传出来的？"

"肯定是从那边传过来的，至少听起来是这样。我老爸过去有时和猪睡在一起，他要是打起呼来，简直就像打雷一样。话说回来，我估计他再也不会回到这个镇上了。"

后来，他们又想去试试，看看能不能逃走。

"哈克，如果我在前面走，你敢跟我一块过去看看吗？"

"我不太想去。汤姆，万一那是印第安·乔就惨了！"

汤姆犹豫着，可终究抵挡不住冒险的强烈诱惑。两人最终还是决定试试看，他们达成默契，一旦呼噜声停住了，他俩就赶紧逃走。于是，他们就踮着脚尖，一前一后地偷偷朝发出鼾声的地方移过去。在离那人不到五步远的地方，汤姆的脚下突然"啪"地一声脆响——他不小心踩断了一根树枝。那人哼了两声，稍稍动了动，两个孩子一下子害怕到了极点，以为这下跑不掉了。当他们借着月光看清了那人的脸后，心里的恐惧才逐渐消失。居然是莫夫·波特！于是，汤姆和哈克贝利又蹑手蹑脚地溜到了破烂的挡风木板墙

外边，当他们互相道别正要离去的时候，沉沉的夜色里再次传来那长长的、凄凉的狗叫声。他们猛一转身，发现那只野狗正对着离他不到几英尺远的莫夫·波特仰天长嚎。

"哦，天啊，那狗嚎的原来是他呀！"两个孩子异口同声地惊呼起来。

"喂，汤姆，我听他们讲，大概在两个星期前的一个半夜，就有只野狗半夜围着约翰尼·米勒家叫，还飞来一只夜鹰落在栏杆上叫个不停。可是后来并没有谁死掉啊。"

"嗯，我也知道这事，没有死人是不错，但是戈霍丝·米勒在星期六那天就摔倒在厨房的火里，被烧得很惨啊。"

"虽然是这样，可她毕竟还活着，而且正在康复哪。"

"不信就算了。哈克，你等着瞧吧！她和莫夫·波特一样，就要完蛋。那些黑鬼就是这样说的，他们对这种事情有着天生的灵感。"

在互相道别的时候，他们还在琢磨着这事。

汤姆从窗户爬进卧室时，天色已经蒙蒙亮了。他轻手轻脚地脱下衣服，在睡着之前还暗自庆幸没人发现他出去过。但是他却没想到，在他回来之前的一个小时，希德就已经醒了，只是假装轻轻地打着呼声而已。

一觉醒来，已经天色大亮。汤姆发现希德已经走了，卧室里没有人，一看就知道时候不早了。汤姆十分吃惊，为什么今天没人叫醒他呢？在平日里，他们非盯着他起床不可得。他觉得情况有点不妙，一骨碌就爬了起来，不到五分钟就穿好衣服来到楼下。他觉得浑身别扭，没精打采的。只见大家已经吃完了早饭，但仍然默不做声地坐在餐桌旁，显得十分严肃，既没人责怪他起来晚了，也没人理睬他。汤姆的心一下子就凉了半截。他坐下来，极力显出愉快的神情，可这很难办到。因为所有人既不笑，也不说话，他也只好保持沉默，心里沉甸甸的，难受极了。

终于吃完了早饭，姨妈把汤姆叫到一旁。他立即喜形于色，满以为可以得到一顿鞭笞，好缓释一下心头的压抑。然而，姨妈不但没有打他，还在他旁边痛哭起来。她边哭边数落汤姆为什么让她这把老骨头如此伤心，又说了一些气头上的话：既然汤姆不再听话，她就不再管他了，让他自暴自弃，直到把她气死为止。这一席话比鞭打汤姆一千次还管用，汤姆内心的痛苦不安远远超过肉体上的痛楚。他一边号啕大哭，一边央求姨妈原谅他，还一遍又一遍地保证悔过自新。最后，姨妈还是宽恕了他，可他觉得她的宽恕并不很彻底，因此心中还是有些忐忑不安。汤姆异常伤心地离开了，一点都没想到要找希德算账，但做贼心虚的希德却飞快地从后门溜掉了。

汤姆愁眉苦脸地来到学校。因为头一天逃课的事情，他和乔·哈帕都被老师鞭笞了一顿。在挨打的时候，汤姆满面愁容地想着心事，根本没把鞭笞这类小事情放在眼里。之后，他来到座位上坐下来，把两只手放在桌子上，托着腮帮子，目不转睛地盯着墙发愣，看上去十分痛苦。过了好一会儿，他才察觉他的肘部压在什么硬东西上了，感觉很难受，于是慢慢移动肘部，叹息着拿起那样东西。那是一个纸包，他把它打开，接着就听他发出了一声沉重的长叹——那个铜把手露了出来！对情绪低落、内心痛苦的汤姆来说，这简直是雪上加霜。

他完完全全地崩溃了！

## 第十一章　汤姆良心受谴

将近中午的时候，鲁宾逊医生被人杀死的消息不胫而走。人们都惊呆了。根本用不着什么电报（人们做梦都想不到世界上将会有这玩意儿），这个可怕的消息就像长了翅膀一样，以电报的速度迅速传开，现在已经没有人不知道这件事了。为了不致遭到人们的白眼，校长决定当天下午放假。

消息说，尸体附近有一把带血的刀，有人认出它属于莫夫·波特。一个走夜路的人在凌晨一两点钟左右碰巧看见波特在小河里冲洗自己，一见有人来，他就马上溜掉了。这确实令人怀疑，尤其是波特平时根本就没有冲洗的习惯。还有人说，人们已经在搜寻这个"杀人犯"了（人们在寻找证据给人定罪的事情上向来很积极），却没有找到。骑马的人正沿着各条道路去追捕他，镇上的司法官也"深信"：天黑之前就能逮到莫夫·波特。

人们全都潮水般地向坟地跑去。汤姆突然不伤心了，也跟在后面。他虽然很想去别的地方，却被一种不可言传的可怕魔力吸引着来到了这里。他那矮小的身躯在人群中拱来拱去，终于挤到了前面，看见了悲凉的场面。他似乎觉得此时离昨天晚上已经有很多年了。有人拧了他的胳膊一下，他转过身来，就看见了哈克贝利。两人的视线一接触就立即弹开，转向其它地方，生怕旁人发现其中的问题。其实，大家都在纷纷议论着，关注的只是眼前的杀人惨状。

"好可怜啊！""这年轻人真惨！""这对盗墓者来说该是个教训！""莫夫·波特要是给逮住了，一定会被绞死！"各种各样的话语不时地从人群中传出。牧师却说："他应受到这样的惩罚。"

汤姆将目光移到印第安·乔的脸上，发现他居然显出一副若无其事的样子。汤姆害怕得浑身直打冷战。这时，人群里有了骚动，有人大叫道："看呀！就是他！他竟然也来了！"

"谁啊？是谁？"有一二十人在问。

"莫夫·波特！"

"啊呀，他站住了！注意，他转身了！别让他跑了！"

"他只是有点迟疑和慌张，不是要跑。"汤姆抬起头，看见爬在树上的人在说话。

"这个混蛋真不要脸！"有人骂，"杀了人还想偷偷来看热闹，他没想到会来这么多人吧。"

人群自动让出了一条路。司法官揪着波特的胳膊，得意地走过来。可怜的波特看上去很憔悴，眼中充满恐惧。来到死人面前后，他突然像中了风，以手捂脸，哭了起来。

"乡亲们，我没杀人，"他抽咽着说，"我发誓，我从没有杀人。"

"谁控告你杀人了？"有人大声喊道。

这一喊，让波特看到了救命稻草。他抬起头，绝望而可怜地环视着周围。他看到印第安·乔后，大声叫道：

"哦，印第安·乔，你保证过绝不……"话音未落，一把刀就扔到了他面前。司法官说：

"这是你的吗？"

要不是有人扶着他慢慢坐下，波特差点一头栽倒。

"不知怎么，我总觉得应该来把它拿走……"他哆嗦着，一下子又泄了气，无力地挥挥手说，"乔，你告诉大伙吧，隐瞒是没有用了。"

汤姆和哈克贝利站在那里，目瞪口呆地听着那个冷酷无耻的家伙滔滔不绝对大家撒下弥天大谎。他俩真希望老天立即来个炸雷，把这个骗子劈死。然而，那个骗子却安然无恙，依然神气活现。他们本来想抛开誓言，去救被冤枉了的波特，现在却更加犹豫了。那个坏蛋一定投靠了撒旦，跟他们斗无异是不自量力地以卵击石。

"你为什么不逃得远远的，你还到这里来干什么？"有人问道。

"能那样倒好了。"波特呻吟着说，"我试过，却不知道除了来这里还有什么地方能去。"他又了哭起来。

验尸的时候到了，印地安·乔先是发誓，然后又从从容容地把那套谎话重复了一遍。并没有什么雷电劈下来，两个孩子更加深信：乔确实投靠了魔鬼。两个孩子反而觉得这个扫帚星十分有趣，都目不转睛地盯着他。

他们暗自决定，晚上若有机会就跟踪他，看看能否一睹他那魔鬼主人的真面目。印第安·乔帮着把尸体抬上马车运走。惊魂未定的人群叽叽咕咕地说死人的伤口只流了一点血，两个孩子想，这一可喜现象将有助于人们弄清真相，查出元凶。但他们马上就泄气了，因为不只一个人说：

"当时，莫夫·波特离死人不到三英尺远呢。"

汤姆因为不敢说出可怕的真相，良心备受煎熬。他为这事一周内都坐卧不宁。一天吃早饭时，希德说：

"汤姆，你晚上总是翻来覆去，还说梦话，搞得我也没法睡好。"

汤姆一下子就面无血色，垂下了眼皮。

"这可不是好兆头，"玻莉姨妈沉下脸说，"汤姆，你有什么心事吗？"

"没有，我什么都不知道。"他的手在发抖，咖啡也洒了出来。

"可昨晚你却说了，"希德说，"你翻来覆去地说：'是血，是血，就是血！'还说：'别折磨我了……我还是说出来吧！'你想说出什么事情呀？"

汤姆一阵晕眩，觉得大事不妙。幸运的是，玻莉姨妈的注意力转移了，这无意中给汤姆解了围。她说："嗨，没什么事，不就是那个恐怖的谋杀案嘛，我经常晚上梦见它，有时还梦见凶手。"

玛丽说自己对此也有同样的感觉。希德这才不再问东问西了，他对汤姆的花言巧语很满意，随后他就溜了。接下来的一周，汤姆

说自己的牙疼，每天晚上睡觉都把嘴包起来。可希德总注意着他，时常解开他包嘴的带子，然后侧着身子听上好一阵子，再把带子包上。汤姆对这一切毫不知情。汤姆的心情逐渐平静了许多，对装牙疼也感到没劲了，慢慢地恢复了平常的样子。希德偶尔也从汤姆的梦话里听出些零零碎碎的东西，却也不再问什么了。

汤姆以前总是率先做一些新鲜的事情。可是现在，当同学们玩起了给猫验尸的游戏后，汤姆总觉得没完没了，非常不愉快，因为这常让他想起那天的验尸场面。希德发现，汤姆在验尸游戏中再也不扮验尸官了，他也不愿当证人——这确实令人费解。希德还清楚地记得，汤姆对验尸游戏显得异常厌恶，总是尽量避免参加。希德虽然对此感到奇怪不已，却不露声色。

汤姆一直都很难受，他总是寻求各种渠道把能弄到手的小慰问品送给那个"杀人犯"，找个机会从牢房的小栅栏窗户给递进去。那个砖砌的牢房很小，位于镇边的沼泽地上，无人看守，实际上，这里经常空着。这倒让汤姆的心灵得到了很大的宽慰。

全镇的人都强烈要求赶走印第安·乔这个盗墓贼，让他身上涂着柏油、插上羽毛、骑在杆上被抬走。由于这个家伙极难对付，也就没有人发起这事，只好不了了之。当日验尸时，印第安·乔两次作证都只谈打架，却未提盗墓一事，所以人们觉得这桩公案目前最好不要对簿公堂。

## 第十二章　心病不必用药医

汤姆逐渐淡忘了那件事情，不再为心中的秘密所苦恼，其中的一个原因是，他现在开始关注另一件更重要的事情：贝基·撒切尔不来上学了。几天来，他在心里反复斗争，想了结这桩心事，结果却发现，晚上自己只是独自伤心地在她家周围悠转。他知道她病了，却害怕她有个三长两短，就此死掉！他焦急得快要发疯了，打仗、当海盗等游戏也无法提起他的兴趣。过去美妙的生活到如今空留无尽的烦恼。铁环和球拍都被他束之高阁——这些东西再不能给他带来快乐，已经毫无用处。

玻利姨妈为此焦虑万分。当她发现汤姆不对劲时，就立即试着用各种药物来治疗他，她跟有些人一样，对于一些强身健体之类的保健药品总是不分青红皂白地先试为快。每次有新品种出来，她全都会拿来试试。因为她自己从不生病，所以治好一个算一个。所有的医学和骨相学之类的东西都是她必订的刊物，那些冠冕堂皇的胡说八道被她视若福音，包括通风透气、上床起床、吃喝穿戴、运动适量以及调适心情等玩意儿在内的一切废话，都被她当做至理名言。她这人头脑简单，心地单纯，极容易被欺骗，所以她也就从来没有发现过健康杂志上的内容前后两期说得是风马牛不相及，甚至自相矛盾。于是，她就带上这些刊物和骗人的药物，用比喻的说法，就像带上死神，跨上灰马，领着魔鬼出发了。她以为自己能妙手回春，可以用自己带的灵丹妙药救左邻右舍于苦海。

那段时间正流行着水疗这种新玩意儿。碰巧汤姆精神萎靡，她的劲头一下子就上来了。天一亮她就把汤姆叫到外边，让他在木棚里站好，接受她当头浇下的阵阵凉水。为了让他舒缓过来，她又用毛巾使劲地擦汤姆的身子，像搓东西一样地擦着。接着，她用湿床单包起汤姆，再盖上毯子把他捂得大汗淋漓，让他的灵魂受洗。用汤姆的话来说，就是"要让污泥秽水从每个毛孔流出来"。

　　然而，这番"好心"的折腾并没有让汤姆好起来，他反而更加忧郁苍白、无精打采。姨妈只好动用热水浴、坐浴、淋浴、全身水浴等法宝，可是依然不起作用，汤姆还是像口毫无生气的棺材。一点燕麦和治水泡的药膏也被她特地加入水里，成了所谓的灵丹妙药，她像估量罐子容量一般合计着汤姆的用药量，每天都给他灌上一次。

　　现在的汤姆对这种"迫害"式疗法已经没有任何反应了，老太太对此又惊又怕，决定不惜一切代价治好他的麻木不仁。她第一次听说止痛药这个名词后，立即就将其派上用场。她买了一些，尝了一下后得出结论——汤姆有救了。她抛弃了水疗法和别的，把全部希望都寄托在这止痛药上。她给汤姆服了一汤匙后，就异常焦虑地等着结果。用这种药简直等于拿火烧人，效果十分理想，汤姆不再麻木不仁了。他突然醒过来后，显得兴趣十足，那样子甚至比老太太真的把他放在火上烤还要更来劲儿。她心中的石头终于落地，不再为此犯愁了。

　　汤姆终于醒悟了，与其让姨妈生出许许多多很有浪漫情调却毫无理智的折腾来，还不如让自己用妙计寻求解脱。他绞尽脑汁的结果是：装着喜欢吃止痛药。于是，他就经常找她要药吃，这反而让她厌烦起来。最后她索性让汤姆自己动手，爱拿多少就拿多少，只要别来烦她就行。要是换成希德，她完全可以放心，可这是汤姆，所以她暗暗留意着药瓶。她发现药越来越少，但做梦也想不到，汤姆正在拿这种药往客厅地板的缝隙里"喂"。

　　有一天，汤姆正在给裂缝"喂药"，姨妈喂养的那只黄猫彼得即一路叫着走了过来，眼睛贪婪地盯着汤匙，好像是想尝一口。汤姆说：

　　"彼得，如果你不是真想要，就别要了。"可是彼得的样子说明它真的想尝尝。

　　"你可别后悔啊。"彼得表示不会后悔。

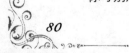

　　"我就给你吧，这只能怪你自己。我可不是小气。如果你吃了觉得不对劲，别怨别人。"

　　看彼得没有异议，汤姆就撬开它的嘴，把止痛药灌下去。彼得忽然变得异常起来，一步跳出两三码远，在屋里转来转去，紧接着又是一阵狂叫。只听"砰"的一声，它撞在家具上，碰翻了花瓶，一切都弄得乱七八糟的。后来他就仰着头，以后腿支地，狂怒地跳来跳去，情不自禁地嘶叫起来。接着它又在屋里左冲右突，所到之处一片狼藉。玻莉姨妈进来时正好看见它在不停地翻筋斗。最后，它"哇"地大叫一声，从敞开的窗户一跃而出，那只刚才幸存的花瓶也跟着向外倒了出去。老太太站在那儿，眼睛从镜框上往外瞪着，嘴巴张得老大；汤姆却在地板上狂笑不止。

　　"汤姆，那猫到底怎么了？"

　　"我不知道，姨妈。"他喘着气说。

　　"我从没见过它这样，它究竟犯了什么病？"

　　"我真的不知道，姨妈。猫咪快活的时候总是那样。"

　　"是吗？"

　　"我认为是这样的，姨妈。"汤姆对老太太冷冰冰的语气有点害怕。

　　"你是这样想的？"

　　"是，姨妈。"

　　老太太弯下腰，汤姆焦虑不安地看着。当他明白过来时已经晚了，因为那把汤匙已经在床帏下暴露无遗。随着玻莉姨妈捡起汤匙，汤姆的心急剧下沉，眼皮也耷拉了下来。老太太一把揪住他的耳朵把他拽起来，还用顶针狠狠地敲他的脑袋，嘭嘭作响。

　　"小祖宗，你干嘛要这样对待那个可怜的畜生呢？它知道什么？"

　　"你瞧，它又没有姨妈。我看它可怜才给它吃药的。"

　　"什么？它没有姨妈！傻瓜！那和这事有什么关系？"

"关系可大了。它要是有姨妈，她肯定会不顾它的感受，硬给它灌药，烧坏它的五脏六腑！"

姨妈一愣，觉得心里很难受，后悔不迭。汤姆的话让她如醍醐灌顶：那孩子跟猫一样受不了啊！她的心软了，眼睛湿湿的，内疚万分地把手放在汤姆头上，慈祥地说：

"孩子，我本来是好心的。再说，汤姆，我那样做确实对你有好处。"

汤姆仰起头来，严肃地看着姨妈的脸，眨巴着眼睛说："我的好姨妈，我明白那是你的好意。可是我对彼得也是好意呀，那药对它也有好处。自从给他灌药以后，我就再也没有看见过它。"

"哦，得了，汤姆。别再气我了。你就不能听话吗？哪怕是一次也行，这样的话，就不用吃什么药了。"

人们惊奇地发现，汤姆最近每天都是一大早就来到学校。和往常一样，他并不跟伙伴们玩耍，而是独自一个人在校门口徘徊。

他看上去确实像他自己说的那样，生病了。表面看来，他若无其事地在四处看着，其实却是在关注着那边的那条路。不久，杰夫·撒切尔出现在汤姆的视线之内。汤姆喜上眉梢，盯着他看了一会儿之后，又失望地转过身去。等杰夫走近，汤姆主动上前同他搭讪，想套出有关贝基的情况，结果却一无所获。他只好一直等啊等啊，简直有点心急如焚。每当路的那头出现了女孩子的身影，他都会一阵激动，等发现那个走近的人不是贝基时，他马上就恨得咬牙切齿。到了路上空无一人的时候，汤姆就绝望了，只好闷闷不乐地来到空荡荡的教室，坐在那里黯然神伤。

不知什么时候，汤姆突然看见有个女孩的衣服从大门口飘进来，他的心立即狂跳不止。他冲出教室，开始了印第安人式的表演，大叫着、欢笑着、追赶着，甚至不怕摔断手脚，冒着生命危险跳过栅栏，不停地前翻后翻，或者拿大顶。凡是他能想到的逗能事情，他都做了。他一边做，一边偷偷注意贝基·撒切尔是不是看见

了这一切。可能是因为她没有注意到汤姆，她根本就没朝这边看，连瞟一眼都没有。于是汤姆就凑近了一些，"冲啊！杀呀！"地喊个不停。他跑着抓下一个男孩子的帽子扔到教室的屋顶上，然后又冲向另一群孩子，弄得他们跌跌撞撞四散开去，自己也一下子摔在贝基面前，还差点把她绊倒。贝基转过身去，昂着头说：

"哼！自以为是，好神气啊——尽是卖弄！"

汤姆只觉的自己的脸一阵灼热，赶紧爬起来，像斗败的公鸡一般偷偷地溜了。

## 第十三章　初尝海盗生活

汤姆的心彻底冷了，郁郁寡欢，灰心绝望。他认为自己成了举目无亲的孩子，没谁要他，也没人爱他。也许，直到有一天那些人发觉把他逼到这般田地，他们会内疚的。其实，他一直在努力学好，以求不出差错，可是人们偏偏又不让他那样；既然他们一心不理他，那就随他们吧；即使他们为了将要发生的事而责怪他也无所谓。他们就这种德性，随他们去吧！再说了，他这样一个无亲无故的人是没有资格埋怨人家的。是的，是他们逼他的，他别无选择，只有造反。

学校的上课铃声隐约可闻，此时汤姆已经快走到草坪巷的尽头了。一想到这熟悉的声音将永远、永远地在他的耳畔消失，他就禁不住抽泣起来。残酷的现实总是让人痛苦，但这却是别人强加于他的呀！既然他们故意要把他投进冰窟，他只有认命，不过，汤姆不再计较这些了。想到这里，他哭得更伤心了。

就在这时，他的忠实伙伴乔·哈帕突然出现在他面前。汤姆一见他两眼发直的样子，就知道他心里有鬼。不用说，他俩正是"志趣相投"的朋友。汤姆用袖子擦了擦眼睛，向乔哭诉说自己决意要离开这不是人待的鬼学校和没有爱心的家人，远走他乡，再也不会回来。最后，他请求乔要记住他这个朋友。

凑巧的是，乔也正是特地赶来向汤姆告别，向他提出同样的请求。他刚被妈妈揍了一顿，其实他根本就没有偷吃奶酪，尝都没尝过，压根儿就不知道那回事。很明显是她讨厌他了，巴不得他走开。既然是这样，他不出走又能怎样呢？只希望她能快乐，永远不会后悔是自己把可怜的儿子赶出家门，让他饱尝冷暖，受苦受难而死。

于是，他俩一边伤心地走着，一边订下一个新盟约：情同手足，同甘共苦，永不分离，除非死神硬要从中作梗，让他们彻底解

脱。接着，他们开始讨论起下一步的计划。乔提议去当隐士，远离人群，穴居野外，靠做面包维生，等着被冻死、饿死、伤心而死的那么一天到来。但是，当汤姆说出了自己想当海盗的想法时，乔也认为这是个好主意，于是满心赞同。

在圣彼得堡镇下游三英里的地方，密西西比河宽约一英里多。在离河岸很近的地方有个杰克逊岛，狭长而林木丛生，那上面渺无人烟，紧挨着河岸还有片人迹罕至的密林——岛前那块浅浅的沙滩是秘密碰头的绝佳地点。

于是他们看中了这个小岛，却根本没去想当海盗后该打劫谁这件事。然后，他们找到哈克贝利·费恩，他马上就入了伙，因为对他来说，随遇而安惯了，怎样都可以。他们决定当天半夜（这个时刻是他们都喜欢的）在镇子上游两英里远河岸上的一个僻静处碰头会合。他们打算将停留在那儿的那个小木筏据为己有，每个人都要带上钓鱼的钩子和线，以及各自用秘密招术（模仿强盗的样子）偷来各种对象，并以此来装备自己。一切谈妥之后，他们就分手了。夜幕刚刚降临，他们就已经在镇子里放出话来——大家很快就将"听到重大新闻"，所有受到暗示的人都被关照："别吭声，等着瞧！"如此这般以后，他们自是得意不已。

夜深时分，汤姆带着一只熟火腿和几件小东西赶来了，他站在一个小悬崖上一片又密又矮的树林里，从悬崖往下望，那个碰头的地方尽收眼底。满天繁星，四周一片寂静，宽阔的河流海洋般静卧着。汤姆侧耳听了一会儿，发现这一片宁静并未被打破。于是他就吹了声口哨，声音很低，却清晰可辨。悬崖下立即有了响应。汤姆又吹了两声，也得到了同样的响应。然后他听到一个警惕的声音：

"来者何人？"

"吾乃西班牙海黑衣侠盗，汤姆·索亚。尔等何人？"

"赤手大盗哈克·费恩，海上死神乔·哈帕。"这两个头衔是汤姆从他最爱看的书里挑出来封给他俩的。

"好，口令？"

在一片寂静中，几乎同时传来两个低沉沙哑的声音："血！"

于是，汤姆从崖上扔下他那只火腿，自己也跟着滑下，这让他的衣服和皮肉都挂了彩。虽然有一条平坦笔直的小道直通崖下，但走那儿的话就没有什么危险可言了，当海盗也就不够刺激。

海上死神带来了一大块咸猪肉，这几乎累得他筋疲力竭。赤手大盗偷来了一只长柄平底煎锅，还有些烤得半干的烟叶和几个用来做烟斗的玉米棒子。不过除了他自己以外，其他的海盗都不抽烟，也不嚼烟叶。西班牙海黑衣侠盗说，没有火是不成的。当时在那一带，人们几乎还不知道有火柴，汤姆的话真是点醒了大家。一百码远的上游处有一只大木筏，那上面有堆冒烟的火。他们就溜过去取了火种来，还故意制造险情，忽而发出"嘘"声，忽而用手指捂着嘴唇。他们手握想象中的刀柄前进，阴沉着脸低声发布命令，说只要"敌人"胆敢动一动，就"格杀勿论"，这样"死人是不会说三道四的"。其实这个时候，撑筏人已经到镇上商店采购物品或是喝酒找乐去了，但海盗们仍然按偷盗的惯例来盗船。

汤姆当船长，哈克划右桨，乔划前桨，很快就将筏子撑离了河岸。汤姆站在船中间，双眉紧皱，将两手环抱于胸前，威严地发着口令，声音低沉：

"转舵！向风行驶！"

"是——是，船长！"

"稳住，照直走！"

"是，照直走，船长！"

"向外转一点！"

"完毕，船长！"

三人一直稳稳地将木筏向河中间划去。这些口令仅仅是为了制造点声势，并没有什么特别的意思。

"现在升的是什么帆？"

"大横帆、中桅帆、三角帆，船长。"

"拉起上桅帆！升到桅杆顶上。喂，你们六个一齐动手，拉起前中桅的副帆！使点劲儿，喂！"

"是——是，船长！"

"拉起第二个桅帆！喂，伙计们！拉起脚索，转帆索！"

"是——是，船长！"

"大风快来了……左转舵！准备顺风开！伙计们，左转，左转！加把油！照直——走！"

"是，照直走，船长！"

河流中间区域，水流平缓，流速不过两三英里。孩子们开始转正船头，紧接着奋力划桨。之后的三刻钟里，再也没人说过一句话。不远处闪烁着两三处灯火，小镇平静而安详地躺在星光点点、波光粼粼的河对岸，竟对这件发生在眼皮子底下的惊人大事丝毫无觉，任由它悄无声息地划过。黑衣侠盗双臂交叉，站在木筏上一动不动，向这个曾经令他快乐和痛苦的地方投以最后的凝视，心中希望"她"此刻能看见：在波涛滚滚的大海上，他直接面对着险恶和死亡，毫无惧色，冷笑着从容赴死。只发挥了一点点想象力，汤姆就把杰克逊岛移到了遥不可及的地方，因此他对小镇"投以最后的凝视"时，心中既有伤感又觉慰藉。另外两个海盗也久久地望着故乡，与那一切依依惜别，以致差点儿让急流把木筏冲过那个岛去，幸亏他们发现得早，才设法排除了危险。

大约在凌晨两点钟左右，木筏在小岛前面二百码的沙滩上搁浅了。他们只好反复地趟过浅浅的河水，把带来的东西都搬上岸。他们用木筏上原来就有的那块旧帆，在矮树丛中的隐蔽处搭了个帐篷，并把东西放在那里，而他们自己却效仿海盗的做法，遇到好天气时就睡在外面。

离树林深处二三十步远的地方，有一根倒在地上的大树干。他们紧挨着它生起火来，架起平底煎锅，烧些咸肉当晚餐，又把带来

的玉米面包吃掉了一半。他们说不打算回文明世界了，因为在这么一个远离人群的荒岛上，在这么一片原始森林里自由自在地野餐，真是有趣极了。熊熊火光照亮了他们的脸庞，也照亮了他们用树干撑起的那座圣殿。树叶光滑得好似油漆过一般，那些青藤上缀满了花朵，它们在火光下显得如此美丽而安详。

最后一块松脆的咸肉和一些玉米面包下肚以后，大家都满足地倒在青草上。他们本来可以找个更好的地方，却实在舍不得如此热烈的篝火和如此浪漫的情调。

"难道这还不够快活吗？"乔说。

"比神仙过的日子还好呢！"汤姆说，"要是那帮小子瞧见咱们这样，他们会说什么？"

"说什么？呃……他们一定羡慕得要死。喂，你说是不是，哈克！"

"应该是这样吧，"哈克回答，"反正我挺喜欢这儿的。我觉得就这么生活好极了。平常我连顿饱饭都吃不上，而且这儿也没谁来欺负你。"

"这种生活真的很好，"汤姆说，"你不必起个大早、不必上学，也不必洗脸，所有烦心事儿都不必做了。乔，你要知道，海盗在岸上是什么事都不必做的，可是当隐士就得做祷告，如此一来就半点也不快活，终究会在孤苦中死去。"

"嗯，是呀，是这么回事。"乔说，"你知道我当初没怎么想这事，现在试过了，我才知道当海盗很棒呢。"

"跟你说吧，"汤姆说，"现在不像古代那样了，如今的隐士们不大吃香。而对于海盗呢，总是没人敢小瞧的。做隐士生活好惨，得在最硬的地方睡觉，头缠粗布，脸抹泥灰，还得站在雨里受洗，还……"

"他们为什么要头缠粗布，脸抹泥灰？"哈克打断汤姆问。

"我不清楚。总之，隐士必须得这样。你也得这么做，如果你

是隐士的话。"

"我才不做隐士呢。"哈克说。

"那你会怎么做？"

"我不知道，反正我不干。"

"哈克，你必须这么做，逃是逃不掉的。"

"呵！我就是不去受那个罪，我会一走了之。"

"哼，说得轻巧。一走了之的话，你就成了一个十足的懒汉隐士，太丢人了。"

赤手大盗正忙着别的事，所以没有响应。他刚把一只玉米棒子掏空，现在正忙着把一根芦杆装上，很快的，一个烟斗就制成了。接着，他又装上烟叶，用一块大大的火红木炭点着，然后吸了一口，从鼻孔里喷出一道烟来，香喷喷的……很明显，他心神俱醉。旁边的两个海盗心痒难耐，非常羡慕他的这副派头，都暗下决心要尽快学会这一招。哈克说：

"海盗一般要干些什么？"

汤姆说："嘿，他们过的可是神仙日子，抢到船后就烧掉，抢了钱就埋起来。他们还把船上的人通通杀光，也就是蒙上他们的眼睛，然后扔到海里去。阴森恐怖，神出鬼没。"

"但他们不杀女人，"乔说，"他们把女人带回岛上。"

"是的，"汤姆赞同地说，"他们不杀妇女，这很伟大！那些女人往往很漂亮。"

"他们穿对衣服也是很挑剔的！哦，当然还不止这些，他们穿金戴银呢！"乔的话充满了向往。

"谁呀？"哈克问。

"那些海盗啊。"

哈克看了看自己的衣服，说："这是我唯一的衣服了。看来，我不配当海盗啊。"懊丧之情溢于言表，看上去很可怜。

两个伙伴立即安慰他说，只要他们行动起来，好衣服很快就会

到手。他们对他讲，虽然按一般惯例，出手大方的海盗一直就很讲究，但也得允许他开始时穿破旧衣服才是。

谈话渐渐进入尾声，海盗们的眼皮快撑不住了。赤手大盗的烟斗从手中悄然滑落，他疲惫交加地进入了甜美的梦乡。而西班牙海黑衣侠盗和海上死神却久久不能入睡，既然再也没有人强迫他们跪下来大声祷告，他们就躺在地上，在心里默默祈祷。他们根本不想祈祷什么，却害怕因此触怒上帝而降下晴空霹雳。

尽管他们被瞌睡虫作弄快熬不住了，可偏偏又有什么东西不让他们睡去——正是"良心"这家伙在作祟。他们害怕起来，隐隐觉得从家里逃出来是个错误。一想到偷肉的事情，他们就试图安抚自己的良心以求解脱，说他们从前也多次偷过糖果和苹果，但是良心依然不肯放过他们。最后，他们觉得有一个事实似乎不容回避，那就是偷糖果之类不过是"顺手牵羊"罢了，而偷咸肉和火腿等贵重物品却是真正意义上的偷窃，而这正是《圣经》上明文禁止的。所以他们暗下决心，只要当一天海盗，就得维护海盗的英名，绝不让偷窃玷污海盗的美德。在良心跟他们取得和解后，这两个困惑而又矛盾的海盗才心安理得地入睡。

## 第十四章　岛上逍遥

　　黎明再次光临人间。汤姆一觉醒来，迷迷糊糊不知身在何处。他坐起来，揉着眼睛看看四周，过了一会儿才想起是怎么回事。灰蒙蒙的清晨清凉怡人，林子里静谧祥和，流动着一种甜蜜而安宁的气息。树叶儿纹丝不动，没有任何动静打扰大自然的美梦。晶莹剔透的露珠仍睡在树叶和草叶上。昨晚生火的地方盖着一层白色的灰烬，仍有一缕轻烟袅袅上升。

　　乔和哈克正睡得十分香甜。这时，林子深处有两只鸟儿一唱一和地叫起来，一只啄木鸟也开始工作，发出"笃笃……"的啄木声。清晨的光线由清淡逐渐转为明亮，各种声音也随之稠密起来，天地万物从沉睡中醒来，精神抖擞、生机勃勃，瑰丽奇妙的景色吸引着汤姆惊奇的眼睛。

　　在一片带露的叶子上，有一条小青虫爬过，不时地支起大半截身子，四处"嗅一嗅"，接着又向前爬，汤姆认为他是在探路。这条小虫自动爬近他身边，他依然稳如盘石，满心希望它能爬得再近点。一会儿之后，它继续向他靠近，但随即好像改变了主意，打算离开。他的希望也随之一会儿高涨，一会儿低落。后来，小虫在空中翘起身子，考虑良久，终于爬上了汤姆的腿，在他周身移动，于是他心里充满了欢乐，因为这表示他会弄到一套新装——毫无疑问，那是一套华丽耀眼的海盗制服。

　　这时，一大群蚂蚁来了，正忙着搬运东西；其中一只用两条前肢抓住一只比自己身体大好几倍的死蜘蛛奋力往前拖，一路爬上了树干。汤姆俯下身子，对趴在一片草叶叶尖上那只背上有棕色斑点的蝴蝶说："蝴蝶，蝴蝶，快回家，你的家里着火啦，你的娃娃找妈妈。"于是它就拍着翅膀飞走了，回家去看到底发生了什么事。汤姆对此习以为常，因为他早就知道这种小虫子头脑又简单，容易相信火灾的事情，也被他捉弄过不止一次了。不久，又有一只金龟

子飞过来，毫不气馁地搬着一颗粪球；汤姆碰了一下这小东西，它立即就把腿缩进身体装死。

越来越多的鸟儿唧唧喳喳地闹得更欢乐了，一只学舌鸟从汤姆头顶上的大树飞下来，欢天喜地地模仿着附近别种鸟儿的叫声。随后又有一只鸟尖叫着疾飞而下，像一团蓝色的火焰一闪而过，最后停在一根小树枝上，汤姆几乎一伸手就能够到它。它歪着脑袋，好奇地打量着这几位不速之客。还有一只灰色的松鼠和一只长得像狐狸的大东西匆匆跑来，一会儿坐下来观察这几个孩子，一会儿又冲着他们叫几声。也许是因为它们从未曾见过人，所以一点也不害怕。

此时大自然彻底醒来了，无处不充满活力。从各处茂密的树叶间，阳光犹如一支支长矛直刺而下。几只蝴蝶扇着翅膀，轻舞飞扬。

另外两个强盗被汤姆弄醒了，他们大叫一声，嘻嘻哈哈地跑开；两分钟后，他们一丝不挂地跳进白沙滩上那一汪澄澈的水里，互相追逐着打闹嬉戏。那个小镇就远远地躺在宽阔的河流对面，似乎已被他们忘记。那只木筏已经被一阵湍急的河水（也可能是被一股涌上来的潮水）冲走了，他们却为此而感到庆幸——没有了木筏，他们与文明世界间的桥梁就像被毁了一样，断绝了他们回返的念头。

回到露营地时，虽然海盗们全都神采奕奕，兴致高昂，但他们的肚子却咕咕直叫，于是，他们再次拨旺篝火。哈克在附近发现了一股清泉，他们就把阔大的橡树叶和胡桃树叶当做杯子，喝下泉水时，他们觉得那股森林的清香几乎完全可以取代咖啡。乔正在切咸肉片做早餐，汤姆和哈克让他等一会儿；他们来到河边，在一个僻静之处放下鱼钩，不久就钓到了鱼。当他们拿回来几条漂亮的石首鱼、一对鲈鱼和一条小鲶鱼回来时，乔大感意外，这些鱼足够大家饱餐一顿了。鱼和咸肉一块煮的结果让人惊讶，鱼出乎意料的鲜

美。他们不知道，淡水鱼越鲜活，烧出的味道就越鲜美；他们也没想到，野外露宿、运动、洗澡会令人胃口大开。尤其他们并不明白一个道理：饥饿是食物最好的调味品。

吃完早餐，他们就随意地倒在树荫下。哈克抽了一袋烟后，大家就到树林里去探险。信步而行，跨过枯朽的树木，越过杂乱的灌丛，穿过高大的树林。根根葡萄藤从这些大树上披垂下来，像极了王冠上悬垂的流苏。幽僻之地处处皆是怒放的鲜花，宛如块块绿色地毯上镶嵌着的宝石。

许多令人欣喜的东西不时跃入眼底，不过却没有稀奇古怪的玩意儿。他们发现这个岛大约有三英里长，四分之一英里宽，离河岸最近的地方只有一条狭窄的水道相隔，不足二百码宽。他们几乎每个钟头就游泳一次，所以等他们回到营地时，大半个下午已经过去了。饥肠辘辘的海盗们顾不得捉鱼来吃，就对着冷火腿一番狼吞虎咽，吃完就躺到树荫下说话。说着说着，声音渐渐就断断续续，最后再也没人出声。四周一片寂然，肃穆而孤独，海盗们的情绪开始低落，每个人都在想着心事。一种莫名的渴望渐渐爬上他们的心头，那就是越来越强烈的思乡之情。连赤手大盗哈克都在怀念他从前睡觉的台阶和那些木桶。但是，没有一个人敢把自己的这种软弱说出口。

有一段时间，他们听到远处似乎有一种奇怪的声响，就像在不留神时听到的钟摆嘀哒声。后来，声响越来越大，颇为神秘，他们必须得弄清楚。海盗们互相对望一眼，随后仿佛在侧耳细听。很久都没有动静，四周一片死寂；后来，一阵沉闷的隆隆声从远处滚滚而来。

"什么声音？"乔小声惊呼。

"我也不清楚。"汤姆低声说。

"肯定不是雷声，"哈克贝利用惊恐的声音说，"因为雷声……"

"听！"汤姆说，"听着，别吭声。"

仿佛过去了好多年，才又传来一阵沉闷的隆隆响声，划过林中的空寂。

"走，看看去。"

大家立即跳起来，赶忙朝对着小镇的河岸跑去。他们拨开河边的灌木丛，往外窥视。一只小蒸汽渡船从小镇下游约一英里处顺流而下，宽阔的甲板上似乎站满了人。还有许多小船在渡船附近划来划去。他们不知道船上的人在干什么。后来，一股白烟从渡船边突地冒起，似闲云一般升腾飘散，那种沉闷的隆隆声音同时再次灌进他们的耳鼓。

"我知道了！"汤姆喊着，"有人淹死了！"

"就是！"哈克说，"去年夏天，比尔·特纳掉到水里时，他们也是这样干的；他们向水面打炮，这能让尸体浮上来。对了，他们还在大面包里注入水银，让它浮在水面上。面包会径直朝有人落水的地方漂过去，在出事的地方停下。"

"对，我也听人这么讲过，"乔说，"为什么面包那么灵？"

"哦，可能不是面包自身有那么灵，"汤姆说，"我估计多半是人们事先对它念了咒语。"

"他们可不念什么咒语呀，"哈克说，"我亲眼见过，他们不念咒语。"

"咦，那就怪了，"汤姆说，"也许他们只是在心里念吧。一定是的，这很明显。"

另外两人认为面包无知无觉，如果不给它念咒语就去做这么重大的事情，绝不会做得那么出色。所以他们同意汤姆说的有道理。

"哎呀，现在要是我也在那儿就好了。"乔说。

"我也这么想，"哈克说，"我愿意拿很多东西来换谁被淹死了这个答案。"

几个孩子仍在那儿听着、看着。汤姆的脑海里突然闪过一个念

头，他恍然大悟地喊道：

"伙计们，我知道了！是咱们淹死了呀！"

他们顿时神气起来，觉得自己宛然成了英雄——可喜可贺啊！居然还有人惦记他们、哀悼他们，有人为他们伤心断肠、痛哭流涕。一旦那些人回想起自己曾经对这几个失踪的苦孩子的种种不好，就会良心不安，就会愧疚不已、追悔莫及。最重要的是，全镇的男女老少一定都在谈论这几个淹死的人，而别的孩子见他们受到如此重视，肯定会异常羡慕。真好。总之，海盗当得有价值！

夜幕低垂之际，渡船又回到镇口去了，其余的小船也不见了，海盗们也回到宿营地。一想到自己那刚刚获得的荣宠，一想到自己给镇上的人惹出了这个大麻烦，他们就感到心满意足、十分痛快。他们捉了鱼做晚饭，吃完之后就猜想镇上的人会怎么看他们，会怎么说；一想到镇上的人们心急如焚的情形，海盗们就非常满意，当然，这是他们自己的感觉。然而，当无边夜色笼罩大地时，他们就不再激动了，默默地坐在那儿望着火堆，有些神不守舍。汤姆和乔不由自主地想到，家里的某些人对他们这种过分的玩笑，绝不会像他们想象的那样开心。一阵恐惧袭上心头，他们不安起来，禁不住沉重地叹了一两口气。乔旁敲侧击地打探另外两个海盗的意思，想知道他们是否想回到文明世界去？不过不是马上就回去，只是……

汤姆奚落了他一番，给他的念头泼了瓢冷水，刚才并未表态的哈克现在支持汤姆了。于是那个动摇分子马上为自己"辩护"，极力为自己开脱胆小、想家的骂名，挽救受损的形象。最后，叛乱总算暂时平定。

夜深了，哈克打起盹来，不久便鼾声大作；乔也跟着入睡。汤姆用胳膊肘支着头，长时间定定地看着他俩，一动不动。最后，他双膝撑地，小心翼翼地站起来，在草地里和篝火照亮之处搜寻。他捡起几块半圆形的梧桐树的白色树皮，仔细看了看，然后挑了两块满意的，就在火堆旁跪下，用他那块红砚石在树皮上吃力地写了几

个字。写好后，他把一块卷起放到上衣口袋里，另一块放在乔的帽子里。把帽子挪远一点后，他又在里面放了些被小学生视为珍宝的东西———截粉笔、一个橡皮球、三个钓鱼钩和一块叫做"纯水晶球"的石头。接下来，他踮着脚尖，非常谨慎地从树林中溜了出去，直到他认为没人能听见他的脚步声，才飞快地朝着沙滩方向奔过去。

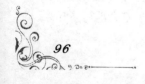

## 第十五章　自命不凡的英雄

几分钟后，汤姆来到沙洲的浅水滩上，向伊利诺伊州涉水过去。河心的水虽然深不及腰，却异常湍急，涉水过河是不行的，但他信心十足地决定游过剩下的一百码。他游向上游，河水却总是把他往下游冲，流速远比他想象的快。但他还是游到了岸边，又顺水漂了一段距离，才从一处低低的河岸边爬上去。他按了按上衣口袋，发现树皮还在，就钻进河边的树林，身上的水一路淋漓。

快十点时，他钻出树林，来到小镇对面的一片开阔地带。夜空星光灿烂，天地寂静无声。渡船停泊在高高的河堤下面的那片树荫里，它的后面有一只小艇，正"突突"地响着，准备出发。他偷偷溜下河堤，睁大眼睛观察了一下四周，然后潜入水中，只游了几下就爬到小艇上了。他气喘吁吁地躺在坐板下面，等着开船。

不久，有人敲响了船上的破钟，随即命令"开船"。一两分钟后，船起航了，它裹挟着排排浪头，冲得小艇的船头竖立起来。汤姆庆幸自己赶上了当晚的最后一次摆渡。好不容易熬过了这漫长的十二到十五分钟，渡船终于停了下来，汤姆立即从小艇上溜下水，在夜色的掩护下向河岸游去。因为怕撞见什么人，他一直游到下游五十码的地方，才放心地上了岸。他迅速穿过冷清的小巷，来到姨妈家屋后的围墙下，随即翻过去，悄悄靠近厢房。灯光从客厅的窗户里透出来，他看见屋里坐着玻莉姨妈、希德、玛丽和乔·哈帕的妈妈，大家正在聚谈。他们坐在床边，床摆在他们和门之间。汤姆走到门边，无声地拨开门闩，轻轻地推了一下，门开了一条缝。他再次小心地推门，门的轻响总让他心惊胆战。他估计可以爬着挤进门缝时，就先伸进头去，异常紧张地往里爬。

"蜡烛怎么摇得这么厉害？"玻利姨妈问。汤姆急忙往里爬。
"唉，跟我想得一样，门果然开着，现在的怪事总是这么多，没完没了。希德，去把门关上。"

这时，汤姆刚好躲进床底下。他躺在那里，直到放松下来后才又爬过去。现在，姨妈的脚伸手可及。

"但是就像我刚才说的，"玻莉姨妈说，"他并不坏，可以这么说，只是淘气而已，有点浮躁，冒冒失失的。他还是个毛头小子，可没有一点坏心眼，我从来没见过像他那么心地善良的孩子。呜……"她说不下去了，开始抽泣。

"我的乔也是这样，调皮捣蛋，凡是淘气的事都跟他沾边。他不自私，心眼还好。天哪！想起我揍了他，我就好伤心。我冤枉他偷吃了奶酪，不容分说就拿鞭子抽他，压根就忘记奶酪酸了，是我亲手倒掉的。这下好了，我别想活着见到他了，永远、永远、永远也见不着了。这可怜的、受尽虐待的孩子啊……"哈帕太太悲痛至极，泣不成声。

"我希望汤姆现在很快活，"希德说，"不过他以前确实有点……"

"希德！"汤姆似乎能看到老太太瞪着希德说话的样子，"汤姆已经走了，不许再说他一句坏话！有上帝照顾他，你操什么心啊！哦，哈帕太太，我真不知道怎样才能忘掉他！我真不知道怎样才能忘掉他啊！虽然他从前常让我这颗已经衰老的心受尽折磨，但他毕竟也给了我极大的安慰啊。"

"上帝把他们赐给我们，又把他们收回去了，感谢上帝！可这太残酷了！啊，真让人接受不了！就在上星期六，仅仅因为我的乔在我面前放了个爆竹这件小事，我就把他打趴在地上。谁知道这么快他就……啊，要是一切能从头再来的话，我一定会搂着他，夸他做得好。"

"是啊，是啊，是啊，我完全理解，哈帕太太，我理解你的心情。就在昨天中午，我的汤姆逮住猫给他灌了很多止痛药，当时我认为这下子他会把家给毁掉。真是对不起上帝，我拿顶针敲了我那可怜、短命的孩子的头，可怜的孩子汤姆啊……不过，现在他总算

没有各种各样的烦恼了，终于解脱了。他跟我说的最后一句话，就是责备我……"

说着说着，悲痛不已的老太太实在说不下去了，一下子放声痛哭起来。汤姆鼻子酸酸的，他在可怜自己，而不是在同情别人。玛丽也在啜泣，时不时地为他说上一两句好话。汤姆第一次真切地感觉到了自己的不平凡。另外，姨妈伤心的情形也让他感动，他几乎按捺不住地想从床下冲出来，让她惊喜欲狂。汤姆也十分喜欢制造这种富于戏剧性的场景，但这一次，他还是沉住了气，并不动弹。

他继续听着，从那些零碎的话语中得知，人们起先以为几个孩子被淹死了；他们后来又发现那只小木筏不见了；接着又有些孩子说这几个失踪的孩子曾暗示过，不久将有重大事情发生；那些有头脑的人据此判断几个小家伙一定是撑着小木筏出去了，不久就会出现在下游的村镇里；但快到中午时，人们发现木筏停在小镇下游五六英里的河岸边，孩子们并不在上边，希望就此破灭了；他们准是淹死了，否则的话，不到天黑他们就会因饥饿而回家。大家认为打捞尸体根本就是徒劳的，因为几个孩子一定是在河当中淹死的，否则凭着他们那么好的水性，早就上来了。今天是星期三，要是到星期天还找不着尸体，那就真的没有指望了，就只好在星期天上午举行丧礼。这话让汤姆浑身发抖。

哈帕太太哭着道了声晚安，准备离开。这两个失去亲人的女人再也控制不住了，抱在一起痛痛快快地大哭了一场后才分手。玻莉姨妈在与希德和玛丽道别时，显得十分温柔，与平时大不相同。希德抽着鼻子，玛丽却大哭着走开了。

玻莉姨妈跪下来，开始为汤姆祈祷，悲悲切切的话语令人感动。她的声音颤抖着，爱意无限。祈祷未完时，她已经泪流成河了。

因为伤心，玻莉姨妈上床怎么也睡不着，不时唉声叹气，辗转反侧。后来，她终于安静地睡了，却偶尔发出一两声呻吟。汤姆从

床下钻出来，慢慢站直，以手遮烛，立在床边端详着姨妈，心里满是怜悯。他从口袋里掏出那块树皮，放在蜡烛旁边。又忽然想起了什么，犹豫了一下后，他做出了一个愉快的决定。他喜上眉梢，赶忙把树皮放进口袋，接着弯下腰来，吻了吻老太太干枯的嘴唇，然后轻轻地向门口走去，临走时还把门给闩好。

他东拐一下、西绕一下地返回渡船码头，见四下无人，于是放心地上了船。他知道船上除了一个守船人外就没别人了，而他总是在睡觉，睡起觉来雷都打不醒。汤姆解开船尾的小艇，悄悄跳上去，迅速而谨慎地向上游划去。在离小镇约一英里时，他调转船头，使出全身的力气向对岸划去。他很轻松地就靠上了岸，这对他来说简直是小菜一碟。他很想把这只小船据为己有，因为它完全可以被当做一艘被海盗劫持的"大船"。但经过一番考虑，他还是放弃了，人家一定会四处搜寻，这样反而暴露了海盗的行踪，于是他弃舟登岸，钻进了树林。

他坐下来休息了很久，拼命与瞌睡虫搏斗，然后又小心翼翼地向露营地所在的河湾走去。时间过得真快，当他走到那片沙滩时，天已大亮。他又歇了歇，直到太阳升得老高，四射的光芒照得宽阔的河面上波光闪闪，他这才往河里纵身一跳。仅仅过了一下子，他就浑身水淋淋地站在宿营地的门口。他听见乔说：

"不会的，汤姆最守信。哈克，他一定会回来的，他不会不管我们。他知道这样做有损海盗的名声，像他这样爱面子的人，是不会做这种事情的，他一定是有事出去了。但是，他到底做什么去了呢？"

"唉，不管怎样，这些玩意儿全是我们的了，对不对？"

"应该是吧，但也不一定，哈克。他在树皮上说，如果吃早饭时他还没回来，这些东西就归我们了。"

"我回来了！"汤姆喊了一声，像演戏一样，神气十足地快步走来。

　　一顿丰盛的咸肉加鲜鱼的早餐很快就端了上来。大家围坐在一起，大口大口地吃着，汤姆一边讲述着回家暗访的过程，一边添油加醋地吹嘘了一通。汤姆讲完后，这群海盗就成了更加虚荣而自命不凡的英雄人物。后来，汤姆就躲到一处阴凉幽静的地方睡觉去了，一直到中午才醒来。另外两个海盗则忙着准备钓鱼和探险的事情。

## 第十六章　遭遇狂风豪雨

吃罢午饭，海盗们全体出动，到沙洲上去寻找乌龟蛋。他们用树枝往沙子里戳，遇到软的地方，就跪下来用手挖。有时，一窝就有五六十颗又白又圆的乌龟蛋。当天晚上，大家就享用了一顿美味煎蛋，第二天早上又尽情吃了个痛快。

早饭后，他们一路向沙洲奔去，欢呼雀跃着相互追逐，一边绕着圈子奔跑，一边脱掉身上的衣服。等脱得精光后，又继续嬉闹，一直跑到沙洲的浅水滩里，逆水而站。水流冲过来时，时常要把他们冲倒，在这种冒险里，他们尝到了莫大的快乐。有时候，他们弓腰曲背地站在一起，互相用手掌把水往对方脸上泼击。大家越击越近，只得偏着头避开透不过气来的水。最后，他们扭成一团，经过一番拼搏，弱者终于被按到水里。然后，大家一齐钻进水里，继续进行水下战斗，等憋不住时再猛地钻出水面，气喘吁吁地哈哈大笑。

打闹得筋疲力竭时，他们就跑回岸上，四仰八叉地躺在干燥滚热的沙滩上，拿沙子把自己埋起来。一会儿后又冲进水里，重新开战。忽然间，他们发现自己身上的皮肤是纯粹的肉色"紧身衣"，于是就在沙滩上划了个大圆圈，演起马戏来。谁都争着扮演最神气的角色，台上因此同时出现了三个小丑。

后来，他们又拿出石头弹子，玩"补锅"、"敲锅"和"碰着就赢"等游戏，直到完全尽兴。乔和哈克又去游泳，汤姆却不敢再次冒险了，因为他发现刚才他踢飞裤子时，脚踝上拴着的一串响尾轮也飞了出去。失去这个护身符，刚才玩闹这么久居然平安无事，他有些纳闷。直到他找回护身符后，才又去玩起来，但这时两个伙伴已经累了，打算歇息。因此，海盗间就有了点互不理睬的意思，个个意兴阑珊地望着宽阔的大河对岸发呆。他们怀念着的小镇正在阳光下打盹。汤姆不由自主地用脚指头在沙滩上写下"贝基"这个

名字，又赶紧把它抹掉，他为此十分光火，恨自己不够男子汉。然而，他还是情不自禁地又写了这个名字，并再次擦掉。为了管住自己的脚丫子，他就想办法要把两个伙伴弄到一处和自己一块玩耍。

但是，乔怎么也提不起劲头了，无论如何也忍不住想家的念头，满眼泪水几乎就要掉下来。哈克的情绪也急转直下。汤姆虽然也意志消沉，却极力掩饰着。他必须扭转海盗们低落的士气，于是不得不亮出一张王牌——那个他本来不打算马上说出的秘密。他装着兴高采烈的样子说：

"伙计们，我敢打赌这个岛以前有过海盗，我们得再去探险，去寻找他们藏在这个岛的某个地方的宝藏。如果我们能碰到一个里面全是金银财宝的烂箱子，大家会作何感想？"

两个伙伴对他的话没有一点反应，汤姆刚起来的一点劲头也随之消失。他又试着用另外一两件事情来诱惑他们，最后均告失败。这真让人扫兴。乔愁眉苦脸地坐在那里，用小树枝拨弄着沙子，最后他说：

"喂，我说，我们还是就此罢手吧。我要回家，这实在太无聊了。"

"哎，乔，这哪行？慢慢地你就会好起来的。"汤姆说，"在这儿钓鱼不是很开心吗？"

"我不喜欢钓鱼。我要回家。"

"但是，乔，其它地方根本就没有这么好的游泳胜地啊！"

"游泳不好玩。即使现在有人说不让我下水，我也不在乎。我就是想家。"

"哼，岂有此理！简直像个哭着找妈妈的小婴儿。"

"对，我就是要去找我妈妈，要是你也有妈妈，你也会想她的。你说我是小婴儿，却不想想自己又有多大……"说着说着，乔就要哭出来了。

"好吧，咱们就让这个好哭的小婴儿回家去找妈妈吧。好不

好，哈克？可怜虫想妈妈了，就让他去好了。你一定喜欢这儿，对不对，哈克？咱俩留下好吗？"

"也……行。"哈克的话里有股明显不愿意的味道。

"我再也不跟你说话了，到死都不，"乔站起身来，"你等着瞧吧！"他悻悻地走开，并且开始穿衣服。

"你以为我稀罕吗？"汤姆说，"没谁求你跟我说话。滚回去吧！回去丢脸吧。哟，多么伟大海盗！哈克和我不是好哭的小婴儿。我们要留在这儿，对不对，哈克？他要走就让他走好了。没有他，咱们照样过得好好的。"

其实，汤姆的心里很难受。他看见乔阴沉着脸只顾穿衣服，不免惊慌起来。哈克的目光总是围着乔转，一言不发的样子似乎想跟着乔一块走，汤姆更加惶然不安了。乔默默地开始下水，向伊利诺伊州那边走过去。汤姆的心直往下沉，他瞟了一眼哈克。哈克受不了他这么一瞟，立即垂下眼帘，后来他说：

"我也要回家，汤姆。这儿的人越来越少了。汤姆，咱们也走吧。"

"我绝不走！你们要走就走吧。我是要留下来的。"

"汤姆，我还是回去的好。"

"行，去吧！去吧！又没谁拦你。"

哈克开始东一件、西一件地捡拾自己的衣服，一面又说：

"汤姆，希望你跟我们一起走。你好好考虑一下，我们到岸边等你。"

"哼，尽管他妈的都去吧。我没什么好说的！"

哈克伤心地走了。汤姆站在那里，望着他的背影，心里异常矛盾，一方面想抛开自尊也跟着他走，一方面又希望他们站住。然而，那两个人依旧在慢慢蹚着水向前走。四周的冷清和寂寞向汤姆袭来，他和自尊做了最后一次较量，终于向两个伙伴追去，边跑边喊：

"等一等！等一等！我有话要跟你们讲！"

他们立刻停下，转过身来望着。汤姆走到他们跟前，把那个秘密向他们说了。他们起初闷闷不乐地听着，等到明白了他的"真正意图"时，一下子欢呼雀跃起来，连连惊叹。他们说要是他一开头就告诉他们，他们怎么也不会走的。他巧妙地搪塞了过去，心里却担心这个秘密不知道是否能让他们在这岛上待上一阵子，所以他故意守口如瓶，只有到万不得已之际才亮出这张王牌。

小家伙们又兴高采烈地回来了，痛痛快快地玩耍起来，不停谈论着汤姆那伟大的计划，称赞他足智多谋。吃完一顿美味的龟蛋和鲜鱼之后，汤姆说他要学抽烟，乔表示也想试试。哈克就做了两个烟斗，装上烟叶。汤姆和乔以前只尝过葡萄藤做的雪茄，抽这种看起来十分土气的烟时，舌头麻麻的。

他们支着手肘，侧身躺着抽起来，并非信心十足，因而显得小心翼翼地。烟的味道不怎么样，呛得他们几乎喘不过气来，汤姆却说："嘿，抽烟有什么难的！要是早知道抽烟不过如此，我早就学会了。"

"我也是，"乔说，"这根本没什么。"

汤姆说："哎，以前我看别人抽烟时，就想我要会抽就好了，可从没想到我真的能抽哩。"

"哈克，我也是这样的，是不是？"乔说，"你听我这样说过，对不对，哈克？要是我说谎，随便你把我怎么样。"

"是的，他说过……说过好多次。"哈克说。

"嘿，我也说过呀，"汤姆说，"唔，至少上百次吧。有回是在屠宰场。你忘了吗，哈克？当时，鲍勃·唐纳、约翰尼·米勒、杰夫·撒切尔也在。想起来了吧，哈克？"

"是的，是有这么回事，"哈克说，"就是我丢掉白石头弹子后的那一天。不对，是前一天。"

"瞧！我说我说了吧，"汤姆说，"哈克还记得呢。"

"我觉得我整天抽烟都没问题，"乔说，"我不觉得恶心。"

"我也不觉得恶心，"汤姆说，"我也能成天地抽这种烟。但我敢打赌，杰夫·撒切尔就不行。"

"杰夫·撒切尔！嘿，他抽上一两口就会受不了。不信让他试试看。我看一次也够呛的！"

"我敢打赌他够呛。还有约翰尼·米勒……我倒很想让他尝两口。"

"啊，鬼才这么想！"乔说，"嘿，我敢说他干这事最草包不过。他只要闻一下这味儿就会死掉。"

"的确如此，乔。唉……我真希望那些小子能看到我们现在的样子。"

"我也这么想。"

"哎！伙计们，先别提这事了，以后找个机会，趁他们在场时，我就过来问：'乔，带烟斗了吗？我想抽两口。'你就大咧咧地说：'带了，这是我那根老烟斗，喏，这还多一根，不过我的叶子不太好喔。'我就说：'哦，没关系，只要够冲就行。'然后你就掏出烟斗，咱俩点上火来抽，慢条斯理，让他们瞧个够。"

"呃，太妙了，汤姆！我恨不得现在就抽给他们看！"

"我也这么想！我要告诉他们，我们是在当海盗时学会的，他们会后悔当初没跟我们走的。"

"嗯，那当然！我敢打赌他们准会的！"

谈话就这样继续下去。但不久他们就开始泄气了，讲出的话前言不搭后语，后来就沉默下来。最后他俩开始吐痰，越吐越厉害。他们腮帮子里面的口水多如泉涌；舌头底下也好像是个积满水的地窖，为了不泛滥成灾，得赶忙把水往外排；但无论他们怎么尽力把水往外吐，嘴里还是有一股股的水涌上来，连带着一阵阵恶心。此刻，两个孩子看起来脸色全都煞白，一副惨相。乔的烟斗接着也掉了，两个人的口水只管一个劲地往外涌，两个抽水机全力以赴往外

抽水。乔有气无力地说:

"我找不到我的小刀了。我得去找找看。"

汤姆嘴唇发抖,吞吞吐吐地说:

"我帮你找。你到那边去找,我到泉水旁边看看。不,哈克,不用你来帮忙……我俩能找到。"

于是哈克重新坐下来等着。一个小时后,孤独涌上心头,他便起身去找同伴。只见他俩脸色苍白,一东一西,隔得老远地倒在林中大睡。他看得出他们俩还不太适应抽烟,但对他而言,这种难受的感觉早已经过去了。

吃晚饭时,大家的话都不怎么多。乔和汤姆看上去可怜巴巴的。饭后,哈克准备好自己的烟斗,正打算也给他们准备,他俩连说不用了,说什么晚餐有点不对劲,他们觉得有些不舒服。

半夜时分,乔醒了,叫另外两个孩子。天气闷热得令人窒息,似乎要变天,但他们还是相互依偎着尽力靠近那堆火。他们全神贯注地坐着,默默等待。周围一片肃静,除了那堆火,一切都被漆黑的夜色吞噬。不一会儿,远处划过一道亮光,一闪而没,照得树叶隐隐发亮。不久,一道更强烈的闪光划过,接着又一道。这时候,一阵低吼声从树林的枝叶间传来,几个孩子觉得有一股气息拂过脸颊,他们都以为是幽灵过去了,所以吓得瑟瑟发抖。一阵短暂的间隙过后,又一道令人心惊胆战的闪光撕开了黑夜沉重的外衣,那一瞬间四周雪亮,他们脚下的小草也历历可辨;同时,三张惨白、惊惧的脸也毕露无遗。闷雷轰隆隆着从上空滚过,渐去渐远,消失在遥远的天边。一阵凉风袭来,树叶沙沙作响,火堆里的灰烬雪花似的四处飞散。又一道强光照亮了树林,响雷紧随其后,仿佛要劈断海盗们头顶上的树梢。漆黑再次包裹了天地,海盗们紧紧地抱在一起,惊惧不已。最后,豆大的雨点开始砸在树叶上,劈里啪啦地直响。

"快,伙计们! 快撤到帐篷里去! "汤姆大喊。

他们撒腿就跑，四处的树根和藤蔓在黑暗中不时捣乱。由于极度恐惧，他们拼命地朝不同方向跑去。狂风呼啸而过，所到之处簌簌作响。耀眼的闪电一道紧跟着一道，震耳的雷声一阵尾随着一阵，倾盆大雨说来就来，劈头泼下。在靠近地面的地方，大雨被阵阵狂风刮成片片雨幕。电闪雷鸣，风狂雨疾，孩子们呼唤伙伴的声音完完全全地被吞没了。最后，几个人终于一个接一个地冲回了露营地，在帐篷底下躲起来。他们浑身都湿透了，又冷又怕，好在大家守在一块，总算是不幸中的万幸。那块旧帆篷"劈劈啪啪"地响，没人能讲出话来——噪音实在太大了，无法交谈。

狂风越刮越猛。系帆篷的绳子不久便吹断了，一卷而飞。孩子们手挽着手，跌跌撞撞地向河岸上一棵大橡树底下逃去，身上多处挂彩。风雨交加、电闪雷鸣，老天狂暴至极。夜空时不时地被照亮，天底下的万物显得分外鲜明；在狂风下弯腰的树木、白浪翻卷的大河、大片飞舞的泡沫以及河对岸高耸的悬崖，都在那飞滚的乱云和斜飘的雨幕中乍隐乍现。每隔一会儿就有一棵大树被折倒在狂风的威力之下，"哗啦"一声倒向小树丛；惊心动魄的绵绵惊雷震耳欲聋、难以言状。最后的这一阵暴风雨更是威力无穷，似乎要在瞬间把这个小岛撕成碎片，让它灰飞烟灭，要把岛上的生灵也全都震昏震聋。对这几个离家出走的孩子来说，这一夜实在够他们受了。

暴风雨总算过去了，风雨渐渐平息，天地又恢复了宁静。孩子们回到了宿营地后，惊恐万分地发现，紧挨着他们床铺的那棵梧桐树被雷劈倒了，万幸的是，当时他们恰巧不在树下。营地的所有东西都被大雨淋透，那堆篝火也给浇灭了。他们毕竟像同龄人一样，因为缺乏经验而没有想到防雨。更要命的是，他们的全身没一处是干的，冷得受不了，狼狈得一塌糊涂。不过他们很快就发现，先前靠着生火的那根倒伏的大树干上，有个从地面翘起的地方被烧得深深地凹进去了，因而有块巴掌大的地方未遭雨水的侵袭。他们不得

不耐心地想出各种办法,从那些有遮掩的树下,寻来些碎叶、树皮做火引子。千辛万苦之后,那堆火终究被救活了,他们向火里又添了许多枯枝,火苗呼呼直蹿。大家这才高兴起来,立即把熟火腿烘干,开始大吃。吃罢就坐在火堆旁,对半夜的险情大肆渲染。因为周围没有一处干燥之地可以睡觉,所以他们只得一直聊到天亮。

红红的太阳出来了,照得孩子们困倦难耐。他们从林子里出来,到沙滩上躺下睡觉。不久,太阳就晒得他们浑身燥热难当,于是他们起来,懒洋洋地弄些吃的。之后,他们都觉得周身酸痛,四肢僵硬,于是又开始想家了。汤姆发现苗头不对,赶紧找些开心的事来振奋另两个海盗的精神。但他们已经失去了石头弹子、马戏、游泳,等等。汤姆再次提起了那个秘密,乔和哈克这才稍稍高兴了些。他趁热打铁地推荐了一种新玩法,大家暂时不当海盗,而改扮印第安人,换换口味。他们一下子被这个主意吸引住了。于是,他们脱光衣服,从头到脚都抹了一道道的黑泥,活脱脱就像几匹斑马——当然个个都是酋长——然后他们飞奔入林,去袭击一个英国佬儿的聚居点。

后来他们又分成三个敌对的部落,从埋伏地冲出来,相互袭击,嘴里发出可怕的吼叫。这是一场血淋淋的战争,被杀死和剥掉头皮的人有成百上千。这一天,就在痛痛快快的游戏中过去了。

他们在快吃晚饭的时候才回到宿营地集合,虽然饥饿难当,却也十分快活;问题是,互相仇杀的印第安人如不讲和是不能友好地共进晚餐的,而抽一袋烟是和解的必备前提,他们从未听说过还有别的讲和办法。这三个野蛮人中的两个,几乎一致表示希望继续当海盗。但是大家终究没有找到解决的办法,所以他们只好装着愉悦的样子,把烟斗要过来,按照印第安人的传统仪式轮流抽了一口。

奇怪的是,汤姆和乔又很高兴自己变成野蛮人了,因为他们收获很大:他们发现自己已经可以抽烟,而不必找丢失的小刀了;他们已经不再被烟呛得难受了。所以,他们绝不会在这个可喜的进步

面前停留。晚饭之后，他们又谨慎地练习了一下，效果很好，因此，这天晚上他们过得喜气洋洋。这一成就让他们非常自豪，即使他们能把印第安人的六个部落通通剥掉头皮，或者把全身的皮都剥掉，也不会比这更令人欣喜。

让他们在那儿抽烟、神游吧，目前我们暂时没有什么事情打扰他们了。

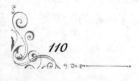

## 第十七章　海盗死而复生

在同一个星期六的下午，宁静的村镇里弥漫着沉痛的气氛。哈帕家和玻莉姨妈家更是沉浸在巨大的悲哀中，大家一直哭个不停，这给本来就很宁静的小镇平添了异乎寻常的寂寥。镇上的人很少说话，只是不停地唉声叹气，也无心干活。现在的周六似乎成了孩子们的负担，游戏时也没精打采的，到后来干脆就不玩了。

那天下午，愁眉苦脸的贝基·撒切尔在空旷的操场上走来走去，心里无限凄凉。她不知道怎么安慰自己才好，于是就边走边喃喃自语道：

"哦，要是再能得到那只铜把手该多好啊！现在我连一件纪念他的东西都没有了。"

她坚强地不让泪水滴落。过了一会儿，她停住脚步，跟自己说：

"就是在这儿。哦，要是他再给我一次机会的话，我绝不会像上回那样固执了，无论如何也不会再像那样说话。可是他已经走了，我将永远、永远再也见不到他了。"

此时，她再也忍不住了，只好茫然地走开，任泪水顺着脸颊滑落。后来，有一大群男孩和女孩——他们曾经是汤姆和乔的伙伴——走了过来，站在那里向栅栏那边看，用崇敬的语调讲述着汤姆曾经如何做过什么事情，他们最后一次见到汤姆的情形，以及乔怎样说了这样和那样的小事（现在他们一眼就看出，过去的一切都是今天可怕的预兆）。每个人都能说出失踪的伙伴当时所站的地点，然后又补充说："我当时就这么站着，就像现在这样，比如你是他，我俩就这么近……他笑了，就像这样……接着我觉得浑身不对劲，就像……很吓人，你知道，我当时根本不知道是怎么回事，可是现在我全明白了。"

接着他们就争论起来，对究竟谁最后看见那些失踪伙伴的人这个问题争辩不休。许多孩子以苦为乐，争抢头功，还列举了一些证

据，又被证人不断夸张。结果，那些被认为有缘最后见过死者并和他们讲了话的幸运儿便扬扬得意起来，其余的人望着他们，唯有张大嘴巴羡慕不已。有个可怜的家伙实在想不出自己有什么值得炫耀的事情，只好骄傲地说起了一件往事："哦，汤姆·索亚揍过我一回。"但他并未成为大伙的羡慕对象，因为大多数孩子都有过这种经历，所以他的这句话根本不值一提。他们就这样闲聊着，继续满怀敬畏地追述几位死去英雄的过去。

第二天上午，主日学校放学后，教堂的大钟一反常态地发出报丧的钟声。这个星期天，全镇异常肃穆，丧钟似乎与天地间的寂静很协调。镇上的人开始聚集在一起，在走廊里逗留的人都在低声谈论着这件惨案，在教堂里，女人们走向座位时，衣服发出凄惨的沙沙声，无人说话。这个小小的教堂似乎从来没有像今天这样座无虚席的时候。后来，教堂里鸦雀无声，大家等候了一阵，才见玻莉姨妈走了进来，后面跟着希德和玛丽；不久哈帕一家也进来了，他们都穿着深黑色的衣服。这时全场起立，连年迈的牧师也不例外，全都恭恭敬敬地站着，等到刚进来的那些人在前排就座后，人们才坐下来。接着又是一阵默哀，偶尔传来一阵阵哽咽声。然后牧师摊开双手，做了祷告。人们唱了一首震撼人心的圣歌，又念了一段颂词："我是生命，复活是我。"

按照习俗，在丧礼上，死者的美德、他们讨人喜欢的行为，以及非凡的前途都被牧师描述了一遍。每个人都暗自赞同他的说法，对自己以前有眼无珠、视若无睹的行为懊悔不已，恨自己死盯着这些可怜孩子的过错和毛病不放。牧师还讲述了这几个孩子生前的一些感人事迹，说他们天真可爱、慷慨大方。人们现在终于明白，他们那时的行为是多么高尚而令人钦佩。可在当时，人们却认为那些事情都是流氓行径，恨不得用鞭子抽这些孩子。对于这一切，人们难过极了。牧师越讲越动情，最后抑制不住地在布道台上哭了起来。人们也越来越感动，后来全都抽泣起来。

　　一阵沙沙声在教堂的长廊里响起，悲痛的人们都没有察觉。不久，"嘎吱"一声，教堂的门开了，牧师拿开手绢，泪流满面地抬起头来，他一下子就呆住了！人们纷纷往后看，于是一双又一双的泪眼都大大地睁着，接着全体到会者一下子都站了起来，看着死而复活的三个孩子沿着过道大踏步走进来。最前面的是汤姆，其后依次是乔和哈克。刚才，他们一直躲在长廊里倾听着追悼他们的颂词！

　　玻莉姨妈、玛丽和哈帕一家一下子向这几个复活的孩子扑了过去，给以阵阵狂吻，险些让孩子们透不过气来，嘴里同时还说着许多感谢上帝的话。可是，可怜的哈克却站在那里异常窘迫，不知道如何是好，也不知该逃到哪里才能躲开这些对自己并不表示欢迎的眼光。他犹豫着正打算一走了之，汤姆却抓住他，说：

　　"姨妈，这不公平，哈克也该受人欢迎才对。"

　　"是的，说得有道理，我非常欢迎这个没有母亲的孩子！"

　　然而，哈克却对玻莉姨妈的亲切感到更加不自在。牧师忽然放开喉咙，高唱道："赞美上帝，保佑众生……唱！大家尽情地唱呀！"

　　于是，大家以饱满的热情，大声唱起了颂歌，歌声回荡在教堂上空。海盗汤姆·索亚望了望四周，发现周围的伙伴们都流露着羡慕的神色，他心中暗自得意，这是他平生最得意的时刻。

　　"受骗"的人成群结对地走出教堂时，都说要是能像今天这样被激发起对上帝的热情，即使再被捉弄一次也没关系。

　　玻莉姨妈对汤姆又恨又爱，在这一天让他尝够了耳光和亲吻。汤姆从前一年所受的耳光和亲吻加起来也没有那一天多。他真不明白，他们哪一种表示对上帝的感激，哪一种是对他的爱？

## 第十八章　汤姆返校

原来，汤姆最大的秘密计划，就是和他的海盗兄弟们一同回家，亲自参加自己的葬礼。星期六傍晚，他们坐在一块大木头上，顺流而下，来到密苏里河的另一边，在离小镇下游五六英里的地方靠岸后，在镇外的树林里睡了一觉。醒来时天色已经发亮了，他们就悄悄地穿过空寂无人的胡同和小巷，溜进教堂的长廊。那儿堆满了乱七八糟的破凳子，然后他们睡觉，直到天光大亮。

星期一早晨吃早饭的时候，玻莉姨妈和玛丽对汤姆非常亲切。不管他有什么要求都满足他，大家的话也比平常多得多。谈话中，玻莉姨妈说：

"喂，汤姆，我倒认为你这个玩笑开得不错呢，你们几个为了寻开心却让我们大家受够了折磨。你不该那么狠心啊，让我吃尽了苦头。你既然能够坐在大木头上回来参加自己的葬礼，为什么就不能给我点暗示，表明你只是离家出走而已？"

"就是呀，汤姆，姨妈说得没错，"玛丽说，"我想你要是想到这一点，肯定会那样做的。"

"你会吗，汤姆？"玻莉姨妈的渴望之情溢于言表。

"你说呀，要是你想到了，你会不会那样做呢？"玛丽追问着。

"呃，我也不知道，如果那样做了，会坏事的。"

"汤姆，我原以为你很在乎我的。"玻莉姨妈悲伤的声音令汤姆深感不安，"你以前要是还想到这一点，就算没办到，那也是很不错的了。"

"哦，姨妈，别这么想，那没什么关系，"玛丽赶紧打圆场，"汤姆匆匆忙忙，做事总是毛毛躁躁的，不计后果。"

"那就更不应该了。换了希德，那就不一样，他会来告诉我的。汤姆，当你以后回想往事的时候，你会后悔的，后悔当初不该这样不把我放在心上。"

"哦，姨妈，你知道我是真的爱你的。"汤姆说。

"如果你不只是说说而已，而是有所表现，我就会更相信你了。"

"现在我希望当时真的那么想过，"汤姆后悔了，"不过我在梦里梦见过你呀，这还不够吗，对不对？"

"这算什么，猫都会梦见我！不过这总比没梦见过我好。你梦见我什么了？"

"噢，是这样的，星期三夜里，我梦见你坐在床边，希德靠木箱坐着，玛丽也在不远的地方。"

"我们当时的确是那样坐着，我们以前老这样。我真高兴你在梦里也为我们这么操心。"

"但是，我还梦见乔·哈帕的妈妈也在这里呀。"

"哦，她是来过！还有呢？"

"多着呢，不过现在记不大清楚了。"

"你努力想想行不行？"

"好像有风……风吹灭了……吹灭了……"

"好好想一想，汤姆！风的确吹灭了什么东西，说呀！"

汤姆把手指放在脑门上，一副很着急的样子，过了一会儿才说：

"我想起来了！风吹灭了蜡烛！"

"天哪！就是这样的！接着说，汤姆，再接着说！"

"我记得好像你说了，哦，我想那门……"

"快说，汤姆！"

"让我再好好想想……别着急。哦，对了，你说你的门是开着。"

"我当时就像现在这样坐在这儿，我确实说过！对吧，玛丽？汤姆再说！"

"后来……后来……后来发生的事，我真记不太清楚了。对

了，你好像让希德去……去……"

"去哪儿？说呀？汤姆，我让他去干什么了？他去干什么？"

"你让他……你……哦，你让他去关上门。"

"天哪！我活了大半辈子都没听说这种怪事！现在我明白了，梦并不都是假的。我这就去跟赛伦尼·哈帕（乔的妈妈）说，让她来解释一下。她总不相信这些，这回看她怎么说。汤姆，接着往下说！"

"哈，我现在全想起来了。后来，你说我并不坏，只是有点是淘气，有点浮躁，有点冒失，说我是个毛头孩子（我想你是这么说的），心眼儿一点也不坏。"

"一字不差！哦，天哪！接着讲，汤姆！"

"接着你就哭了。"

"我是哭了。我哭了，那已经是常事了。那后来呢？"

"后来，后来乔的妈妈也哭了起来。她说乔和我一样，都是好孩子，她后悔冤枉了他而用鞭子抽打他。其实是她自己把奶酪倒掉了……"

"太神了，汤姆！你的梦就是预言！"

"后来希德说……他说……"

"我记得我当时没说什么吧？"希德说。

"不，希德，你说了。"玛丽说。

"你俩别打岔，让汤姆往下说！汤姆，希德说什么了？"

"他说……好像他是这样说的：他希望我在另一个世界里很快活，不过要是我从前某些方面表现得更好些……"

"你们听见了吧！当时他正是这么说的！"

"还有，你让他闭嘴。"

"我的确这样讲了！这事一定有个神灵在帮你的忙，一定有！"

"哈帕夫人也说了乔放爆竹吓着她的事，你就讲了彼得和止痛

药……"

"千真万确！"

"你们还谈论了很多事，比如到河里打捞尸体，比如星期日举行丧礼，哈帕夫人离开之前，你跟她抱头痛哭呢。"

"确实如此！确实如此，就像我现在坐在这里一样，一模一样。汤姆，即使亲眼见过也不一定能说得这么准确！那后来呢？汤姆继续说！"

"我记得后来你为我做了祈祷，我在梦里不但能看见，还能听见你所说的每个字。你睡下了，我非常难过，就拿出一块梧桐树皮，在上面写道：'我们没有死，只是去当海盗了。'还把它放在桌子上的蜡烛旁边。后来你睡着了，看上去没有什么异样。我走过去，弯下腰来，吻了你的嘴唇。"

"是吗？汤姆，是吗？为了这一点，我会原谅你一切过错的！"玻莉姨妈一把搂住汤姆。这一搂，反而加深了汤姆心中的罪恶感，觉得自己简直是个小混蛋。

"虽然这只是一个……梦，倒也不错。"虽然希德是小声地自言自语，但大家却都听见了。

"闭嘴，希德！日有所思，夜有所梦。汤姆，这是我专门给你留的大苹果，那时我就打算如果能找到你，就给你吃。你终于回来了，现在去上学吧。感谢仁慈的主，凡是相信主、听主的话的人，一定会让主大发慈悲的。唉，天知道我是不配的。但如果只有配受他爱护的人才能得到他的保佑，由他帮助度过灾难，那就没有几个人能在临死前从容地微笑，或是到主那里去安息了。走吧，希德、玛丽，还有汤姆，快走吧，你们耽误了我很长时间。"

孩子们动身上学去了，老太太赶紧去找哈帕太太，想跟她讲讲汤姆那个活生生的梦，希望可以说明梦有时也能成真的道理。希德离开家的时候，已经知道汤姆所讲的是怎么回事了，不过他并没有戳穿。那么长的一个梦，怎么可能没有一点儿差错！

　　汤姆神气极了，他成了英雄。他一改往日蹦蹦跳跳走路的样子，腰板挺直，俨然一副受人瞩目的海盗样。他从人群中走过时，目不斜视，耳不斜听，把一切全不当一回事。小伙伴们成群结队跟在他身后，并以此为荣。汤姆也不介意，仿佛自己成了游行队伍中的鼓手或是进城表演的马戏团中的头目那样受人关注。与他同龄的伙伴们，表面上装着根本不知道他离家出走那回事，心里却嫉妒得要命。他们要是也能像这个鬼东西那样，皮肤晒得黝黑，又如此受人注目，那死也瞑目了，但即使拿马戏团来换这种荣耀，汤姆也是不肯交换的。

　　汤姆和乔简直被人捧上了天，这从学校里那些孩子们羡慕的眼神就可以看出来。不久，这两位"英雄"的尾巴就翘上了天，别人只好强忍着。于是他俩就向那些如饥似渴的"听众"讲起了他们冒险的经历。故事刚刚开始，他们就不往下讲了，因为他们凭借丰富的想象力，不时添油加醋，故事能结束才怪呢。后来，他们拿出烟斗，沉稳地抽着烟，四处踱着步。这时，他们更是神气得无以复加。

　　汤姆横下了心：即使没有贝基·撒切尔，他也毫不在乎。只要有荣耀就有一切，他愿为荣耀而活。现在他出了名，她可能会要求与他和好。不过，那是她的事，她会发现他现在根本不在乎她了。果然，她来了。汤姆装着没看见她，跑到另一群孩子们中间说起话来。他很快就发现，她满脸通红，来回走个不停，东张西望，视线像是在追逐同学们，追上一个就笑着大叫一声，乐呵呵的，可她总在他的附近抓人，每抓到一个，都好像有意向他这边瞟上一眼。汤姆那不可告人的虚荣心完全得到了满足，他更觉得自己不可一世了，因此对她更加不动声色、视而不见。她不再嬉戏了，只是犹犹豫豫地走来走去。她叹了口气，忧郁地看着汤姆。见他只和艾美·劳伦斯一人讲话，不理睬别的人。极度的悲伤在心底泛起，她烦躁不安地想走开，可是双腿就是不听使唤。她身不由己地来到了同学们一边，装着满不在乎的样子对离汤姆十分近的那个女孩说：

"哟，是玛丽·奥斯汀呀！你这个坏东西，为什么不去主日学校？"

"我去了，你没见我去吗？"

"没看见。你去了？那你坐在什么地方？"

"我总在彼得小姐那一班。我当时还看见你在那儿。"

"是吗？真有意思，我居然没看见你。我原想告诉你野餐的事情。"

"啊，太棒了！是谁要办的呢？"

"我妈打算让我来。"

"噢，好极了，我希望她会让我参加。"

"嗯，她会的。野餐是为我举办的。我爱叫谁就叫谁。我爱叫你来，她当然会愿意喽。"

"太棒了。什么时候办呀？"

"就快了，也许放假就办。"

"这可太有意思了！你打算请所有的男女同学吗？"

"对，只要是我的朋友，我就请，还请想和我交朋友的人。"说完，她偷偷瞥了一眼汤姆，发现他正跟艾美·劳伦斯讲着岛上那场可怕的暴风雨：当时一道闪电划破长空，那棵大梧桐树瞬间就"成了碎片"，而当时他离那棵大梧桐树还"不到三英尺远"。

"喂，我能参加吗？"格雷赛·米勒说。

"能。"

"我呢？"莎丽·罗杰问。

"你也能。"

"我也能吗？"苏珊·哈帕问道，"乔呢？"

"都能去。"

于是，所有的孩子都高兴地拍着手，要求贝基请他们参加野餐，除汤姆和艾美以外。汤姆冷冰冰地转身带着艾美走了，边走边和她谈着。见到这样的情景，贝基气得双唇直打哆嗦，泪水在眼眶

里直打转。她装着高兴的样子继续和别人聊着，不让别人看出有什么异样来。但如果汤姆不去，野餐就没有意义了，一切都将黯然失色。她马上跑到没有人的地方，照她们的说法"痛哭了一场"。由于自尊心再次受到伤害，她闷闷不乐地坐在那里，直到上课铃响起才站起身来。她愤恨地圆睁双眼，把辫子往后一甩，说："有他好看的。"

课间休息时，汤姆继续和艾美玩，一副得意扬扬、心满意足的样子。他故意四处游窜，想以此来激怒贝基，让她伤心。然而，当他终于在教室后面找到她时，却一下子就泄气了。只见贝基正舒舒服服地坐在一条小板凳上和阿尔费雷德·邓波一起看图画书。他们聚精会神地凑在一起，头碰着头，仿佛世上只有他俩存在。汤姆身上立即呼呼地蹿起嫉妒的火苗，开始憎恨自己是个白痴，错过了贝基给他言归于好的机会。他把所有能骂自己的话都用上了。他又急又气，真想放声大哭。

而艾美此时却很开心，边走边快活地跟他说着话。汤姆一句也听不进去，只是默默无语地往前走。艾美有时停下来，等他答话，他很尴尬，回答得总是前言不搭后语，不管问他什么，回答都是"是的，是的"。他控制不住自己，一次又一次地走到教室后面，总是能看见那可恨的一幕，气得他眼球都要掉出来。而贝基·撒切尔根本就没有把他放在眼里，就像不知道世上还有他这个大活宝（他是这么想的）一样，这更让他发疯。实际上贝基已经发现他来了，她知道这次较量中自己赢了，这回轮到汤姆受罪了，她十分痛快。

汤姆对艾美唧唧喳喳的兴致开始忍无可忍，他暗示说自己有事要办，必须马上就去做，可是那位姑娘根本就不明白，还是说个不停。汤姆想："哎，该死的，怎么老是缠着我不放。"到后来他非走不可了，而她仍是糊里糊涂地说什么她会"等他"。于是汤姆只得恨恨地匆匆离去。

　　汤姆咬牙切齿地想："要是城里别的孩子也就算了，偏偏碰上圣路易斯来的这个自以为聪明的花花公子。那又怎么样，你刚一踏上这块土地，我不就揍了你一顿吗？只要让我逮住，你还得挨揍，那我可就……"

　　于是他拳打脚踢、张牙舞爪地仿佛正在打那个孩子，挖他的眼睛。"我揍你，我揍你，不许求饶！我要让你记住这个教训。"这场想象的打斗以对方失败而告终，为此，汤姆感到心满意足。

　　中午，汤姆溜回家。有两件事让他很头疼：一是艾美的欢乐，他受不了她的纠缠；二是教室后面的那一幕，嫉妒让他再也不能经受别的打击了。贝基继续和阿尔费雷德看图画书，时间一分一秒地过去，她想看汤姆的笑话。可汤姆却没有来，这给她的得意蒙上了一层阴影，于是她不再沾沾自喜，心情逐渐沉重了起来。她开始失神，后来又变得忧郁了。希望总是落空，汤姆一直都没有来。最后她伤心极了，后悔自己把事情做过了头。那个可怜的阿尔弗雷德见她心不在焉的样子，就不停地大声说道："喂，你看，这一张真有趣！"

　　她终于受不了了，说："哼，别烦我了！我不喜欢这些东西！"她突然大哭起来，站起身扭头就走。

　　阿尔弗雷德跟在她身边想安慰她，可是她却说：

　　"滚开，别管我！我讨厌你！"

　　这孩子当下呆在那，不明白自己做错了什么？因为事先说好了整个中午休息时，她都要和他在一块儿看图画书的，可是现在她却哭着走了。他感到自己受了羞辱，非常生气，百思不得其解地来到空荡荡的教室。他很快就找到了事情的原因：他竟成了这个女孩子对汤姆·索亚发泄私愤的工具！想到这一点，他越发痛恨汤姆，希望能找个办法让这家伙吃点苦头，同时又不连累自己。这时，他一眼看到了汤姆的拼音课本，报复的机会来了！他乐滋滋地把书翻到当天下午要学的那一课，然后在那里泼满了墨水。

　　但是他却不知道，自己的举动被站在他身后窗户外面的贝基发现了。她并不声张，马上就走开了，她打算回家把这事告诉汤姆。这样一来，他一定会感激她，然后尽释前嫌，重归于好。但是，刚走到半路，她又改变了主意。一想起汤姆在她提起野餐时的那副神气样，她的心里就阵阵灼热，感到无地自容。她下定决心，既要让汤姆因此受鞭笞，又要永远恨他。

## 第十九章　真实的谎言

汤姆闷闷不乐地回到了家里。姨妈一见他就责备了他一顿，这让他感到家也不一定是减轻痛苦的地方。

"汤姆呀汤姆，我想剥了你的皮！"

"姨妈，我怎么了？"

"你看你都做了些什么？！我傻乎乎地跑去找赛伦尼·哈帕，巴望着她能相信你编的那个鬼梦。可她早就从乔那里了解到那天晚上你回家来了，听见了我们所说的一切。汤姆，我真不知道你这样的人将来会成什么样子。你让我在赛伦尼·哈帕面前出尽了洋相。一想到这，我就好伤心。"

汤姆没想到事情会弄成这个样子，他本以为早上耍的小聪明只是个很有独创性的玩笑而已。现在看来，自己真的太卑鄙无耻了。他无话可说，垂下了脑袋，一会儿才说：

"我后悔不该那样，姨妈，不过我没想到……"

"是的，你从来不动脑子。孩子，你只想着自己。趁黑从杰克逊岛大老远地跑回来看笑话，捏造梦境来愚弄我，这些你都能想到，除了告诉我们你并没有死。你知道我们当时多么伤心吗？"

"姨妈，我现在知道了，那样做太卑鄙了。可是我不是存心那样的，我发誓我不是故意的。还有，那天夜里我回来不是为了看笑话。"

"那你到这里来干什么呢？"

"是想告诉你们别为我操心，因为我们并没有淹死。"

"汤姆啊汤姆，要是你真有这么好的心肠替别人着想，那我可就真得谢谢老天爷了！不过，你自己知道你是个什么样的货色，这我也知道，汤姆。"

"姨妈，我确实是这么打算的。我虽然骗了你，但我要不是这么打算的，我甘愿去坐牢。"

"得了吧，汤姆，不要撒谎……不要撒谎，否则事情会糟糕透顶的。"

"我没撒谎，姨妈，我真的没撒谎。我回来是想让你别伤心的，就是为了这个。"

"汤姆，我宁愿相信你，这样可以遮去所有的不是。你出走，捉弄我们我反倒很高兴。可是这听起来不对劲，如果真像你所说的那样，孩子，那你为什么不先告诉我呢？"

"呃，是这样的。当时我偷听到你说要为我们举行葬礼，我一心只想着要跑到教堂里躲起来，我舍不得放弃这么好玩的场面。所以，我就把树皮又放到口袋里，没有拿出来。"

"什么树皮？"

"上面写着我们去当海盗的那块树皮。唉，我当时吻你的时候，你要是醒了就好了。真的，我真是这样希望的。"

老太太紧绷的面容一下子就柔和了起来，双眼里突然闪烁着慈祥的光彩。

"你吻了我，汤姆？"

"是啊，我吻了。"

"你肯定吗，汤姆？"

"那还用说吗？姨妈，我吻你了，绝对肯定。"

"那你为什么要吻我呢？"

"因为我很爱你，当时你躺在那里伤心地哭泣，我心里好难受。"

汤姆的话简直能以假乱真。玻莉姨妈再也掩饰不住激动的心情，用颤抖的声音说道：

"汤姆，再吻我一下！现在你可以去上学了，不要再来烦我了。"

汤姆刚走，她就跑到橱子那里拿出汤姆的"海盗服"，站在那儿自言自语：

　　"不，我不敢看。我猜这可怜的孩子又撒谎了。不过，这是善意的谎言，多少还是令人欣慰的。我真希望上帝……我知道上帝肯定会饶恕他的，因为他善良，才会撒这样的谎。我宁肯相信他说的是真的，我不看了。"

　　她放下夹克，在那里站了一会儿，沉思着。有那么两次，她伸手想再去拿那衣服，可都把手缩了回来。最后，她鼓起勇气再次伸出手，想："这谎撒得好，我喜欢这样的谎话，别让它坏了我的美事。"于是，她翻了夹克上的口袋，随即就看到了那块树皮和它上面的字。

　　姨妈泪流满面地说："即使这孩子错了，哪怕是天大的错，我现在也原谅他了。"

## 第二十章　英雄救美

玻莉姨妈亲吻了汤姆，她的态度明显好转。汤姆马上就振作起来，高高兴兴地上学去了。半路上，在草坪巷口，他有幸碰上了贝基·撒切尔。因为心情不错，他的态度也随之完全改变了，没有半丝犹豫就跑上前去，说：

"贝基，真对不起，我今天那样做实在很抱歉。你放心好了，我至死也不会再那样了。我们和好吧！"

贝基看着他，鄙夷不屑地说：

"托马斯·索亚先生，我先谢谢你了，你好自为之吧，我不会再跟你说话的。"

说完，她就昂首挺胸地走了。汤姆一下子呆若木鸡，等回过神来要反驳一声"去你的吧，自以为是小姐"时，已经来不及了。虽然没说什么，他却窝了一肚子的火，无精打采地走进学校。如果贝基是个男孩子的话，他非得狠狠地揍她一顿不可。后来，他俩再次相遇时，汤姆丢下一句刺耳的话就走了，贝基也反唇相讥，两人算是彻底地决裂了。狂怒之下的贝基想起了汤姆书上的墨水，她似乎急不可耐地盼望着汤姆早一点受到惩罚。开始时，她还拿不定主意，要不要揭发是阿尔弗雷德·邓波做的，可汤姆那句刺耳的话一下子就让贝基放弃了这个念头。

然而，这个可怜的姑娘却不知道自己大祸临头，自身难保了。这还得从他们的老师杜宾斯先生说起。他年近三十了，却尚未了却当一名医生的心愿，贫穷让他找不到一份美差，只能做一名乡村教师。他每天总要从讲台里拿出一本书，神秘的书，在没课要讲的时候潜心研读。他平常总是小心地把那本书锁得很妥当，那些调皮捣蛋的学生没有一个不想看看那本神秘的书，那怕瞄一眼也成，却总找不到机会。那本书到底写的是什么？孩子们早就七嘴八舌地各自猜测，但都无法得到证实。讲台离门不远，贝基进来时正好从它旁

边经过，她碰巧看到了锁孔上那把晃晃悠悠的钥匙。机会千载难逢。她看了看四周，发现没有别的人在场，于是马上就从抽屉里拿起那本书，只见扉页上有几个字：无名教授解剖学。她不知道那是什么，于是继续往下翻。刚翻开一页，一张精制的彩色裸体图立即跃入眼帘。与此同时，汤姆也进来了，一眼瞥见了那张图。惊惶失措的贝基一把抓起书，想把它合上，却听见"嘶——"的一声，那张图不幸被从中撕掉了一半。她马上把书扔进抽屉，锁上锁，异常羞恼地放声大哭。

"你真卑鄙，汤姆·索亚！不但偷看别人，还偷看人家正在看的东西。"

"我怎么知道你在看什么呀？"

"汤姆·索亚，你应该感到害臊。我知道你会告状的，我该怎么办呢？我要挨鞭子了，我可从没挨过呀！"

然后她又跺着小脚说：

"你想耍卑鄙，那就随你的便！不过，你等着瞧吧！你也要倒霉了。可恶，可恶，真可恶！"她嚎啕大哭，一下冲出了教室。

这一番连珠炮似的话把汤姆搞得稀里糊涂。他在那里站着，有些不知所措，一会儿之后才自言自语地说：

"女孩子真是傻得出奇。说什么从来没挨过鞭子！呸！哪有这回事！挨打算得了什么啊！女孩子就是这样，脸皮薄，胆子又小。不过，我当然不会跟杜宾斯老头讲这事。要想找她算账，方法多的是。我才不屑于干这种告密的勾当呢。可那又怎么样？杜宾斯老头照样会查出来是谁做的，只要问谁撕了书却没人答应，他就会挨个地问，这是他的老习惯。等问到这个女孩子，他就全明白了。女孩子意志薄弱，总是沉不住气，她们的表情总能暴露真相。贝基呀，贝基，这回你在劫难逃，总算要挨揍了。"汤姆仔细琢磨了一会儿，然后又想："嗯，就这样吧，你不是想看我出洋相吗？你这傻瓜就等着瞧好了，有你好受的。"

汤姆刚跑到外面和同学们嬉笑打闹了一会儿，老师就来上课了。汤姆并不十分想学习。他忍不住总要朝女生那边偷看，贝基的神情总让他惴惴不安。他翻来覆去地想，虽然不想同情她，却暗暗希望能起点作用。他一点都激动不起来。很快地，他发现了拼音课本上的墨迹，于是在一段时间里，他自己的事总在心头盘旋，驱之不散。汤姆很不开心，显得郁郁寡欢。贝基这下来了劲头，对事态的发展表现出了强烈的兴趣，心想即使汤姆不承认是自己弄脏了书，也不能为他自己开脱了。果然不出所料，汤姆反倒把事情给弄糟了。贝基想，自己确实为此而高兴，但却又不能真的确定。后来眼看着汤姆情形不妙时，她真想一下子站出来揭发泼墨水的是阿尔弗雷德·邓波，可她还是努力地强迫自己保持沉默，因为她想："他会告发我撕老师书的事。我现在最好别说什么，才不要管他的死活呢。"

汤姆挨了鞭打，回到座位上后一点也不伤心。他以为可能是自己和同学们打闹时不知不觉地把墨水瓶碰翻，以致弄脏了拼音课本。他不承认那是自己做的，这是原则问题，死也不承认自己有错。

一个小时后，老师坐在他的座位上开始打盹，教室里嗡嗡的读书声令人睡意渐浓。慢慢地，杜宾斯先生挺直身子，打了个呵欠，然后打开抽屉的锁，但是他的手伸出半截又停住了，有些犹豫不决。大多数学生都漫不经心地抬起头看了一眼，但其中有两个人特别关注老师的一举一动。杜宾斯先生把手伸进抽屉了，他随便摸了一下就拿出书来，身体往后一靠就开始看起来。

汤姆瞟了贝基一眼，只见她就像被猎人追捕的兔子，当猎枪瞄准她的头部时，露出一副绝望的可怜相。就在这一刻，汤姆立即忘记了他俩之间的争吵，决定迅速采取行动，越快越好。常言说的好，急中生智，可是汤姆却急得束手无策。他突然来了灵感：对，就得这么做！他冲上去一把从老师手里抢过书，夺门而逃。可是，

就在他失神而略微犹豫之际，老师已经翻开了书。汤姆为失去这个稍纵即逝的良机而懊悔不已：完了，说什么也来不及了，想帮忙都不行了。

杜宾斯先生打开书后，立即将严厉的目光射向大家，学生们立即低下了头，连没有犯错误的同学也吓坏了。大约有十秒钟，教室里鸦雀无声。老师越来越生气，最后终于开口了：

"谁撕了我的书？"

教室里寂静得连根针掉到地上都能听见。老师见无人应答，只得逐个检查，想揪出肇事者。

"本杰明·罗杰斯，是你做的吗？"

答复是否定的。他停了一会儿接着问：

"约瑟夫·哈帕，书是你撕的吗？"

约瑟夫也否认了。老师不紧不慢地问了这个又问那个。汤姆越来越紧张，显得烦躁不安。老师问完男生，略一沉思，又把身子转向了女生。

"艾美·劳伦斯，是你撕的吗？"

她摇了摇头。

"苏珊·哈帕，是你吗？"

又是否认。下一个就该问到贝基·撒切尔了。汤姆万分焦急，他意识到情况不妙，紧张得全身发抖。"瑞贝卡·撒切尔（贝基的学名），"（汤姆瞥了她一眼，见她花容失色）。老师开始问贝基了，"是你撕……不，看着我的眼睛"。（她承认地举起手来）老师接着问，"这本书是你撕坏的吗？"

刹那间，一个念头从汤姆的脑海电闪而过，他猛然站起来，大声说道："是我撕的！"

全班同学迷惑不解的目光齐齐地扫向汤姆，似乎在说："汤姆，你太愚蠢了，简直令人不可思议。"汤姆站了一会儿，好像是在镇定自己，然后走上前去接受惩罚。汤姆真切地看见，可怜的贝

基眼里先后露出吃惊、感激、敬慕的神情，他觉得为此就是挨上一百鞭也是值得的，他为自己的义举感到骄傲。因此，他在遭受杜宾斯先生有史以来最严酷的鞭打时，哼都没哼一声；另外，放学后他还得被罚站两小时。他根本不把老师的残忍放在眼里，因为他知道，外面会有个人心甘情愿地一直等着他。

当天晚上临上床睡觉前，汤姆计划着如何报复阿尔弗雷德·邓波。贝基把她自己的背叛以及泼墨水的事情全都告诉他了。可没过多长时间，汤姆就开始想到一些美滋滋的事情上去了，想着想着，贝基说过的那句"汤姆，你的思想怎么会这样高尚呀！"在他耳边隐隐响起，他就这样进入了甜美的梦乡。

## 第二十一章　老师的镀金脑袋

暑假就快到了，对学生一贯严格的老师看上去比以前更严厉了一些，他这样做的目的，是想让全体同学在考试的时候好好发挥一下。老师经常在手中拿着戒尺和教鞭，那些年龄较小的同学有时就会挨打。不过，那些十八到二十岁的年轻姑娘和年龄最大的男孩子是不会挨打的。杜宾斯先生用鞭子打学生时特别用劲。别看他光秃秃的头上戴着假发，但其实他的年龄并不很大，他刚到中年，身上的肌肉还是鼓鼓的，丝毫看不到有松弛的迹象。

就快"大考"了，他的那股蛮劲也越来越暴露了。只要他看到学生犯了错误，不用说是大错，就算是一点微小的错误，他也要惩罚学生，从而获得一丝快感。结果使得那些年龄较小的男孩子们每天都坐立不安、紧张兮兮的。但是这些男孩子并不甘心，他们会在晚上寻思着怎样去报复老师。只要他们有空，就会捣乱，他们会想尽办法，给老师惹麻烦。不过，老师看上去依旧是我行我素的样子，根本就不去理会他们。倘若这些学生的报复得逞，那接下来他们可能面对的就是风卷残云、威风凛凛般的处罚，孩子们最终还是会落得一个失败的下场。不过，他们是绝对不会就这样认输的，孩子们会聚拢在一起出谋划策，最后会想出一个很好的办法，他们认为这次的报复肯定会成功。于是，他们就找到一个当做是招牌人的孩子，孩子们首先让他起誓，绝不透露秘密，最后告诉这个孩子报复老师的计划，恳请他帮忙，孩子便欣然答应帮他们的帮。因为这位老师在这个孩子的家中吃饭，他在许多事情上都得罪了这个孩子。恰好老师的太太过几天要到乡下去，这样的话，他们的计划就可以顺利地完成了。另外，老师每到重要的日子都会喝醉酒。那个被当做招牌的孩子说，在大考的那天晚上，等老师酒后差不多醉倒在椅子上打盹的时候，他就立刻实施计划，然后再找机会弄醒他，催促老师去学校。

　　在孩子们约定好的时间，那个有意义的时刻终于到来了，就在晚上八点钟。教室里灯火辉煌，花环和彩带在教室里面挂着，一些叶子和花朵被扎在彩带上。在高高的讲台上有把大椅子，老师就像皇帝一样坐在椅子上，黑板就在他的身后。他看上去似乎还没有大醉。有六排长凳摆在他前面，镇上的要人全都坐在凳子上面。两边摆着三排长凳，学生家长坐在上面。在左前方，有一个临时的大讲台搭在家长的座位后面，参加晚上考试的考生都在这里坐着。一排排的小男孩都被家长洗得干干净净的，穿着也非常整齐。家长把平常一贯淘气的他们打扮成这样，总让人觉得有些不舒服。接着的就是一排排看上去有些腼腆和呆板的大男孩。再看看那些大姑娘和小女孩，她们身上穿的都是洁白耀眼的素装，衣服是由细麻软布做成的，在她们头上插着很多装饰品，有鲜花，也有蓝色和粉红相搭配的缎带，还有她们老祖母传下来的很多种小装饰物。她们露着胳膊站在那里，显得特别不自然。那些不考试的学生都在教室的其它地方零散地坐着。

　　在考试开始的时候，有一个年龄很小的男孩站了起来，按照他之前准备好的话说："大家或许不会想到，像我这个年龄的孩子会面对这么多人来讲台上进行演讲……"等等千篇一律的话。他一边说，一边很吃力地比划，虽然他的动作看上去很准确，但却有些生硬，就像机器出了点故障一样。男孩机械地鞠躬后就退场了，赢得了全场一阵阵热烈的掌声。

　　一个满脸通红的小女孩背诵了"玛丽有只小绵羊"等，听上去她有些口齿不清。小女孩背诵完后很认真地做了一个屈膝礼的姿势。在获得了大家的掌声之后，她的脸变得更红了，并且很高兴地坐了下来。

　　汤姆·索亚满怀自信地走上前去，他背诵起了《不自由，毋宁死》，这可是千古名篇。汤姆·索亚一边慷慨激昂地背诵着，一边大幅度地做着手势。

但汤姆在背诵的中途突然就接不上了，他似乎有些怯场。他的两腿在不停地发颤，好像要窒息一样。所有在场的人都为他紧张地捏了一把汗，但没有一个人吭声，这让汤姆感到比同情自己还难受。最后，老师皱起了眉头，汤姆似乎要面临更加难堪的局面了。他嘴唇结巴着要往下背诵，但没过多久，他就像一只落败的公鸡一样溜了下去。台下的人想为汤姆鼓鼓掌，但掌声刚刚响起，很快就消失了。

后来，有人背诵了《亚述人走来了》、《那个男孩子站在燃烧的甲板上》等诸多名篇。接下来该是朗读表演和拼写比赛了。人数并不是很多的拉丁语班在背诵的时候看上去特别自豪。

晚上的黄金节目终于到来了，那就是姑娘们自己独创的大作。大家一个接一个地走上前，然后站在讲台边。等她们清完嗓子之后，就念起稿子。姑娘们都念得绘声绘色，她们这样的卖力，在场的人们都感到有些别扭。由于文章的主题都是姑娘们的母亲和祖母们在相同的场合之下早已表述过的。因此，很容易就可以想到在十字军时代，她们家族的母系祖先们都曾用过这种类型的主题，《友情论》便是其中的一个。另外还有《梦境》、《心愿》、《伤感》、《孝道》、《昔日重来》、《政体比照论》、《文化的优点》、《历史上的宗教》，等等。这些文章有三个相同的特点：其一，滥用华丽的辞藻，堆砌词语；其二，尤其偏爱一些陈词滥调；其三，故作悲伤，无病呻吟。另外，这些文章还有一个很明显的特点：就像是断了尾巴的狗一样，在每篇文章的结尾之处，都会有一段根深蒂固的说教词，人们听时会有种很不自在的感觉。这也是她们朗诵失败的地方。在她们独创的大作中，不论是接触到了什么内容，她们都会想尽办法促使听众思考，从而让人们在宗教或道德上得到启示。在这么多人的面前说教，尽管会给人一种说假话的感觉，但这种风气并没有消除，一直到今天也没有丝毫的转变。也许，只要世界存在一天，这种缺乏诚意的说教就会存在一天吧。在

这样的一个国度里，有哪所学校的女生不在文章的结尾加上一段说教词就说得过去呢？并且，你还会发现更有趣的事情，其实，越是不很信仰宗教、不守规矩的女孩，她们就越虔诚地去写很长的文章。

好了，该停下了。不必说这么多了。让我们再接着讲"大考"的情况。朗诵的第一篇文章的题目是《难道这就是生活吗？》。其中就有这样一段：

飞舞地想象描绘出一幅幅玫瑰色般愉快的场景。

时尚的弄潮儿沉溺于纸醉金迷的世界，在梦幻中发觉自己正处于欢乐的人群之间，成为了众人心目中的明星。看她那优雅的举止，一身素装长袍，在欢乐的迷宫中翩翩起舞。她的眼睛是那样的明亮，她的步伐是那样的轻盈而柔美。

美妙的梦幻，如梭的时光，静候她进入天堂的时刻终于到了。她的所见就像被上帝点化一般，宛如仙女下凡！每到一个地方，景物就会变得比以前更漂亮。但过了不久，她就发觉再美丽的外表也只不过是徒有虚名而已。

曾经让她心花怒放的那些甜言蜜语，现在觉得非常刺耳；舞厅在她看来早已失去了新鲜的感觉；她只好身心憔悴地退出，笃信世俗的乐趣又怎够慰藉她心灵深处的渴求！

在朗读这样千篇一律的文章时，人群中爆发起阵阵满意的嗡嗡声，偶尔有微弱的声音说道："真是太美了！""真是太让人信服了！""多么朴实无华的句子啊！"尤其是最后的那段布道词，使人觉得更加悲戚，大家都盼着可以早些结束。朗读刚刚结束，全场就响起了热烈的鼓掌声。

接着站起来的是一个女孩，她的身体干瘦，性格看上去显得有些抑郁。女孩苍白的脸色引起了人们的注意，这是由于吃药的次数

过多以及消化不良留下的后遗症。她朗诵了一首"诗歌"。其中的
两节是这样的：

密苏里的少女告别阿拉巴马


再见了，
阿拉巴马！
我爱你笃深，
　　离别虽短暂，
难舍又难分！
　　想到你，
往事历历燃胸间，
　　爱怜又悲伤。


曾记否，
万花丛中留下我的足迹，
德拉波斯溪旁有我朗朗的读书声；
我听过德达西的流水犹如万马奔腾，
我见过库萨山巅晨曦的分娩。
我心系百事，
无悔无怨，
含泪回首，
心平气缓。
我告别的是我熟悉的地方，
见我叹息的也不是异乡他客；
来到该州，
我宾至如归，
可如今我将远离高山大谷。

亲爱的阿拉巴马，

一旦我心灰意冷，

那时，

我真的告别人寰。

在场的所有听众中，能够明白"真的告别人寰"含义的人很少，但人们还是对这首诗表现出一种满意的神情。

接着又上来了一位黑眼睛、黑头发、皮肤黝黑的姑娘。她上来之后，稍微停顿了一下，然后呈现出一副悲痛到极点的模样，用庄重且蕴涵节奏的语调朗诵了起来。

一个美妙的梦想

夜色已变得深沉下来，狂风不停地肆虐，暴雨倾泻。上帝高高在上，他的周围没有闪烁的星辰；炸雷滚滚地暴响，轰鸣声几乎要震聋人的耳朵。

那恼怒的闪电穿过黑云，迅速划破了夜空，似乎想吞食福兰克林。这位卓越的科学家在闪电交加的时候，勇敢地放飞手中的风筝来测电能。大风也随着平地涌起，同雷电一起袭击他，此时的场面变得极度荒凉。

此刻，是多么地阴暗，我的心灵深处滋生出无尽的慈悲为众生哀叹。

"最亲爱的朋友、老师、给我安慰的人和向导——我的哀伤中的欢乐，随着欢乐而来的幸福，来到我的身边。"

她就像是那浪漫的青年画家所画的伊甸园中的仙女一样，是一个徜徉在阳光之下、朴实无华、巧夺天工、惟妙惟肖的绝世佳人。她的步履轻盈而柔美，却从来不发出声音。她若不是也和其他仙女一样轻抚人间，让人觉得奇妙而震颤，她会宛如飘浮的云朵，让人

难以发觉，消失得不留踪迹。她用手指着外面猛烈的狂风暴雨，似乎要人们联想到她们所象征着的意义，此时此刻，突然有浓浓的愁云在她的脸上显示出来，让人感觉到有些莫名其妙，仿佛是寒冬的天气冻得人们身体颤抖。

女孩将近用了十页稿纸来才写完那段让人害怕的描述，她朗诵的结尾之处仍然是一段说教词，把不是长老会的教徒说得没有一丝希望。所以，这篇文章获得了头奖，被认定是当天晚上最精美的文章。镇长在给这个女孩颁奖的时候，发表了一番热情洋溢的讲话，他说这篇文章是他一生之中听过的"最美"的文章，即使是大演说家丹尼尔·韦伯斯特听到，也会觉得非常骄傲。顺便提醒一下，有些人爱把人生的阅历当做是"人生的一页"，过多地使用"美好"两个字，在平时，诸如此类的文章真是太多了。

此时，那个老师看上去醉得有些和蔼可亲了。他推开椅子，身子背对观众，在黑板上开始画美国地图，就要考地理了，他需要把一切都准备好。但他的手好像不太听他的指挥，结果他画的图看上去很不像样子，大家都在暗地里偷偷地发笑。他很清楚大家是在嘲笑他没有画好，因此，他立刻就做修改。他先擦去一些线条，紧接着又画上，结果比原来画得还差，这使得大家更大胆地嘲笑他。此时此刻，他处于孤注一掷的境地，但依旧全神贯注地投入到画画中，他想把地图画得好些。他觉得大家正在盯着他看，也想象着自己最终画成了一幅很好的美国地图，但是，还是有笑声从下面不时地传到他的耳朵，且笑声一声比一声大。

事实上，学生们并不是嘲笑他画得画不好，而是在他的头顶上方有个阁楼，阁楼的天窗恰好就对着老师的头顶。一只猫从上面悬空而下，猫的腰部系着绳子。由于破布扎着猫的头和嘴，所以他发不出任何声响。在猫降落的过程中，他向上翘起身子，然后用爪子抓住了绳子，在空中乱舞了一阵后，就朝下落了下来。大家的笑声

越发大了起来。猫距离那个专心致志地作画的老师头部只有六英寸了。猫的身子离他的头越来越近，最后，猫抓住了老师的假发。很快的，那只猫就连同老师的假发一起又窜回了阁楼。这下子，孩子们的报复总算得逞了。由于那个被当做是招牌人的孩子在老师醉酒的晚上给他头上抹了一些东西，所以老师的秃头显得更加"耀眼"。

　　考试就这样结束了，学生们迎来了又一个假期。

## 第二十二章　乏味的日子

　　因为少年节制会的华丽"绶带"迷住了汤姆，所以，汤姆就加入了这个新的组织。在入会期间，汤姆保证绝不抽烟、嚼烟和亵渎上帝。后来，汤姆又有了一个新的发现：虽然在嘴上很虔诚地保证过，可嘴上说的和实际做的根本就是两回事。

　　汤姆入会没多久，他就觉得自己被一种极其强烈的欲望折磨着，他不只是单纯地想抽烟，还想破口大骂。汤姆的这种欲望越强烈，他就越想从节制会退出来，但考虑到自己可能有机会佩戴上红肩带好好露一下脸，他就暂时打消了退会的想法。

　　快到七月四号（美国独立纪念日）了，但汤姆很快就丢弃了这个愿望——戴上"枷锁"的时间还不足四十八个小时，他就彻底丢弃了这种愿望——汤姆又将希望寄托在治安法官弗雷塞老头的身上。弗雷塞已经行将就木，既然他身居要职，那么在他死后肯定就会有一场盛大而庄重的丧礼仪式。三天以来，汤姆一直都在关注弗雷塞的病情变化，一直盼望着弗雷塞逝世的消息。有段时间，离汤姆的希望似乎已经很近了，汤姆甚至肆无忌惮地拿出他的绶带，对着镜子好好演示了一番。可是，弗雷塞病情的发展似乎并不能让汤姆满意。更让汤姆没有想到的是，在后来的日子，弗雷塞竟然又有了继续活在世上的机会——他的病情慢慢康复了。汤姆对此恼怒不已；他认为自己简直就是受到了莫大的伤害。因此，他立即就申请退会了。不过，就在当天晚上，法官突然旧病复发，与世长辞了。这使得汤姆发誓往后再也不会去相信这样的人了。

　　弗雷塞的丧礼十分隆重。少年节制会的会员们个个趾高气扬地列队游行，这让那位退会不久的会员非常嫉妒。但不管如何，汤姆又恢复了以往的自由，这才是最有意义的。汤姆又可以尽情地喝酒、肆意地辱骂了。不过，他惊讶地发觉，自己对这些事已经不是很感兴趣了。理由非常的简单，现在的汤姆获得了自由，但这些做

法反倒失去了从前的诱惑力，他总算能够摆脱自己的欲望了。

很快的，汤姆就觉得让他朝思暮想的暑假逐渐变得沉闷冗长，很快就没有意义了。汤姆试着去写日记，可在三天的时间内，并没有发生什么稀奇的事情，所以汤姆又放弃了写日记的想法。

小镇上来了一支水平一流的黑人演奏队，在整个镇上引起了很大的轰动。汤姆和哈帕也赶忙组织了一队演奏员，他们整整疯了两天的时间，非常尽兴。因为那天下了一场很大很大的雨，所以队伍就没有游行，而在汤姆看来是世界上最伟大的人物——真正的美国参议员本顿先生，也很让人失望。因为他的身高并没有二十五英尺，而且和这个高度差得很远。因此，从某种意义上说，光荣的七月四日并没有以往那样热闹。

马戏团来了之后，孩子们就用破毯子搭起了一个帐篷，整整玩了三天的马戏。女孩子要两根别针，男孩子则要三根，这样才有资格入场。但没过多久，孩子们就不玩马戏了。

再后来，又来了一个催眠师和一个骨相家。不过，他们没待多久也走了。这个小镇看上去比以前更加沉闷、更加索然无味了。

有人举办过女孩子和男孩子在一起的联欢会，由于次数不是很多，而举办的联欢会又充满趣味，因此，在不举办联欢会的日子里，小镇上空虚、郁闷的气味就显得更加浓烈了。

贝基·撒切尔和她父母一起去康士坦丁堡镇的家里度暑假去了。因此，不管怎样过，生活依旧没有任何乐趣。

让人畏惧的那次谋杀案中所隐藏的秘密不时地折磨着汤姆，就像一颗永远都不罢休的毒瘤一样长在汤姆的心上。

后来，汤姆又得了麻疹。

汤姆就像一个犯人似的躺在家中，在漫长的两周时间里，他足不出户、与世隔绝。汤姆的病非常重，他对任何事情都不感兴趣。当汤姆终于可以起身下床，撑着虚弱的身体在小镇里走动时，他惊讶地发现四周的人和事都发生了变化，气氛变得更加压抑了。镇上

举办过一次"信仰复兴会"，所以人们都开始"信主"了，不单是大人，男孩和女孩们也和大人一样"信主"。汤姆四处走了走，他在绝望的同时，也期待着可以看见被上帝饶恕过的邪恶面孔，哪怕是一个也好。但结果却让汤姆感到很失望。他发觉乔·哈帕正在看《圣经》，就难受地躲开这个让人扫兴的场景。汤姆随后找到了本·罗杰斯，发现他手里提着一篮子布道的小册子，正要去探望穷人们。他又找到吉姆·荷利斯，吉姆·荷利斯提醒汤姆要从最近得的麻疹中汲取宝贵的经验。

每碰到一个孩子，汤姆就多添一些郁闷。最后，汤姆实在找不到任何能引起他兴致的事物了，只好去知交哈克贝利·费恩那儿寻求一些可以安慰他内心的东西，可是让汤姆没有想到的是，哈克贝利·费恩竟然也引用了《圣经》上的一段话来迎接他。汤姆真是丧气到极点了。于是，他便悄无声息地溜回了家里。躺在床上，汤姆觉得在全镇人中，只有他一个人永远地变成了一只迷失了路途的羔羊。

就在当天晚上，一场可怕的暴风雨降临了，在电闪雷鸣之后，大雨倾泻而下，让人胆战心惊。汤姆用床单蒙住自己的头，身子颤抖地等待着自己的末日降临。因为汤姆觉得狂风骤雨都是冲着他而来的。他认为是他惹恼了上帝，上帝正怒不可遏，瞧，报应终于来了！对汤姆而言，像这样使用一排大炮来歼灭一只微小的虫子，未免有些说不过去，况且也太浪费弹药了。不过，要想彻底歼灭像他这样的一条害虫，又好像不是很过分。

暴风雨最终还是筋疲力竭了，还没有达到此行的目的就停止了喧嚣。此时，汤姆产生了两个冲动：第一个冲动就是谢天谢地，希望可以脱胎换骨，走向新生；第二个冲动就是等待，今后说不定还会有暴风雨呢。

医生们在第二天又来了，他们认为汤姆又犯病了。因此，这一次他在床上又躺了整整三周的时间，汤姆觉得就像熬过了整整一个

世纪。当汤姆从病床上再次起来的时候，他开始回想自己是多么地凄惨，他觉得自己无助而寂寞，甚至认为没有遭到雷击不算什么值得庆贺的事情。他很茫然地在街头走着，汤姆遇到了吉姆·荷利斯，他正在饰演一个法官，在一个儿童法庭上审理一件关于猫咬死鸟的谋杀案，其中，被害者也在现场。汤姆还察觉到乔·哈帕和哈克·费恩正在一个巷子里吃着偷来的甜瓜。真是一群可怜的孩子！看上去，他们也和汤姆一样，又开始犯老毛病了。

## 第二十三章　乔逃亡在外

　　昏昏然的气氛最后终于被打破了，并且打破得非常彻底：在法庭上要公开审理那起谋杀案了。这件事情很快就成了镇里人人谈话的资料，传得沸沸扬扬的。汤姆是无论如何都摆脱不了这件事的。每当有人提起这件谋杀案，汤姆的心就会紧绷，因为他那无法安宁的良心和极度的惶恐让他相信，人家是专门给他说听的，人们想试探一下他；他不清楚别人为什么怀疑自己了解案情，可当他听了这些言论之后，他总是不能沉着地处理。这些言论迫使汤姆不断地打寒噤。他把哈克拉到了一个隐蔽的地方，跟哈克谈一谈这件事。对汤姆而言，暂时倾吐一下绕在心头的疙瘩，跟另一个和他一样忍受折磨的人一起分担忧愁，至少能获取少许安慰。况且，汤姆也想弄明白，哈克究竟有没有泄露秘密。

　　"你曾经跟人提起过这件事吗？哈克。"

　　"什么事情呢？汤姆。"

　　"你装什么啊，明知故问。"

　　"嗯……我当然不可能说了。"

　　"你敢保证一句也没说过吗？"

　　"我一个字也没透露过，我向你发誓。你问这个干什么呢？"

　　"唉……我就是害怕呀。"

　　"哼……汤姆·索亚，如果秘密被泄露，我们连两天也活不了。这……这你是知道的。"

　　现在，汤姆感觉心里比刚才踏实多了。他稍微停了一会儿，然后说：

　　"哈克，假如他们强迫让你招供，你会怎么办？"

　　"强迫让我招供！哼，除非我想让那个混账王八蛋把我活活淹死，我才可能招供。要不然，哼……我是绝对不会招的。"

　　"好吧，既然这样，我想就没什么事了。只要我们两个谁都不

说出去，就不会有什么事情发生。不过，哈克，我们还是再发一次誓吧。我想这样更稳当一些。"

"我同意，汤姆。"

就这样，他们两个又很严肃认真地发了一次誓。

"大家都在谈论什么呢，哈克？我可听到很多啊，多得简直是一塌糊涂！"

"什么事呢？哼，还不是莫夫·波特、莫夫·波特，没完没了的。这些话吓得人直冒冷汗，我还是找个地方躲一躲吧。"

"我也有同感。我看莫夫·波特算是完了。你有时候是不是也替他感到难过？"

"我几乎是经常替他难过，真的，我经常会这样。尽管他算不上什么人物，可也从没做过伤天害理的事情。只是钓钓鱼，偶尔买酒大喝一气，经常到处游荡。但是，哈克，我们两个也没少做啊！至少我们多半是这样的，就连布道的人也没有例外。不过，他心眼很好，我记得有一次钓鱼的时候，我钓的鱼不够，我们两个一起分，他就给了我半条鱼；还有好几次，当我倒霉的时候，他都很热心的帮助我。"

"嘿，哈克，他还帮我修过风筝、帮我把鱼钩系在竿子上。我希望我们两个可以把他救出来。"

"哎呀！汤姆，那可不行啊。何况救出来也没用，他们还是会把他抓回去的。"

"哎，是呀！他们会再把他抓回去的。但我非常讨厌他们骂莫夫·波特是魔鬼，事实上，那件事根本就不是他做的。"

"汤姆，我也一样啊。我还听到他们骂他是全国头一号恶棍，还抱怨说为什么他从前没被绞死呢。"

"是啊，哈克，他们就是这样骂的。我还听别人说，假如他被放出来，他们就会在暗地里弄死他。"

"他们是真的会弄死他的。"

　　汤姆和哈克谈了很长时间，但心里并没有得到丝毫的安慰。夜幕逐渐降临了，他们两个在那个偏僻的小牢房附近闲逛着，心底涌动着很模糊的期望，他们期望着发生点什么事情，帮助他们两个解决缠绕在心中的忧愁。但还是什么事情也没发生，好像不会有什么神仙、天使对倒运的囚犯感兴趣。汤姆和哈克还是同往常一样，来到牢房的窗户那里，他们给波特递进去一点火柴和烟叶。波特被关在第一层，没有人看守他。

　　波特特别感激汤姆和哈克给他送火柴和烟叶，这使他们两个的良心更加不安起来。这一次，就像刀一样深深地刺进了他们心，扎得叫人生疼。当波特开口说话时，汤姆和哈克认为都认为自己特别胆小，简直就是一个十足的叛徒。波特说：

　　"汤姆和哈克，你俩对我真是太好了，比镇上的任何人对我都好。我是永远都不会忘记的。我经常一个人想：'在过去，我经常给镇上的孩子们修理风筝之类的玩具，我还告诉他们在什么地方钓鱼合适，我尽力地想和他们交朋友。可是现在呢？我成为囚犯了，他们就把我给忘了；但汤姆没有忘，哈克也没有忘，只有你们两个没有忘记我。'我说：'我也绝对不会忘记你们。'啊，汤姆和哈克，我真是干了件极其可怕的事情。我只好这样解释——我那时候喝醉了，神志有些不清。现在，我就会被吊死，这是我应该受到的惩罚。我想，这是我应得的，反正，我也希望自己被吊死。哦，汤姆和哈克，我们还是不要谈这事了。我不想让你们为我伤心，你们两个对我这样好，但我还是想对你们说，你们两个可千万不要酗酒啊！如果不酗酒，他们就不会把你们关到这里。你们两个再往西站一点，对，对，就这样。一个人如果遭遇不幸，还可以看见对他友善的人，简直就是莫大的安慰。我想除了你们，再也不会有人来探望我了。你们两个对我真是太好了。汤姆和哈克，你们一个爬到另一个的背上，让我好好抚摸一下你们的脸吧。嗯，好了。让我们再握握手吧！你们的手小，能从窗户缝中伸进来，我的手就不行，太

大了。你们的手虽然很小，没什么力气，但就是这小手帮了我很大的忙，假如可以帮更大的忙的话，我想你们也一定会帮的呀！"

汤姆很悲伤地回到家里，当夜做了很多噩梦。第二天和第三天，他一直在法院外面转来转去，心里有种无法克制的冲动——想闯进去，可他还是强迫自己留在外面。哈克也有同样的经历。他们故意相互回避着。他们时常从那里走开，可是又都被这件惨案吸引回来。每当有旁听的人从法庭出来，汤姆就侧着耳朵细听，但听到的消息都令人忧心忡忡，法网越来越无情地罩向可怜的莫夫·波特。第二天快结束的时候，镇上传言，印第安·乔的证据确凿无疑，陪审团如何裁决此案是明摆着的了。

当天夜里，汤姆回来得很晚，他从窗户爬进来后，就上床睡觉了。因为兴奋过度，汤姆过了好几个小时才入睡。第二天早晨，镇上的人都向法院走去，因为今天和往常不一样。听众席上挤满了人，男的在一边，女的在另一边。人们等了很长时间，才看到陪审团逐个入场就座；没过多久，波特就被押了进来，他带着手铐，看上去脸色苍白，显得非常憔悴。波特坐的地方非常惹人注目，现场好奇的人都可以看见他。印第安·乔也同样地引人注意，他还是同往常一样不露一点声色。又过了不久，法官也到了，于是，执法官就立刻宣布开庭。紧接着，就听见律师们惯例似的低头讨论和整理档案的声音。这些细节和随后停顿的少许时间就像一种准备开庭的前奏曲，它不仅给人留下深刻的印象，同时又让人痴迷。

就在这个时候，一个证人被带了上来。他说在谋杀案发生的那天清晨，看见波特正在河里洗澡，然后迅速地溜掉了。

原告律师问后，说："问讯证人。"

犯人抬眼看了他一段时间，随后又低下了头。这个时候，他的辩护律师说："我没有问题要问。"

第二个证人证明，他曾在被害人的尸体附近看到了那把刀。

原告律师说："问讯证人。"

波特的律师说："我没有问题要问。"

第三个证人起誓说："我经常看见波特身上带着那把刀。"

"问讯证人。"

波特的律师依然拒绝向这个证人发问。现场的听众们看上去有些恼火了。难道这个辩护律师准备不作任何的努力，就断送掉他的当事人的性命吗？

有几个证人都作证说，当波特被带到案发现场时，他表现出了畏罪的行为。被告的律师并没盘问他们一句话，就让他们退出了证人席。

现场的人对案发早上在坟地里发生的惨剧印象都很深刻。宣誓过的证人现在把所有的细节都讲了出来，但他们没有一个人受到了波特律师的盘问。现场的人们不时发出低语声，这表明了人们的困惑和抱怨，结果引起了法官的一阵申斥。因此，原告律师说：

"通过公民的宣誓作证，证词简洁，没有丝毫的疑问，因此，我们认为这起可怕的谋杀案，没有任何疑点，是被告席上的犯人所为。本案取证到此为止。"

可怜的莫夫最后呻吟了一声，他双手捂住自己的脸，轻轻摇了摇自己的身子，此时此刻，法庭上没有发出任何声音，一片寂静，让人痛苦不堪。很多女人们都被感动了，男人们也都掉下了同情莫夫的眼泪。这个时候，辩护律师站起来说：

"法官大人，本庭审讯之初，我们所说的话就证明了我们开庭审讯之目的，那就是惩治罪恶。我曾力图证明我的当事人喝了酒，所以在神志不清的情况下做了这件可怕的事情。现在我改变了主意，我申请撤回那篇辩护词。"然后他对书记员说："传汤姆·索亚！"现场的人听到"汤姆·索亚"的名字时，顿时诧异起来，有些摸不着头脑，就连波特也特别惊讶。汤姆站了起来，他慢慢地走到证人席上，人们都迷惑不解地盯着汤姆，想要从他身上得到一些有趣的答案。汤姆由于过度惊吓，看上去有些难以自控。汤姆是发

过誓的。

"六月十七日，大概是在半夜的时候，你在哪里，汤姆·索亚？"

看着印第安·乔那张冷酷而严峻的脸，汤姆的舌头都僵住了，差点儿说不出话来。在场的听众们都屏住呼吸静静地听着，但汤姆还是不说话。不过，几分钟之后，汤姆的舌头似乎没有原来那样僵了，他勉勉强强地说出一些话，但还是有一些人听不清楚：

"我……我在……坟……坟地！"

"你可以把声音放高点吗？不要害怕。你是在什么地方呢？"

"在坟地。"

印第安·乔的脸上一瞬间闪过一丝略带嘲讽的笑容。

"你是在霍斯·威廉斯的坟墓附近吗？"

"是……是的，先生。"

"声音再大点。距离霍斯·威廉斯的坟墓有多远呢？"

"差不多就像我和您之间的距离。"

"你是藏起来了吗，汤姆？"

"是的，我是藏起来了。"

"藏在什么地方呢？"

"我就……藏……在坟边的几棵……几棵榆树后面。"

印第安·乔忽然惊讶了一下，但是在场的其他人似乎没有发觉他的这一变化。

"和你在一起的还有其他人吗？"

"嗯……嗯……有，先生。我是……和……和……"

"先别说！稍等一下。你最好先别提他（她）的名字。我们会在适宜的时间，传问他（她）的。你去霍斯·威廉斯的坟墓之前，有没有带什么东西？"

汤姆回忆着，他看上去很不自然，有些手足无措。

"说吧，不要害怕。能说真话总是很让人佩服的。你带了什

么？"

　　"就带了一只……嗯……一只死猫。"

　　汤姆的话音刚落，顿时引起在场的一阵哄笑。法官止住了人们的笑声。

　　"至于那只死猫的残骸，我们会拿给大家看的。现在，孩子，你最好照实把当时发生的事情说出来，你不要害怕，最好说清楚些，别漏掉什么东西。"

　　汤姆刚开始说的时候，吞吞吐吐地不怎么顺利，等他逐渐适应了这个话题，汤姆就说得极其顺畅了；过了一会儿，现场除了汤姆的声音之外，就再也听不到别的什么声音了，众人的眼睛都紧紧地盯着汤姆。人们把嘴张起来，屏住自己的呼吸，兴致勃勃地听汤姆讲述着他在坟墓附近看到的所有事情，人们看上去很有耐心，以至于都没发觉时间在一点一点地流逝，他们已经迷上了这个极具诱惑且恐惧横生的历险。

　　汤姆快讲完时，在他心中沉积的情感瞬间就爆发出来，他说：

　　"……我看到医生一挥墓碑，莫夫·波特就倒在了地上，然后，我看到印第安·乔手中拿着一把刀跳了过来，狠狠地……"

　　"嗖！"那个混账很快就朝外窜去，他冲开前面拦阻他的人，跑了出去。

## 第二十四章　提心吊担的夜晚

于是，汤姆再次成为了大家心中仰慕的英雄。长辈们格外地宠他，汤姆的同伴们也特别羡慕他。他的名字在报纸上不时地出现，足以流传百世，同时，镇上的报社也对他的事迹很卖力地进行了宣扬。有些人认为，如果汤姆不被绞死，那么，他将来肯定会当总统。

那些缺乏头脑、喜怒无常的人们，又跟以往一样，把莫夫·波特又当成了老朋友，和他的关系又亲密了起来，和他们当初过分辱骂他一样充满了"热情"。不过，说实在的，这样的举止毕竟还是人类的一贯就有的美德，所以，我们还是别吹毛求疵的好。

白天的时候，汤姆趾高气扬，特别神气，可是一到了夜晚，他就被恐怖的情绪所纠缠，汤姆总是很艰难地度过每个夜晚。印第安·乔总是会在他的梦中出现，并且是一副凶神恶煞的模样。每当夜幕降临，不管有多大的诱惑力，都无法吸引汤姆再走出家门。

同样不幸的是，哈克也处于极度恐慌之中。其实，汤姆在开庭审理这个案子的第一天，早就把事情的原委告诉了律师。尽管印第安·乔逃跑后，哈克就不用再上庭作证，但他还是非常恐慌，哈克很担心会泄露自己和这个案件有瓜葛。可怜的哈克，已经让律师给他做了保证——绝对会保守秘密。可那又有什么用处呢？虽然汤姆的嘴早就被威严的誓词给封得紧紧的，但结果呢？他还是受到了良心上的谴责，于是，他就在夜间去了律师家，把他看到的事情都说了出来。既然已经到了这个地步，哈克也就失去了对人类所有的信任。

莫夫·波特在白天的感谢，使得汤姆对自己能说出事情的真相感到无比自豪。不过，一到了夜晚，他就对自己没能掩盖真相感到后悔。汤姆有一段时间很害怕印第安·乔会一直逍遥法外，但又很担心印第安·乔被捕。汤姆认为，除非印第安·乔死了，并且能够

亲眼看见他的尸体，否则，他会一直惶惶不可终日。

　　法院对拘捕印第安·乔进行了悬赏，人们搜遍了整个地区，还是没能逮捕到他。最后，从圣路易斯那些很会侦察、让人佩服的非凡侦探中派来了一位侦探。他对周围进行了彻底的调查，摇头晃脑的样子，看上去很不一样，他跟自己的同行们差不多，也在调查中取得了很大的进展。也可以这么说，他已经"找到了线索"。不过，虽然进展到了这个地步，但总不能把"线索"当成杀人犯，然后拉来绞死吧。

　　因此，在侦探完成任务回去时，汤姆还是和以往一样，没有丝毫的安全感，每个晚上还是都处于一片恐慌之中。

　　在漫长的日子里，汤姆一天天地忍受着煎熬，每过一天，他这种恐慌的心理负担就相应地减轻一点。

## 第二十五章　掘地寻宝

当一个生得健全的男孩长到一定程度的时候，他的心底就会滋生出一种浓烈的欲望：到某个地方去掘地寻宝。汤姆有一天也有了这样的想法。于是，他就去找乔·哈帕，但并没有找到他。然后，他又去找本·罗杰斯，不巧的是，他去钓鱼了。过了一会儿，汤姆遇到了被称为赤手大盗的哈克·费恩。汤姆考虑了一下，觉得他也行。于是，汤姆就把他拉到一个周围没有别人的地方，将他的想法全盘说出。对哈克而言，只要有趣，又不用花本钱，这样的冒险活动他总是乐于去做的。况且，哈克有足够的时间，而时间根本就不值钱，他正愁着没地方"消费"呢。于是，哈克就欣然同意了。

"汤姆，我们去什么地方挖呢？"哈克问。

"嗯，有好多地方都可以啊。"

"是么？难道金、银到处都有吗？"

"不，当然不会。宝藏应该是埋藏在一些很特殊的地方，比如有的埋在岛上，有的埋在一棵枯死的大树底下，就是在半夜的时候，树影照到的地方；有的则会装在朽木箱子里，但一般情况是会埋在房子下面，就是神出鬼没的地方。"

"汤姆，会是谁埋的呢？"

"哼，你想还会是谁呢？肯定是强盗们啊！难道主日学校的校长也会埋宝藏吗？"

"我不清楚。要是我的话，我才不会把它埋藏起来呢，我肯定会把它们全花掉，很痛快地去潇洒一下。"

"要是我，也会的。可是强盗们不会像我们这样做。他们总是把钱偷偷埋起来，然后就不再过问了。"

"汤姆，难道他们埋完之后就不再来找它吗？"

"不，他们本来是想再找的。但强盗们要么忘记了当初留下的标志，要么就死了。反正，宝藏埋在那里时间长了，就会被腐蚀生

锈。等再过些日子，有人就会发现一张旧色的纸条，纸条上面写着怎样去寻找记号。这种纸条一般需要用一个星期的时间才能读懂，因为上面用的一般都是些象形文字和密码。"

"象形？汤姆，象形是什么？"

"是象形文字。就是一些诸如图画之类的东西，你也知道，那东西看上去似乎没什么特别的意思。"

"汤姆，你有过那样的纸条吗？"

"到目前为止，我还没有。"

"那，汤姆，你准备如何去寻找那些记号呢？"

"我是不需要什么记号的。强盗们总喜欢把财宝埋在某个岛上或是闹鬼的屋子里，不然，就是埋在枯死的树下，树上会有独枝探出来。哈克，我们早就在杰克逊岛上找过一段时间了，等我们有时间再去找找看。有间闹鬼的老宅就在鬼屋的河岸上，在那里有很多枯树，哈克，真的有很多呢。"

"下边都埋藏着财宝吗？"

"哼，瞧你说的！怎么可能呢！"

"可是……汤姆，你认为我们该在哪一棵树下面挖呢？"

"所有的树下边我们都要试着挖一下。"

"唉，汤姆，要是这样的话，我们就需要用整个夏天的时间来挖了呀。"

"哦，那又怎么样呢？你也不好好想想，当你挖到一个铜罐子时，里面装了整整一百块大洋，并且都上了锈，颜色都变了；或者你挖到了一只箱子，里面都是钻石之类的东西。你会变成一个什么样的人物呢？"

听汤姆这么一说，哈克的眼睛都亮了起来。

"汤姆，那可真是太好了。我感觉简直爽透了。你只把那一百块大洋给我就行了，至于钻石，我就不要了。"

"好吧。但是，哈克，钻石我是不会随便就扔掉的。有些钻石

一颗就值二十美元呢！不过，有的也不是很值钱，但价格起码也在六角到一块之间。"

"呀！是真的吗，汤姆？"

"当然了，我听人们都是这样说的。哈克，难道你没有见过钻石吗？"

"嗯，我想，在我的记忆中好像还没见过。"

"哼，国王可是有很多钻石的啊！"

"可是……我可是一个国王都不认识啊。汤姆。"

"这我当然知道了。但要是你去了欧洲，你就会看到很多国王，他们到处乱蹿乱跳的。"

"乱蹿乱跳！？"

"什么乱蹿乱跳！哈克，你真是一只蠢猪啊！不是的！"

"哦，可是汤姆，你刚才是怎么说的？"

"简直就是瞎胡闹，我是说你会看到他们的。他们当然不是乱蹿乱跳，你也不想想，他们为什么乱蹿乱跳？不过，我是说你会看到他们。如果通俗一点的话，就是国王哪里都有。就比如说是那个驼背的理查德老国王吧。"

"理查德？他姓什么呢，汤姆？"

"他是没有姓的。国王没有姓，只有名。"

"没有姓！？"

"是的，没有。"

"哎呀！汤姆，如果他们喜欢的话，那也没什么。但要是我的话，是绝对不当国王的，有名没姓的，简直就是个黑鬼嘛。行了，汤姆，那你打算从什么地方着手呢？"

"嗯，我现在也不是很清楚。我看我们最好先去鬼屋河岸对面的那个小山上，先从那棵枯树下面开始挖，你说这样可以吗？"

"那就这样吧，汤姆。"

因此，汤姆和哈克就找了一把铁锹和一把不怎么灵活好用的铁镐，踏上了三英里的路途。当他们到达那里时，已经是热得满头大汗、气喘吁吁了。然后，他们就躺在离他们较近的一棵榆树下，一边抽烟，一边歇脚。

汤姆说："我很喜欢做这样的活。"

"我和你一样，汤姆。"

"嗨，哈克，如果我们现在就找到了财宝，你准备如何花掉你的那份呢？"

"我想我肯定会每天喝汽水、吃馅饼，每场马戏我都要看，一场都不会遗漏。我敢说，我肯定会像神仙一样快活得不得了。"

"哦，哈克，你不想给自己攒些钱吗？"

"攒钱？攒钱干什么用呢？"

"哼，你没听过细水长流吗？"

"哦，那没什么用的。我爸早晚会回到镇上，如果我不把钱赶紧花掉，我爸肯定就会把手伸得老长抢我的钱。汤姆，我告诉你吧，我爸很快就会把钱一个子儿都不剩地花完。那你准备如何去花你的钱，汤姆？"

"我想买一面新鼓、一条红领带、一只小斗犬和一把货真价实的宝剑，我还想给自己娶个老婆。"

"娶老婆！？"

"是的，哈克。"

"汤姆，我想你脑子有些不对劲吧。"

"你就等着看吧，哈克，我想你会懂得的。"

"哎呀，要娶老婆，你简直就是愚蠢到极点了。你看看我爸和我妈他们两个。唉，他们只要碰面，就会打起来。打我懂事起，他们就一直吵闹个不停。"

"这根本就是两码子事儿。我想娶的这个女孩是不会和我吵架的。"

"汤姆，我觉得都一样。她们都会跟你死缠烂打的。我想你最

好还是事先想清楚，多多考虑一下再做决定。这妞叫什么名字呢，汤姆？"

"哈克，你最好放尊重点，她不是什么妞，她是一个女孩子。"

"总之，都一样，我觉得有人喊妞，有人喊女孩儿，这都是一回事，是没什么不同的。汤姆，她究竟叫什么名字呢？"

"等以后再告诉你吧！现在还不是时候。"

"那也行，以后就以后吧。只是，汤姆，你成了家之后我就很孤独了。"

"那怎么可能呢，如果你愿意，你可以搬过来，和我们住在一块儿。行了，我们最好还是不要再说下去了，该动手了。"

汤姆和哈克干了半个小时，虽然累得汗水不停地流，可还是没有找到什么财宝。汤姆和哈克又拼命地做了半个钟头，但始终没有找到。哈克就说：

"汤姆，强盗们总是把财宝埋得这么深吗？"

"有时候埋得就是这样深，但也不会老是这样。在一般情况下，他们是不会这样的。我想我们动手的地方可能不对。"

因此，汤姆和哈克又换了一个地方，继续开始挖。挖得不是很快，不过，还是有进步。

汤姆和哈克坚持不懈地拼命挖，又默默地做了一段时间。挖完之后，哈克就依靠在铁锹上，他用袖子抹了一把额头上的汗珠，然后对汤姆说：

"汤姆，这个已经挖完了，你准备再去哪里挖呢？"

"我想可以去那儿挖，就在卡第夫山上寡妇家后面的那棵老树下边挖。"

"那地方还行。不过，汤姆，那可是在她家的地面上啊，那个寡妇会不会把我们挖到的财宝说成是她的呢？"

"她的！说得倒很轻松，让她试一下。哼！谁找到了财宝就该归谁，这和是谁家的地没有一丁点儿关系。"

　　这种说法很让人满意。汤姆和哈克继续挖着。哈克后来说：

　　"妈的，咱们肯定又挖错地方了。你觉得呢，汤姆？"

　　"哈克，这就奇怪了。我真是搞不清楚了。不过，巫婆有时候会在暗中捣鬼。我想这就是问题的所在。"

　　"别胡说！白天的时候，巫婆是没有任何法力的。"

　　"是，的确是这样的。哈克，我还没想到这一点呢。嗯，这下我知道问题是出在什么地方了！我和你也真他妈的太蠢了！在挖之前，至少得搞清楚那个伸出的独枝的影子在半夜会落在哪里？然后，我们才可以在那里挖啊！"

　　"就是呀，汤姆。真是的，我俩真是傻到极点了，白挖了一场。这事可真够麻烦的，照这样的话，我们必须得在半夜三更的时候跑到这来。路程可远着呢，你能溜出来吗，汤姆？"

　　"我想我会出来的。今天晚上，我们必须要出来，别人一旦看到这些坑，我想他们肯定就会明白这里有什么的。"

　　"今天晚上，我就在你家的附近学猫叫。"

　　"行。我们得把这些工具藏到矮树丛里。"

　　当天晚上，汤姆和哈克果真来了。他们坐在树荫下耐心地等着。这是一个很偏僻的地方，又值夜半时分，再加上迷信的说法，这地方看上去阴森森的。树叶在不停地"沙沙"作响，仿佛鬼怪们正在窃窃私语一般，也不知道暗影里究竟隐藏着多少魂灵，远处有沉沉的狗吠声不时地传来，一只猫头鹰正在厉声叫着，阴森森的。

　　汤姆和哈克被这种阴沉且恐怖的气氛吓住了，他们两个很少说话。后来，约莫时间该到十二点了，他们就在树影垂落的地方作上了记号，然后就动手开始挖了起来。汤姆和哈克的欲望开始膨胀，并且兴致越来越高，干劲也越来越足，坑也越挖越深。每次当他们听到铁镐碰到什么东西发出声响时，心就激动得怦怦直跳，但每次他们都以失望而告终。因为他们在挖的过程中，不是碰到了一块木头，就是碰到一块石头。终于，汤姆对哈克说：

"这样下去还是不会有结果的，哈克，我们又搞错了。"

"哎呀，怎么可能！我们在树影垂落下的地方做了记号，不会错的呀！"

"我明白，哈克，可还有一点问题。"

"是什么呢，汤姆？"

"嗯，我们在估算时间上出了问题。我想要不是太早了，就是太晚了。"

哈克把铁锹扔在地上。

"是啊，汤姆。"哈克说，"我看问题肯定就出在这里。我们还是别继续挖了。我和你根本就没搞准时间，况且，干这事也太让人害怕了，你想啊，半夜三更的，我们在这样一个鬼地方，我总是觉得背后有东西在盯着，简直就不敢回头看。我想前面可能也会有什么怪物在等着害我们两个呢。从来到这地方起，我浑身就直冒疙瘩，怕的要命！"

"哎呀，哈克，我也有这种害怕的感觉啊。强盗们在树下埋藏财宝的时候，往往会顺便埋上一个死人看守。"

"上帝啊！"

"是真的，哈克，我经常听别人这样说。"

"汤姆，我不喜欢在有死人的地方闲逛。要不然肯定会遇上什么麻烦的。"

"哈克，我也不想打扰他们啊。也许这里会有一个死人把脑袋探出来，张开嘴说话呢！"

"汤姆，你还是不要说下去了！真是太恐怖了！"

"是啊。哈克，我也总觉得有什么地方不对。"

"哎，汤姆，我看我们还是不要在这里挖了，最好到其他地方碰碰运气吧，行吗？"

"好吧，我看也只能这样了。"

"可是我们去哪里挖呢，汤姆？"

汤姆考虑了一会儿，说：

"嗯……去那间闹鬼的屋子里挖。对，就这样！"

"哼，我更不喜欢闹鬼的屋子，汤姆。我觉得那里比死人更可怕。死人或许会说话，可是他们不会趁你不注意的时候，披着寿衣偷偷溜过来，然后，突然从你背后探出身子，朝你龇牙咧嘴；但在鬼屋里，他们就是喜欢这样干。我可受不了这种惊吓，汤姆，我想没有谁能受得了的。"

"是啊，哈克。但鬼怪只有到夜里的时候才出来。我们等白天的时候，再去那里挖，我想他们是不会干扰我们的。"

"没错，这话听上去没什么不对。可是你知道的，不管是在白天，还是在黑夜，都不会有人去那间鬼屋的。"

"哦，也许是因为人们不爱去一个曾发生过命案的地方。但除了晚上，没人在那所房子的附近看到过什么。而且在晚上的时候，只有蓝光在窗户那儿晃悠，不是总有鬼的啊。"

"哦，汤姆，你看到蓝光飘忽的地方，那后面肯定就跟着一个鬼。这是有原因的，因为你也清楚，除了鬼怪，是没有人点蓝色火光的。"

"是啊，这话听上去也没什么不对。鬼怪既然在白天的时候不出来，那我们还有什么好怕的呢？"

"好吧，汤姆。既然你都这么说了，我和你就去探视一下那间鬼屋。可是我想我们也仅仅是在碰运气罢了。"

汤姆和哈克在这时候已经动身朝山下走了。那间"鬼屋"在他们下方的山谷中孤僻地立在月光下，早就没有围墙了，遍地都是杂草，台阶半掩着，烟囱早已经坍塌了，窗框也很空荡，屋顶的一个犄角也塌掉了。汤姆和哈克瞪大眼睛看了一会儿，他们想看看窗户边是不是会有蓝色的火光飘过。他们在这样一种特定的氛围中一边尽可能地靠右走，以便让自己离那间鬼屋远一点，一边窃窃私语着。他们穿过卡第夫山后的树林，然后就一路走回家去。

## 第二十六章  强盗找到金子

大约是在第二天的中午，汤姆和哈克去那棵枯树前拿工具。汤姆很想去那个闹鬼的屋子看个究竟。哈克也很想去，但他突然说：

"嗨，你知道今天是什么日子吗，汤姆？"

汤姆想了想，估算着是什么日子，接着很快抬起眼睛，露出一副惊讶的表情。

"上帝啊！我还没想到这一点呢！"

"哦，汤姆，我也和你一样。但我在刚才突然就想起来了，今天是星期五。"（星期五是基督耶稣受难的日子，因此，基督徒们认为它是个不吉祥之日）

"真是该死！哈克，我们得小心才行啊。在这个日子做这种事，或许是自找麻烦。"

"你说'或许'。我看最好还是说'一定'的好！如果换成别的日子，我们说不定还会有救，但今天肯定不会。"

"这连蠢猪都清楚。但是，哈克，我想除了你之外，还有其他人知道的。"

"哼！我说过就我一个人清楚了吗？单单是星期五还不够。我还在昨天晚上做了一个很糟糕的梦，我梦到老鼠了。"

"简直就是瞎胡闹！我想我们肯定要倒霉了。你梦到老鼠打架了吗？"

"没有。"

"嘿，还好。哈克，梦到老鼠却没梦到它们打架，这就预示着会有麻烦事发生。我们需要格外谨慎，想办法避开它就不会有事，我看今天就算了，我们还是去玩好了。你知道罗宾汉吗，哈克？"

"我听过。他是谁呢？"

"哼，这你都不知道啊！在英国历史上，他可是最伟大的人物之一，也是最好的一个。不过，他是个强盗。"

"哎呀，真是太厉害了，要是我也像他那样就好了。他抢谁了呢，汤姆？"

"他是一个劫富济贫的强盗，抢的都是国王、主教、郡长之类的富人。他不但不骚扰穷人，还跟穷人平分盗来的东西。"

"哦，我认为他是一个真正的好汉。"

"可不是么，哈克，他可真够伟大的。我还从来就没见过这么高尚的人，我敢说现在肯定没有这样的人了。他只用一只手就能把任何人打趴下，如果他拿起那把紫杉木弓，在一英里半的地方就能射中一角钱的分币，不会出现丝毫的差错。"

"紫杉木弓是什么，汤姆？"

"我也不是很清楚，反正就是弓一类的东西。要是他打不到十环的水平，那就坐下来哭，并且开始咒骂。好了，我们还是来演罗宾汉吧，很好玩儿的。让我教你吧，哈克。"

"行。"

汤姆和哈克玩了整整一个下午的罗宾汉游戏，他们一边玩，一边难以自控地看上一两眼那座闹鬼的房子，偶尔还会议论一下第二天到那里去会发生的情况。当太阳开始落山时，汤姆和哈克就顺着树影朝家里走去，很快地，就在卡第夫山的树林中消失了。

星期六中午才刚刚过去，汤姆和哈克就又来到了那棵死树旁。他们先在树荫下面抽了一会儿烟，闲聊了几句，随后又继续在余下的一个洞里挖了几锹。当然了，他们这样做并没有抱多么大的希望，仅仅是由于汤姆说过挖宝的人有很多次离宝只有六英寸时就不挖了，最后还是被其他人一锹就挖走了。但他们这次没那么走运，因此，他们扛着工具走了。汤姆和哈克非常看重财宝，况且就挖宝而论，汤姆和哈克已经尽力了。

过了一会儿，汤姆和哈克对这个地方已经不陌生了，不再跟刚进来的时候那样恐惧。因此，他们很认真地审视了一下周围的环境，他们既感到惊奇，又很佩服自己的大胆。紧接着，他们就想上

楼去看个究竟。现在，他们已经到了背水一战的地步，所以，他们两个把手中的工具扔到墙角，直接就朝楼上走去。

楼上跟楼下是一样的破落不堪。汤姆和哈克很快就发觉墙角处有一个壁橱，里面似乎还值得去看看，但他们很快发现什么都没有。现在，汤姆和哈克的胆量大了很多，他们鼓足了勇气，正要下楼动手时……

"嘘！"汤姆轻声地对哈克说。

"怎么了？"哈克低声问道，脸上被吓得没有一丝血色。

"嘘……那边……你听到了吗？"

"听到了……哦，上帝啊！我们还是快点儿走吧！"

"静一下！不要动！他们正在向门这边走来。"

汤姆和哈克趴在楼板上，眼睛一动不动地盯着木节孔，恐惧极了。

"你看，他们停下了……不……又过来了……来了。哈克，不要再出声了！上帝，如果我不在这里该有好啊！"

屋里走进来两个男人，汤姆向哈克压低声音说："一个看起来有些陌生；另一个是那个既聋又哑的西班牙老头，我记得他最近在镇上露过面，但只有一两次，不是很多。"

陌生人蓬头垢面的，衣衫看上去破破烂烂，他脸上呈现的表情让人感到很难受；西班牙老头的身上披着一条墨西哥花围巾，在他脸上长着白色的络腮胡，密密麻麻的，他的头上戴着宽边帽，长长的白发垂了下来，在他鼻子上还架一副绿色的眼镜。进屋之后，那个陌生人似乎在低声说着什么，他们两个面对着门，后背朝着墙，坐在地板上。陌生人继续低声说着话，他的神情看上去并不会很紧张。

声音越来越清楚。

"不好。"他说，"我反复琢磨了几次，还是不愿意干，太危险了。"

"危险！"西班牙老头咕哝着说，"真没出息！"

汤姆和哈克听到声音后大吃一惊，吓得身体不停地颤抖，这是印第安·乔的声音！静默了一会儿，印第安·乔说：

"我们在上面干的那些事也够危险的，但并没有出什么差错呀。"

"那可不同，那是在河的上面，况且离得也非常远，附近也没什么人家，就算我们试了没干成，也不会有人知道啊。"

"再说了，难道你认为还有比大白天来这儿更危险的事吗？这样，谁看见都会怀疑的。"

"这我也不是不知道，但我想自从干了那件愚蠢的事情之后，就没有比这更合适的地方了。我也想离开这栋烂房子。昨天我就想离开了，但可恨的是，那两个臭小子在山上玩，他们能把这里看得清清楚楚，想离开是绝对不行的。"

汤姆和哈克一听就清楚了，所以更加恐慌了起来。一想到他们决定等到星期六再动手，真是幸运极了，此时此刻，他们在心里想着，就算已经等了一年，也是心甘情愿、没有丝毫怨言的。

那两个男人拿出一些食品准备当午饭吃，印第安·乔认真思考了很长时间。最后，他说：

"嘿，小伙子，你还是先回到河那边去，我会给你消息的。我想去镇里一趟，先探探风声。等我觉得'风平浪静'时，我们再去干那件事情。做完之后，我们就一块儿到德克萨斯州去！"

这倒让人觉得满意，他们两个随即打了一个呵欠，印第安·乔说：

"我困得实在受不了了！也该轮到你去把风了。"

然后，他就蜷缩起身子躺在草上，很快就打起鼾来，那人推了他一两次后，就不再打鼾了。没过多久，那人也打起盹来，头越来越低，最后也呼呼打起鼾来。

汤姆和哈克这才深深地吸了一口气，真是谢天谢地。汤姆低

声说：

"哈克，机会来了。快点！"

哈克说："不行啊，汤姆。他们醒来的话，我就完了。"

汤姆催哈克走，但他就是不敢动。最后汤姆实在劝不动了，就慢慢站起身来，只身一人轻轻地朝外走去。但他刚刚迈出脚步，摇晃的破楼板就吱吱地响起来，吓得汤姆立即趴下，再也不敢动了。汤姆和哈克趴在那里一分一分地数时间，艰难地度过每一秒钟。最后，汤姆和哈克觉得日子似乎就要熬到头了，他们看到太阳从西边缓缓落下，内心充满了无尽的感激。

这个时候，其中一个人好像不打鼾了。印第安·乔坐了起来，他向周围看了看。同伴的头正垂在膝盖上，印第安·乔冷冷地笑了笑，然后用脚把他踢醒，对他说：

"嗨，你是怎么把风的啊！幸好没什么事情发生。"

"上帝，我睡着了吗？"

"伙计，差不多睡着了。我想你也该离开这儿了，那剩下的油水怎么处理呢？"

"跟往常一样，先把它留下，等我们去南方时顺便带上它。背着六百五十块银元走可真够累人的。"

"行，再来一次也没什么。"

"不，必须得和从前一样，最好晚上来，那样比较稳当。"

"嗯，但也许干那事要等很久，要是没弄好，就会惹出什么乱子，这地方并不是绝对的安全，我们索性就把它埋起来，埋得深些，谁也不知道。"

"好！"同伴说。然后，他就走到屋子的对面，膝盖顶着地，取了一块后边的炉边石头，掏出一个叮当、叮当直响的袋子，给自己拿了约二三十美元，同样的，他给印第安·乔也拿出那么多钱来，然后把袋子递给了乔。这时的印第安·乔正在屋子的角落里跪着，用猎刀挖东西。

　　此时，汤姆和哈克把恐惧和不幸全都抛到在了脑后。他们抑制住内心的喜悦，仔细观察着他们的一举一动。真是太好了！真想不到会碰到这样的好事！六百块银元足以让五六个孩子都变成阔少爷呢！没想到找宝还能碰到这样的好运气，一点都不用费力，去那里挖一下，肯定没错。汤姆和哈克偶尔还会相互碰一碰，彼此间"心知肚明"。

　　"现在你该高兴了吧，我们在这里是待对了！"

　　乔的刀尖突然碰到了一个东西。

　　"喂！"乔说。

　　"乔，是什么？"他的同伴问。

　　"一张快要腐烂的木板，哦，不，肯定是个箱子，过来帮我一下，看看是用来做什么的。不要紧，我已经在它上面弄了一个洞。"

　　他把箱子使劲拉了出来。

　　"哦，伙计，是钱啊！"

　　两个男人双眼紧紧盯着手中的钱币，都是金币。汤姆和哈克也跟他们一样地兴奋、激动。

　　乔的同伴说：

　　"我们必须快点儿挖。就在刚才，我看见壁炉那边拐角处的草堆中有一把上了锈的铁锹。"

　　他跑过去拿了汤姆和哈克的铁锹和十字镐，然后，认真端详了一会儿，摇了摇头，自言自语地唠叨了一两句，就挖了起来。很快的就把箱子挖了出来，箱子外面包着一层铁皮，看上去不太大，由于在地下埋藏了很久，已经受到严重的腐蚀，因此，没有以前牢固了。两个男人眼睛盯着宝箱，笑嘻嘻地不说一句话。

　　"伙计，箱子里大概有一千块钱。"印第安·乔说。"我以前经常听别人说，有一年的夏天，莫列尔那帮人在这一带活动过。"

　　"我知道这事。"陌生人说。

印第安·乔说，"我看，这倒还真像是那么回事。"

"我想你现在不用去干那活了。"

印第安·乔皱起了眉头。他说："你对我并不了解，至少你还不是完全清楚那件事。那不纯粹是抢劫，那还是复仇啊！"他眼里喷出让人畏惧的光芒。"你得帮我做完这件事，然后再去德州，回家看老婆和孩子，你就耐心等我的消息吧。"

"好，既然这样，那这箱金币怎么处理呢？也埋在这个地方吗？"

"对！（汤姆和哈克兴奋得不得了）不！这是绝对不行的！（楼上的情绪顿时低落了下来）我差点就给忘了，那把铁锹上还沾着一些新泥土呢！（汤姆和哈克吓得脸色发白）锹和镐头是用来干什么的？究竟是谁拿来的呢？人呢？听到有人吗？看到了吗？好家伙，难道我们还要把箱子埋起来，让他们回来好发现这里有人挖过不成？不行，这样太不安全了，还是把箱子拿到我那里稳妥些。"

"是啊，就该这样的！我们早该想到这样做了，拿到一号去吗？"

"不，是二号，就是十字架下面，其他地方不合适，没有什么让人放心的地方。"

"行，天就快黑了，该离开这儿了。"

印第安·乔站起身来，他在窗户间来回走动了几次，小心谨慎地观察着外面的动静，然后说：

"谁会把锹和镐头拿到这里来呢？你觉得楼上有人吗？"

听到他这么一说，汤姆和哈克顿时吓得不敢喘气了。印第安·乔站在那里，手中拿着刀，样子看上去有些犹疑不决。过了一会儿，他转身朝楼梯口走去。尽管汤姆和哈克在这时想起了壁橱，可是他们现在已经没有一丝力气，一点儿也动弹不得了。

脚步声弄得楼板"吱吱嘎嘎"地作响，乔上了楼梯。在这千钧一发之际，汤姆和哈克下定决心，准备往壁橱里跑。他们两个正要

动身，忽然间一个声音"哗"地响了起来，印第安·乔连人带朽木板一起掉到了地上烂楼梯的木头堆里。他骂着站起身来，这个时候，他的同伴说：

"我说你骂也等于白浪费口舌，如果真有人在楼上的话，那就让他待在上面吧，如果他想跳下来添什么乱子也没人反对，再过十五分钟，天就黑了，他如果愿意跟的话，就跟踪好了。我也乐意。我看把东西扔在这里的人，肯定看到了我们，但把我们当成鬼了，我想他现在正害怕地逃跑呢！"

乔唠叨了一气，最后认为同伴说得有理，还是赶紧在天黑之前，抓紧时间把东西收拾好，然后离开。乔和陌生人在逐渐沉下来的暮色中离去，带着宝箱朝河那边走去。

汤姆和哈克终于可以把身子立起来了，他们现在感觉舒服多了，他们从房子的木条缝中死死盯着那两个人的背影。跟踪他们？他俩肯定不行。从楼上下来没有扭伤脖子，还算安全，又翻过山沿着小路返回城中，运气已经很好了。

汤姆和哈克没再多说一句话，只是不停地抱怨，怪他们他们自己的运气不好，把那倒霉的锹和镐头也带到这里来。如果不是这两件工具，印第安·乔肯定不会有所怀疑。那他就会把装金币的箱子也藏在这里，然后再去复仇，等回来后会伤心地发现东西没了踪影。汤姆和哈克不断地抱怨自己，真该死，简直是糟透了！

他们拿定了主意，等那个西班牙人进镇里探风、找机会复仇时，务必要跟踪他，跟他到"二号"去，不管他是上天还是入地，反正都要跟去。

忽然，在汤姆的脑海里闪现出一个可怕的想法。

"复仇？哈克，如果他们指的是我们两个，那该如何是好啊！？"

"哦，汤姆，别说了。"哈克说着，几乎休克过去。

汤姆和哈克仔细商量了一阵，进城后就当印第安·乔指的是另

外的人，至少是在指汤姆，因为只有汤姆在法庭上指证过。

汤姆一个人陷入了危险的境地，他确实感到惶恐害怕，他心想，如果有个同伴的话，该有多好啊！

## 第二十七章　暗暗跟踪

汤姆在当晚并没有睡好，白天的冒险也被带进了梦乡之中。他梦见自己四次都抓住了宝箱，可是当汤姆梦醒之后，面对的还是那倒霉的现实：宝箱消失了，他最终还是两手空空。

汤姆在很早的时候就醒来躺在床上，回想着这不同一般的冒险过程，他忽然觉得那些事在脑海中变得越来越模糊、越来越远，就像是发生在另外一个世界一样，又像是发生在很久之前的事情。他顿时想，这次的冒险原本就是一场噩梦！汤姆这样想的主要原因，就是他看到的金币数量太多，难以当真，他在这之前，还从没一下子看到过超过五十块现金。他跟同伴们一样，认为所谓的几千、几万元，只不过是谈谈罢了，事实上，不会存在这么一大笔数目的钱。他从来就不相信哪个人会有一百美元这样大数目的钱。倘若考虑一下，汤姆便觉得埋藏的那部分财宝，只是一把真币和一大堆可望而不可即的耀眼假钱罢了。

但他越是这样想，冒险的事情就越是历历在目，汤姆认为这或许不是在做梦，是现实中真实存在的事情。他下决心要把事情搞清楚，所以，他匆匆忙忙吃完早饭后就去找哈克了。

汤姆看到哈克正在一条平底船的船舷上坐着，两只脚懒洋洋地放在水中，看上去好像有什么心事。汤姆觉得还是让哈克开口谈谈这个问题会好一些，如果他不提这件事，那就证实上次的冒险只是一场梦。

"你好啊！哈克。"

"哦，你好，汤姆。"

然后，就是一阵沉默。

"汤姆，如果我们把工具放在枯树那边，那些钱就是我们的了，唉，真是太倒霉了！"

"那就不是梦，是真的啦！不清楚是为什么，我真希望它是个

梦。我真是这样想的，哈克。"

"什么不是梦呀，汤姆？"

"哦，就是昨天那件事啊，我刚才还半信半疑，以为这是个梦啊。"

"梦！要是楼梯没倒，我想你会做更多的梦！我在一个晚上就梦了很多，那个一只眼的西班牙老头不停地追我。该死的老头！"

"不，哈克，你不要咒他死，我们必须要找到活人！把钱拿到手！"

"汤姆，我想我们是不会找到他的，人发财的机会是很少的，况且，我们又错过了这次发大财的机会。反正，我只要见到他，肯定会不停的发抖。"

"我也和你一样，可我们无论如何得找到他，就算是到'二号'去也要把他给挖出来。"

"对，'二号'，就是呀，我也在捉摸着这事呢，但想不出什么好的点子，你有什么点子呢？"

"我也不清楚那究竟是个什么地方。真是太难了，想不出来啊。哈克，是门牌号码吗？"

"太对了！……哦，不，汤姆，那不是门牌号，整个镇就像巴掌一样小，门牌号根本就用不着。"

"也对，也是这个道理。还是让我再好好想想……这是客栈里的一个房间号，你知道吗？"

"哦，是！镇里只有两个客栈，我想我会弄清楚的。"

"哈克，你就待在这儿，别动，等我回来。"

汤姆很快就走了，他是不乐意和哈克一起待在大众场合下的。汤姆去了有半个小时的时间，他在那家较好的客栈里，打听到在二号长期住着一个年轻的律师，目前还没离开。但在那家较差的客栈，二号则成了一个谜。汤姆听客栈老板的儿子说，二号一直就被锁着，除了晚上，还从来就没人进出过，他也不清楚原因，只是感

到有些奇怪，就把那房子当成是个闹鬼的地方，以此来满足自己的好奇心。但在前天晚上的时候，他注意到二号里还有灯光。

"哈克，这就是我打探到的结果。我想我们要找的肯定就是这个二号。"

"我想也是，汤姆。那你下一步准备怎么办？"

"哈克，让我好好考虑一下。"

汤姆想了很长时间，然后说：

"听着，哈克。我发现二号的后门跟客栈和旧轮窑厂之间的小窄巷相通。你去把能找到的门钥匙全都搞到手，我去偷姨妈的，等天黑之后，我们就马上去试着开门。顺便提醒你，必须注意印第安·乔的动静，你应该还记得他说过，会溜回镇里探视虚实以便伺机报复。要是看到他的话，就立刻跟踪他；如果他不进二号，那就证明不是这个地方。"

"啊，你要我只身一人跟着他，我才不干呢！"

"是晚上去啊，我保证他不会看到你的。就算看见了，他也不会产生疑心的。"

"行，要真是晚上去的话，我想我会去的，但也不一定，看看吧。"

"哈克，如果是晚上，我肯定就会跟踪他。说不定他发觉找不到机会复仇时，会先把钱弄到手的。"

"是的，汤姆，你说得对，我去跟踪他，我保证。"

"嗯，哈克，这才是好样的！别反悔啊，哈克，我可是不会反悔的。"

## 第二十八章　发现新线索

那天晚上，汤姆和哈克准备好去冒险了。他们两个在客栈的四周一直打转到九点才行动。一个远远地注视着小巷子，另外一个则认真看着客栈的门。这个时候，巷子里没什么人来往，进出客栈的人中，也看不到那个西班牙人的身影。晚上似乎还不够黑。汤姆在回家前就和哈克约好了，要是夜色够黑的话，哈克就出来学猫叫，汤姆听到后就溜出去，试着用钥匙开门。但那个晚天色却很明亮，哈克在十二点左右就停止了把风，然后去空糖桶睡觉了。

汤姆和哈克在星期二时还是一样倒霉，星期三也一样。等到了星期四晚上，天色好像还有些盼头。汤姆提着姨妈的那只洋铁旧灯笼，拿了一条遮光的大毛巾，找机会溜了出去。他将灯笼藏在哈克的糖桶里，然后开始把风。客栈在午夜的前一小时就关了门，就连仅有的灯光也熄了。那个西班牙老头始终没有出现，巷子里也听不到有人走动的声音，一切安然无恙。夜色深沉，一片沉寂，偶尔有雷声从远处传来。

汤姆在糖桶里把灯笼点亮，然后用毛巾把它紧紧地裹住。两个人像探险者一样，在夜幕中鬼使神差般地朝客栈走去。哈克在一旁把风，汤姆摸进了巷子。在好长一段时间里，哈克一直都在提心吊胆地等待着，仿佛有座大山压在他的心头一样。他渴望自己能够看到灯笼闪一下光，尽管这会使他害怕，可是这样至少能说明汤姆还活着。汤姆好像已经走了有好几个小时似的。哈克心想，他肯定是昏过去了，要不就是死了，因为惧怕和兴奋，哈克感到自己的心脏都要炸裂了。哈克在焦急中已不自觉地接近了那条小巷，他特别惶恐，谁知道什么时候会有不幸降临，会把他吓得晕过去？其实，说实在的，哈克这时已没有多少气力了，他现在只能一点儿一点儿地呼吸，要是这样持续下去的话，过不了多久，他就会心力衰竭。忽然，灯光闪了一下，紧接着就看见汤姆从他身边疯狂般地跑了

过去。

"哈克，快逃！"汤姆说，"快逃！"

其实，汤姆是没有必要再重说一遍的，因为还没等汤姆再说一遍的时候，哈克已经迅速地跑开了。他们两个一直跑到村头旧屠宰场的空木棚那里才停下来。当他们到了屋檐下时，风暴就来了，大雨也接着下了起来，汤姆稍微缓了缓气，然后就对哈克说：

"哈克，真是太恐怖。我尽可能地不发出一点声音去开门，我试了两把钥匙，开门的时候，声音哗哗地响个不停，吓得我都不敢喘气，连钥匙也转不动。后来，也不知是怎么搞的，我就把门给打开了。其实，门根本就没锁。我赶紧跳进去，把灯笼上的毛巾扯下来，上帝，我差点没给吓死。"

"是什么呢？汤姆，你究竟看到什么了？"

"哦，哈克，我差点就踩上了印第安·乔的手！"

"怎么可能呢，汤姆？！"

"是的，千真万确！他就躺在那里，睡得很熟，那块纱布还在他的眼睛上贴着，他的手臂是摊开着的。"

"哦，你没干什么吗，汤姆？弄醒他了吗？"

"没弄醒他，他一下都没动，我猜他肯定喝醉酒了。后来，我匆忙抓起毛巾，赶紧往外跑！"

"哦，汤姆。要是换了我，肯定不要毛巾了。"

"我可不能不要啊。如果我把毛巾丢了，姨妈是不会让我好过的。"

"嘿，汤姆，你看到那个箱子了没有？"

"哈克，我没有时间看啊，我没看到有箱子在里面，除了印第安·乔身边的一个酒瓶和一只洋铁杯外，我什么都没看见。哦，对了，我还看到屋子里有一堆瓶子和两个酒桶，你清楚吧，哈克，你知道那间闹鬼的房间究竟是怎么回事了吧？"

"怎么了，汤姆？"

"闹鬼？其实是酒鬼在闹！我想所有的禁酒客栈可能都有个闹鬼的房间，嘿，哈克，你认为呢？"

"嗯，我觉得你说得没错。谁也不会想到有这样的怪事发生。不过，汤姆，说实在的，我们应该趁印第安·乔还醉着时把箱子拿走。"

"嗯，说的也是！但……你去试试吧？"

听汤姆这么一说，哈克吓得不停地直打哆嗦。

"算了，我看不行。"

"我也认为不行，哈克，我想一瓶酒是醉不倒印第安·乔的，要是他身边有三瓶的话，那他肯定喝得烂醉，我说不定还敢去试一下。"

汤姆想了很长时间，才说：

"听着，哈克，印第安·乔不走的话，我们就不再试了，真是太恐怖了。如果我们每天晚上都盯着点儿，一定就能看到他出来，不管怎么说，只要出来，我们就迅速的冲进去，然后抱起箱子就跑。"

"好，我同意，我会一整夜的把风，每天晚上都盯，你去抱箱子。"

"行，就这样定下来。你待会儿去琥珀街，过一个街区后，就学猫叫。如果我睡着了，你就朝窗口扔个小石头过来，叫醒我。"

"行，真是太好了！"

"风暴停了，哈克，我也要回家去了。等再过一两个小时，天就亮了。在这段时间里，你继续把风，行不行？"

"我说过的，汤姆，我能坚持的。我甘心每个晚上都去盯那个客栈，盯一年都愿意。我在白天睡觉，盯整整一夜。"

"这我就放心了，你准备在哪里睡？"

"我在本·罗杰斯家的干草棚里。是他让我睡的，他爸爸雇用的那个黑人——杰克大叔也同意让我睡，当杰克大叔要我帮忙时，

我就会帮他提水。有吃的东西时，他也会给我一点。我觉得他真是一个大好人，汤姆。我想他是喜欢我的，我对他也从不摆什么架子，有时候我会坐下来和他一块儿吃饭。但你不要跟别人说，汤姆。当我饿的时候，我就不管那么多了。只要给我东西吃，我什么活都愿意干。"

　　"行，要是白天用不着你的话，你就安心睡觉，我不会来打扰你的。但晚上要是发生什么事情，你就赶紧跑到附近学猫叫，这样就行了。"

## 第二十九章 寡妇幸免于难

汤姆在早期五早晨听到的第一件事情是一个好消息：前天晚上，撒切尔法官全家又回到了镇里。印第安·乔和财宝现在变得不是很重要了，汤姆被贝基彻底迷住了。他们两个见面后，便一起和同学玩捉迷藏、"守沟"等游戏，真是快乐极了。大家在这一天玩得非常愉快，另外，还有一件事情也很让人愉快：贝基缠着她母亲，要她答应第二天去野餐。因为她的母亲很早就答应过她了，但直到现在都还没兑现。贝基的母亲最后妥协了。

孩子们的欢乐是没有穷尽的，汤姆也一样，太阳还没落山，就把请帖送了出去，村里的年轻人立刻忙碌着做准备，兴奋地等着这一刻的来临。汤姆也兴奋得很晚才入睡，他怀着很大的期望等着哈克的猫叫，在第二天野餐的时候，也好拿出财宝来，给贝基和参加野餐的所有人一个惊喜，但结果却并不如汤姆的意，更使他失望的是，那天晚上根本就没有"猫"叫声从窗口传来。

第二天的早晨，撒切尔法官家门口在十点到十一点左右，已经聚集了一群疯疯颠颠、喧闹不休的孩子们，他们全都准备妥当，就等着出发。大人们和往常一样不参加这样的野餐，以免扫了孩子们的兴致。由于有几个二十三岁左右的小伙子和几个十八岁的姑娘参加，因此，孩子们在一起野餐时，是不会有什么事情发生的。他们租了那艘老式的蒸汽渡船，然后，一群欣喜的人便带着盛满食物的篮子排队走上了大街。因为希德生病了，所以他没办法和大家一起联欢，玛丽则留在家里陪他玩。撒切尔夫人在贝基离开时对她说：

"贝基，如果你回来的晚，就到离码头很近的女孩儿家去住。"

"妈妈，那我就去苏珊·哈帕家住。"

"可以，到了别人家后要注意一点，不要淘气啊！"

他们走了，汤姆在路上对贝基说：

"嘿，我说你还是不要去乔·哈帕家，我们直接去爬山好了，然后在道格拉斯寡妇家休息。她有很多冰淇淋，几乎每天都吃，她肯定很乐意让我们去。"

"哦，真是太好了！"

贝基又想了一会儿，说："要是这样的话，我母亲会怎么想呢？"

"我想她是不会发觉的。"

她沉思了一下，极不情愿地说："我看这样不是很好，但……"

"但什么啊！你母亲怎么会知道呢？我看不会有什么事的。她只是希望你平安归来，我向你保证，如果她也想到这个地方，早就让你去了，我想她会的！"

道格拉斯寡妇非常好客，使得孩子们很想去她那里，再加上汤姆的巧言哄劝，事情也就这样定了下来：他们保证不向任何人说起有关晚上的行动计划。突然，汤姆考虑到哈克在今天晚上可能会发出消息。想到这里，他的劲头就消退了很多，更让他难以接受的是，不能去道格拉斯寡妇家中玩。为什么不去呢？他心里嘀咕着。前天晚上还没有什么消息，那今天晚上会有消息吗？现在，财宝的事情还不能确定，但晚上的玩耍可是一定的。所以，汤姆决定先痛痛快快地玩上一场，等以后再抽时间去想关于宝箱的事情。

在离村镇只有三英里的地方，渡船就在树木丛生的山谷口靠岸停下。他们簇拥着上了岸，过了一会儿，在树林中和高崖处到处都荡漾着孩子们的欢笑声，有什么能够让他们疲乏，他们就选择玩什么。最后，那些乱跑的孩子们逐渐回到营地，个个胃口大开，见到好吃的东西就大口吞吃起来。等吃完后，一群人就在橡树荫下歇息，一边谈话，一边恢复体力。突然，有人大喊了一声：

"谁想去洞里玩呢？"

大家都愿意去。于是就拿出了一把蜡烛带着，然后开心地开始爬山。洞口就在山坡上，形状很像一个"A"。巨大的橡木门并没有上门闩，里边有一个小室，透着寒气，周围是天然的石灰岩墙壁，上边的水珠透着亮光。站在这样一个黑暗的地方，然后看着阳光底下绿色的山谷，不仅浪漫，而且神秘。孩子们很快就忘掉了这里的美景，又开始喧闹起来，刚把蜡烛点亮，有些孩子就扑上来抢，接着，一阵英勇的你争我夺自卫反击战就爆发了。过没多久，蜡烛不是被打翻，就是被吹灭，引得大家发出阵阵哄笑。然后，孩子们又开始新的追逐。但任何事都会有结束的一刻，最后，大家逐个沿着主要通道的陡坡朝下走去，那一排烛光把高耸的石壁照得极其模糊，烛光差不多可以照亮头顶上六十英尺、两壁接连的地方。这条主要的通道有八到十英尺那么宽，两旁每隔几步就会有高耸而又狭窄的通口叉出去。由于麦克道格拉斯山洞是个通道交错的大迷宫，所以人们并不清楚究竟会通往什么地方。据说，一个人在这错综复杂的裂口和崖缝中一连走上几个昼夜，都不会找到山洞的尽头；当然，你尽可以继续走下去，往深处里去，这样，大迷宫套小迷宫，永远走不到尽头。没有谁能真正了解这个山洞。要把它搞清楚是不可能的。大多数的年轻人都明白这一点，所以一般没人敢再朝里边多走一点，汤姆·索亚和其他人一样，也仅仅知道个皮毛罢了。

孩子们沿着主通道走了大约四分之三英里的路程后，便三三两两聚集在一起钻进了叉道，他们奔跑在阴暗的长廊里，经常在拐弯时相互偷袭。小队的人可以相互躲避，他们在半个小时内是不会迷路的。

到了后来，一组组的人喘着粗气凌散地回到洞口，脸上充满了欢喜的神情，身上到处是蜡烛油和泥土，此刻，他们依然还沉浸在愉快之中。忽然，他们惊讶地发现自己只顾着玩，却没注意到时间的流逝，天已经快要黑了。时钟"当、当、当"地敲了半个多小时，就这样，浪漫的探险活动结束了，大家都觉得十分满意。当渡

船载着兴奋、激动的游客起锚时，除了船老大之外，没有一个人觉得他们这样做是浪费时间。

当渡船的灯光闪耀着从码头边经过时，哈克已经开始守夜了。他没听到船上发出什么声音，那群年轻人现在也是一片静默，好像已经很疲倦了。哈克不清楚这是艘什么船，后来，他也没再想关于船的事情，仍然很仔细地守夜。晚上天空涌起了云，天色也越来越暗，车辆的声音在十点就停止了，周围的灯火也开始熄灭，路上的行人逐渐稀少，整个村镇的人们都进入了甜美的梦乡，只有哈克只身一人空守着寂寞。

客栈在十一点钟也熄了灯，此时此刻，周围一片漆黑，什么也看不清楚。哈克等了很久很久，直到疲倦了还没什么动静，他开始有些不耐烦了。心想，守在这里有什么用呢？真的有用吗？倒不如回去睡觉。

突然间，他似乎听到了什么动静。于是赶紧打起精神听，小巷的门被轻轻关上了。哈克连跑带跳来到砖厂拐弯的地方，这个时候，有两个男人从他身边掠过去，其中一个人的腋下挟着一件东西，他认为那就是宝箱！哈克觉得他们肯定是在转移财宝！现在还不能把汤姆叫醒，如果那样做就太傻了，因为那两个人肯定会逃跑的。他们如果跑了，就再也不可能找到他们了。哈克觉得应该盯紧他们两个，跟在他们后面走，依靠夜色来掩护自己。哈克一边在心里估计着，一边赤脚溜了出去，就像猫一样跟在他们后面，距离他俩不远也不近，他认为一直保持着能看见他们的距离就行了。

他们顺着河边的街道走了三个街区之后，又向左转上了十字街，随后就径直往前，来到通向卡第夫山的那条小路。在半山腰经过了韦尔斯曼的老房子后，他们还继续往上爬。好，哈克在心里想着，他们肯定会把宝箱埋藏在石坑里。但哈克却没想到他们走过老石坑，又爬上了山顶，然后就钻进了茂密漆树间的一条小路，很快就消失在一片夜色中。

哈克紧紧跟了上去，他跟他们之间的距离也缩短了，哈克认为那两个人现在肯定不会看到他。他小跑了一阵后，又担心自己可能跑得太快了；随后又放慢了脚步，继续向前走了一段路，就停了下来，因为这时他没听到什么声音，除了自己心跳音外，哈克什么都听不到。猫头鹰的叫声从山那边传来——不祥的声音！哈克听不到一点儿脚步声。上帝，都消失了！

正当哈克准备拔腿去追时，他突然听到有个男人在清嗓子的声音，就在距离他不足四英尺的地方。哈克的心顿时跳到了喉咙，他使劲忍着，站在那里就像打摆子一样不停地发抖，几乎要摔倒在地上。哈克很清楚他在什么地方，他现在距离道格拉斯寡妇家庭院的阶梯口不到五步远。这真是太好了，就让他们在个地方埋藏财宝吧，在这里找是很容易的。

忽然，哈克又听到一个很低的声音传来，他确定是印第安·乔的声音：

"哼，这么晚还亮着灯，她家里可能有人。"

"灯亮着吗？我没看到啊！"

这是那个陌生人的声音——那个在闹鬼房子里的陌生人。哈克的心一阵冰凉，这就是"复仇"了！他这时的念头就是一溜烟地逃掉，可是他突然又想起道格拉斯寡妇不止一次地待他很好，这两个家伙说不定想谋害她呢？他真希望自己有胆量去向她报个信，可是他知道自己不敢那样做，因为那两个家伙可能会把他逮住。这一切都在他脑子里飞逝而过，一切都发生在那陌生人和印第安·乔谈话的间隙。接着乔说：

"树丛挡住了你的视线，往这边看……这下该看见灯光了吧，对不对？"

"是的，看见了。我确实有外人在那里，咱们最好别干了。"

"别干了？那怎么行，再说我就要离开这个国家，一去不回头，如果放弃这次行动，下次连机会都没有了，我再说一遍，以前

已经跟你说过了，我根本不稀罕她那几个小钱，你把钱拿去得了。可是她的丈夫对我太刻薄了，就因为他是治安官，说我是流氓……还不止这些，我说的还不到他对我做的百万分之一多。他让人用马鞭抽我，像打黑人那样，就在监狱的前面抽我，让我在全镇人的面前示众！挨马鞭抽，你懂吗？他死了，倒便宜了他，不过他欠我的，我一定要从他的女人这里要回来！"

"啊，可别杀死她！别那么干！"

"杀人？！谁说过要杀人？要是他在，我真要杀了他，但不是弄死她。想报复女人，用不着要她的命，那太蠢了，你只要毁她的容就行，你扯开她的鼻孔，把耳朵弄个裂口，让她看上去像个猪……"

"天哪，那可是……"

"收起你的高见！这样对你最保险。我把她绑在床上，如果她因流血过多而一命呜呼，那能怪我吗？就是她死了，我也不会落泪的。老兄，这事你得帮我。看在我的面子上，叫你来就是干这个……我一个人也许干不了。你要是缩头不干，我就宰了你，明白吗？即使非宰你不可，我也要治死那个女人！这样一来，我想绝不会有人知道这事是什么人干的。"

"好，该杀就杀吧，这就去干。越快越好，我浑身发抖呢。"

"现在下手？有外人在也不怕？听着，你有点可疑，现在不行。得等里边的灯灭了才能动手，用不着这样急。"

哈克觉得随后会有一阵沉默，这种沉默要比任何口头上说说杀人还要可怕。因此，他屏住呼吸，小心翼翼地往后退。他每退一步，身子就先往一边倾，然后又倾向另一边，有时几乎要栽倒，但是他又小心地站稳脚跟，接着以同样的方式，冒同样的危险再挪另一只脚，就这样左右轮换着往后退……突然，一根小树枝"啪"地一声被踩断！他憋住气，听了听。没听到任何异样的响声，只有绝对的安静。谢天谢地，现在他已经退回到两堵墙似的绿树间的小道

上，转身时非常小心，好像是一艘船在掉头。然后步伐敏捷而又谨慎地往回走去。到了石坑那边，他觉得安全了，拔腿就跑，一路飞奔，一直跑到韦尔斯曼家门口才停下来。他"嘭嘭"地敲门，屋里的老人和他那两个健壮的儿子从窗户里探出头来。

"怎么搞的？是谁在敲门？你想干什么？"

"开门让我进去，快点！我会全告诉你们的。"

"嗯？你是谁？"

"哈克·费恩，快点，让我进去！"

"确实是哈克·费恩，不过，就冲着你这个名字，是不会有很多人家愿意开门的。孩子们，我们快开门让他进来，看看究竟发生了什么麻烦的事情。"

"请别告诉别人说是我讲的，"哈克进门就说，"请您务必保密，否则人家一定会要我的命。那寡妇有时对我很好，我一定要讲出来，也愿意讲出来，您可千万不要对人说是我讲的。"

"哎呀，他确实有事情要讲，否则不会这样的！"老人大声地说，"孩子，说出来吧，这儿没人会讲出去的。"

三分钟后，老人和他的儿子带好武器上了山。他们手里拿着武器，踮着脚进入了绿树成荫的那条小路。哈克跟他们只走到这里就没再往前去。他躲在一块大圆石后面，静静地听着。过了一会儿，哈克都有点等急了，却突然传来枪声和喊声。

哈克不等了解详情，就赶紧跳起来，拼命地冲下山坡。

## 第三十章　汤姆和贝基失踪了

星期天的早上，哈克没等天亮起来就摸着上山去了，他轻轻地敲老韦尔斯曼家的门。里边的人还在睡着，因为晚上那件吓人的事情，大家都变得格外地谨慎，后来，从窗户里传出了一句问话：

"是谁呀？"

哈克有点惊魂未定的低声答道：

"请让我进去吧！是哈克·费恩呀！"

"哦，是你呀，只要你来，白天、黑夜都欢迎你！"

这个流浪儿以前从没听过这样的话，这也是他有生以来听到最令人快乐的话。他想不起来以前有没有人对他说过"欢迎"一词。

门锁很快打开了，他走了进去。主人让哈克坐下，老人和两个高大的孩子很快穿好了衣服。

"喂，好家伙，我想你一定饿极了。太阳一出来早饭就好了，咱们可以吃上一顿热气腾腾的饭，你尽管放心吧！我和孩子们还希望你昨晚到我家来过夜呢。"

"我差点就被吓死了。"哈克说，"我跑了，我一听见枪响就跑了，一口气跑出去有三英里远。您瞧，我回来是想问问情况，趁天没大亮来是怕碰上那两个鬼东西，我就是死也不愿碰上他们。"

"嗯，可怜虫，看上去昨晚的事确实让你受了不少苦。这样吧，这里有张床铺，吃完早饭后，你可以睡上一觉。那两个家伙还没死，真不遂人愿。你瞧，我们照你说的，知道该在什么地方对他们下手，所以我们踮着脚走到离他们只有十五英尺的地方，可是那绿树丛黑得像个地窟一样，而那时我觉得快要打喷嚏，真是倒霉透了！我想憋住，结果还打了个喷嚏！我是端着枪走在前面的，是我惊动了那两个坏蛋，他们"沙沙"地钻出小路往外走，所以我大声喊道，'孩子们，开火！'然后对着沙沙声的地方就放了一阵枪，孩子们也开了枪，但那两个恶棍却溜了，我们穿过树林一直追过去，我想我们根本没打到他们。他们跑的时候也都放了枪，子弹从我们身边"嗖嗖"地飞过去，但没有伤到我们。他们跑远了，我们就没有再追上去，只是下山去叫醒警官。他们调集了一队人马，部署在河岸上，担任守卫工作。等天亮后，警长还亲自带了一帮人到森林里去搜查。我的两个儿子也要跟他们一起去搜查。我很想知道那两个家伙是什么模样，这样搜查起来要好办些。可是孩子，我想昨晚天黑，你也没看清他们长相，对吗？"

"不，我在镇上见过他俩，还跟踪过他们。"

"太好了！孩子，你说一下，把他们的特征说出来！"

"一个是又聋又哑的西班牙老头，我记得他来过这里一两次，另外一个的长相不堪入目，衣服看上去很破烂……"

"好了，孩子。从你这两句话中，就可以断定那两个家伙我们是认识的。有一次，我在寡妇家后面的树林中看过他们，但让他们给溜掉了。孩子们，赶快去告诉警长，等明天早晨再吃早饭吧！"

于是，韦尔斯曼的两个孩子即刻动身出发。哈克在他们走出屋子时跳了起来，他大声地说：

"嘿，你们千万不要对任何人说是我透露的风声！哦，我恳求你们不要说！"

"行，如果你不愿意，我们是不会说的，但你总该让人家清楚你的功劳呀！"

"哦，不，请你们不要说出去！"

两个年轻人走后，韦尔斯曼老人说：

"孩子，他们是不会说出去的，我也不会。不过，为什么你不想让他人知道呢？"

哈克没有其它理由，他只是简单地说他认识其中的一个人，不愿意让那个人知道是他本人在和他作对，要不然他肯定会送掉自己的性命。

老人再次向哈克保证不会透露出去，他说：

　　"孩子，你怎么会跟踪他们两个呢？你是不是觉得他们可疑？"

　　哈克没有吭声，心里却一个劲儿地在精心编造理由，好回答老人向他提出的问题。他说：

　　"您看，我是一个无可救药的坏孩子，大伙就是这样说我的，我也没觉得自己受了什么委屈。有时候，就为了要好好想这个问题，希望自己可以改好些，结果弄得我连觉都睡不好，昨天晚上就是这样。我无法入睡，大约就在午夜的时候，我一个人来到街上，一个劲地想这件事。当走到禁酒客栈附近的那个老砖厂时，我就靠在墙上，但脑子里还是在想这件事。正好，那两个家伙在这个时候悄悄地从我身边溜了过去，我看到他们腋下夹着东西，心想肯定是偷来的。一个家伙正在抽烟，另外一个想接火，他们两个就停在我前面不远处，雪茄烟的火光把他们的脸都照亮了。我就是借着火光认出了那个长白胡子、戴着眼罩的家伙，就是那个又聋又哑的西班牙人，另一个家伙，看上去显得有些迂腐不堪、衣衫破烂。"

　　"孩子，难道雪茄的火光能让你看清楚他衣衫破烂吗？"

　　老人这么一问，倒把哈克给难住了。沉默了一会儿，哈克又说：

　　"嘿，并不是很清楚。但我好像真看清楚了。"

　　"然后，他们就继续朝前走，而你……"

　　"是，我就索性跟在了他们身后。对，就是这样的，我想弄清楚他们想做什么坏事。我看到他们偷偷摸摸的样子，觉得很不对劲，于是，就一直跟到寡妇家院子的阶梯那里。我听到那个穿破烂衣服的人在替寡妇求饶，但那西班牙老头发誓要破她的相，和我告诉您和您那两个……"

　　"什么，难道说这些是那个又聋又哑的西班牙人说的吗？"

　　哈克又犯了一个大错误！他一直不愿意让老人知道一丁点儿关于西班牙人的情况，可是，尽管哈克说话很小心，他还是控制不住自己的舌头。哈克有好几次都想脱离困境，但老人总是盯着他，结果他不由得露出了马脚。后来，老人又对哈克说：

"孩子，你不要怕我。我是绝对不会伤害你的，反而还会保护你。事实上，这个西班牙人不聋也不哑，这是你在不经意间说出来的，你现在也不可能再隐瞒下去了。孩子，我知道你很清楚那个西班牙人的情况。你是想彻底隐瞒起来吗？相信我，孩子，你快对我说吧！我是绝对不会翻脸的。"

哈克看了看老人真诚的双眼，片刻后，他弯过身凑到老人的耳朵边低声说：

"他不是西班牙人，他是印第安·乔啊！"

韦尔斯曼听后，兴奋得就要从椅子上跳起来，他稍微振奋了一下精神说：

"现在事情的原委已经很清楚了。孩子，你当时说撕开鼻子、把耳朵弄个缺口等事情，我还以为是你故意编造的，因为白人复仇是绝对不会这样做的。不过，如果涉及到印第安·乔，那可就是两回事了。"

他们两个吃早饭时接着讨论那事，老人说他和儿子们在上床睡觉前做的第一件事，就是提着灯去阶梯附近看看有血迹没有，结果没看到什么血迹，却找到了一大捆……。

"一捆什么呢？"哈克问。

这几个字好像失控一样从哈克嘴中突然冒出来，他看上去特别惊讶，嘴唇没有一丝血色。哈克把眼睛瞪得圆圆地，半张着口等老人的回答。韦尔斯曼也像受到惊吓一样，眼睛瞪着哈克，过了好久才回答：

"是强盗的做案工具。唉，孩子，你怎么了？"

哈克听到老人这么一说，心态在瞬间就放松了下来，他稍微喘了口气，有一种难以言说的如释重负感，韦尔斯曼严肃地看着哈克，显然他正处于一片疑惑之中，然后继续说道：

"是啊，那是一捆强盗做案的工具。孩子，看上去你好像放心多了。但刚才你的脸色怎么忽然变了呢？你以为我们还找到什么了吗？"

被老人紧紧地逼问，哈克感到有些难以忍受。看着韦尔斯曼疑惑的目光，哈克在心里对自己说，希望可以用自己的所有来换取一个足以站住脚的答复。但他就是想不到任何办法。后来，哈克经过仔细斟酌，终于想出了一个理由：

"我还以为是主日学校用的教材呢。"

可怜的哈克，脸上显示出一副极其难过的神情，他静静地保持着沉默，但老人却哈哈大笑起来，以至于全身抖个不停。然后接着说：

"可怜的孩子，你脸色发白，怪不得站不稳呢。但我想会好起来的，你只要稍微休息一下，好好睡一觉，我看就没什么事了。"

哈克想到自己居然很笨，激动得差一点露出马脚，不免有些懊恼。自他在寡妇家的阶梯处听到那两个家伙说话后，就不再认为从客栈中拿出来的包裹里有财宝。不过这只是他的猜想，所以在老人提及一捆东西时，他就沉不住气了。不管怎么说，他还是挺高兴的，至少他现在知道"这捆"毫无疑问不是他要的"那捆"，这下他心里十分高兴、舒服极了。实际情况也都在朝他希望的方向发展。那财宝一定还在二号，那两个家伙当天会被捉住，关到牢里去，而他和汤姆晚上会不费吹灰之力，就弄到那些金子，根本用不着担心会有人来打扰。

刚吃完早饭，就有人来敲门。哈克立即跳起来找藏身的地方，他不想让任何人把他和最近发生的事情联系在一起。韦尔斯曼让几个女士和绅士进了门，道格拉斯寡妇也来了。老人还看见有一群人正在往山上爬，以便看清楚那阶梯，原来人们已经知道这件事了。

老人只好把晚上发生过的情况向在座的人讲了一遍。因免遭迫害，寡妇也痛痛快快地把她的感激之情说了出来。"夫人，别提这事了，还有一个人比我和孩子们做得更多、更值得你感谢。不过他有言在先，不让我说出他的名字，要不是他，我们不会到你那里去。"

大家的好奇心一下子转到了这方面，但老人守口如瓶，只让大家牢牢地记住这事，再由他们传遍全镇。寡妇知道了一切后说：

"那时我已上床睡觉，所以外面吵吵闹闹我却没听到。你们怎么不来把我叫醒？"

"我们觉得没那必要，那些家伙不可能再回来，因为他们没了做案工具。叫醒你，把你吓个半死又何必呢？后来我派了三个家奴守着你的房子，一直守到天亮。他们刚刚回来。"来的人越来越多了，老人一遍又一遍地对大家讲述晚上发生的事情，花了有两个多小时才算结束。

学校放假，主日学校也不上课，可是去教堂的人却很早就到了。那桩惊人的事件已经是满城风雨了。有消息说，那两个坏蛋现在连影子都见不着。做完布道，法官撒切尔的夫人同哈帕夫人一道随着人群顺着过道往外走，边走边说：

"我那贝基难道要睡一整天不成？我想她肯定累得要命。"

"你的贝基？"

"对呀，"法官太太看上去很吃惊，"昨晚她不是和你住在一起的吗？"

"和我住的？不，没有。"

撒切尔太太顿时脸色发白，瘫坐在一把椅子上。这时玻莉姨妈正愉快地边走边和朋友聊着从她身旁走过。

玻莉姨妈说：

"早安，撒切尔太太，早安，哈帕太太，我家那个鬼小子人不见了。我想我那个汤姆昨晚住在你们家中……不知是在你们哪一家。他现在不敢来教堂做礼拜。我得和他算账。"

"他没在我们这儿住过。"哈帕夫人说着，看上去显得有些不

安，玻莉姨妈脸上明显地露出了焦虑的神色。

"乔·哈帕，你早上有看到我家汤姆了吗？"

"没有，大婶。"

"你最后见他是什么时候？"

乔竭力在想，可说不准。往教堂外走的人现在都停下了脚步。人们都在窃窃私语，脸上露出不祥的神情。大人们迫不及待地询问孩子和老师，但他们都不敢肯定汤姆和贝基是否上了回程的船；当时天黑，没人想到问一问人是否全到齐了。有个年轻人突然说他们仍在山洞里，撒切尔夫人当即晕了过去，玻莉姨妈也捶胸顿足地放声大哭。

这个惊人的消息一传十、十传百，很快就家喻户晓了，不到五分钟的工夫，大钟就疯了似的"当、当、当"直响，全镇的人都行动了起来。卡第夫山事件随即显得没有多大意义，盗贼的事也摆到一边去。大家套上马鞍，给小船配好划手，叫渡船出发，不到半个时辰，全镇就有二百多个人潮水般顺着公路和河流向山洞涌去。

那天下午，林子里好像什么也没有，一片沉寂。许多妇女去看玻莉姨妈和撒切尔夫人，想安慰她俩，结果大家一齐骂个不停，这要比安慰人的话更有用。这一夜，全镇显得十分沉闷，大家都在等消息；但当黎明最后来临时，所有的消息都是一句话："再送些蜡烛去，也再送些吃的。"

撒切尔夫人几乎神经失常，玻莉姨妈也是。撒切尔法官从洞中派人传来令人鼓舞的好消息，可是这一点也不能引起大家的兴致。天快亮时，老韦尔斯曼回了家，他身上滴满蜡烛油、蹭满泥土、累得筋疲力竭。他看见哈克仍睡在那张床上，头发烧得昏了过去。此时医生们都去了山洞，因此由道格拉斯寡妇来负责照看他。她说她对他一定会尽全力，哈克是好孩子还是坏孩子，或者不好不坏，那是另一回事，但他属于上帝，上帝的任何东西都应该受到重视。韦尔斯曼说哈克有优点，寡妇说：

"的确如此，那就是上帝给他留下的记号，上帝从没有放弃给人留下良好的记号，凡经他手的人，都有良好记号。"

还没到下午，三三两两的人拖着疲惫的身体回到林里，那些身强力壮的人还在山洞里搜索。传来的消息只是说，以前山洞里没人去过的地方，现在大家都在搜，就连一个角落、一处裂隙都要彻底地搜过一遍，人们在错综复杂的迷宫中钻来钻去，老远就能看见摇曳的灯光，喊声、枪声回荡在阴森恐怖的通道里。有个地方，一般游客很少去，人们发现贝基和汤姆的名字用蜡烛烟熏在石壁上，不远处还有一截油乎乎的发带，撒切尔夫人认出这是贝基的东西，顿时痛哭流涕。她说这是她女儿留给她的最后一点遗物，再也没有什么别的比这更宝贵，因为当那可怕的死亡降临时，这件东西最后离开了她的孩子。有人说洞里远处的地方不时有微光闪动，于是就大声叫喊，接着一二十个男人排着队钻进声音荡漾的通道里，结果还是空欢喜一场，孩子并不在那里，亮光原来是来自搜寻人的灯光。

漫长的三天三夜过去了，令人焦虑，也令人乏味，全镇都陷入了绝望、茫然不知所措的境地。没有心情再做别的事，就连碰巧发现禁酒客栈老板私自藏酒这样令人震惊的事情，人们也失去了谈论的兴趣。哈克清醒的时候，断断续续地把话题扯到客栈上，最后问起他发病期间，在禁酒客栈里是否找到了什么？他心里隐约觉得会有最坏的事情发生。

"没错，是找到了点东西。"寡妇说。

哈克一下子从床上吃惊地坐起来，眼睛睁得圆溜溜地。

"是什么？找到了什么东西？"

"是酒啊！现在客栈被查封了。躺下来，孩子，你确实吓了我一大跳呀！"

"就告诉我一桩事……就一桩事，求您了！那是汤姆·索亚发现的吗？"

寡妇突然哭了起来。"安静点，安静点，孩子，安静点！我早

就跟你说过了，不要讲话，你现在病得很厉害，很虚弱！"

　　除了酒之外，没发现别的东西。如果找到的是黄金的话，大家准会大谈特谈。从现在的情况来看，那财宝是永远找不到了！可是她为什么会哭呢？她居然哭，真是不可思议。哈克迷迷糊糊地想着这些问题，感到十分疲倦，最后就睡着了。寡妇自言自语道：

　　"唉，他终于睡了，可怜的孩子。是汤姆·索亚找到的！可是遗憾的是，没人能找到汤姆·索亚！更糟的是，没有几个人还抱持希望或有力气去继续寻找他。"

## 第三十一章　发现印第安·乔

现在再回过头来说说汤姆和贝基参加野餐的情况。他们跟伙伴们一起穿行在黑暗的通道里，游览那些已经比较熟悉的洞中奇观——人们给它们起了些过于夸张的名子，诸如什么"客厅"、"大教堂"、"阿拉丁宫殿"，等等。在这之后，他们开始玩捉迷藏游戏，玩得极其投入，一直玩到有点厌烦了为止；然后他俩高举蜡烛，顺着一条弯曲的小路往前逛，边走边念着用蜡烛烟油刻写在石壁上面的名字、年月、通讯地址和格言之类的东西。他俩仍然边走边谈着，不知不觉地来到了另一个山洞。这里的墙上没有刻写字迹。于是在一块突出的岩石上面，他俩熏上自己的名字，然后继续往前走。

不久，他们来到一个地方，那里有股溪流从突出的岩层上流下来，水里有石灰石沉渣，经年累月形成了瀑布一般的景观。它四周好像嵌着边，起伏不平，水中的石头晶莹闪亮，永不消失。汤姆挤到后边，好让贝基借着他的灯光看个够。他发现后面狭缝中有条陡峭的天然台阶，汤姆一时心血来潮，想继续探险。贝基听他的，于是两人熏了个记号，作为以后的引路标志，就开始了探险。他俩一下这边走、一下那边走，就这样蜿蜒着进入了以前没有人到过的深处，做了个记号后，他们又沿着叉道走下去，以便出去后有新鲜事可以跟别人说。

在一个地方，他们发现了一个宽敞的石窟，上面垂下来一些人腿大小的钟乳石，他们在里面转了一圈，惊叹不已，然后从其中的一个出口离开。不久，他们就到了一个美妙的泉水旁，在水底下，石头像雪花般玲珑剔透，泉水位于石窟中间，四周的石壁全由形状奇特的柱子撑着，这些石柱是大钟乳石和大石笋相连而构成的，是千万年来水滴不息的结果。石窟上聚集着成群结队的蝙蝠，每一群都有成千上万只。灯光一照，数以千计的蝙蝠飞下来，尖叫着向蜡

烛猛扑过去。汤姆知道他们的习惯和危险性，便拉着贝基钻到最近的一个通道里。这一招做得真好，因为贝基往外走时，手里的蜡烛正巧被一只蝙蝠给扑灭了。蝙蝠把他俩追出老远的一段距离。两个逃亡者只要看到通道就往里钻，最后终于摆脱了险境，把蝙蝠群抛在后面。不久，汤姆发现了地下湖，它渐渐地伸展，最后消失在黑暗中，汤姆打算沿着湖岸去探个究竟，但转而一想，还是觉得应该先坐下来歇一会儿。这时，两个孩子平生第一次感到这寂静的山洞里好像有冰冷的魔掌攫取了他俩的灵魂。贝基说：

"对了，我倒没留意。不过好像有很长时间都没听到别的同伴的声音了。"

"想想看，贝基，我们现在离他们很远，钻到洞下面来了。我也不知道向北还是向南、向东，或是什么方向跑了多远，我们在这个地方听不见他们。"

贝基开始担心起来。

"我不知道我们待在这里有多久了？汤姆，我们还是回去吧！"

"对，我也是这样想的，也许还是回去的好。"

"你认识路吗，汤姆？这里弯弯曲曲，乱七八糟的。"

"我想我能认识路，可是那些蝙蝠很讨厌。要是他们把我俩的蜡烛扑灭，那就更糟了。我们不妨从别的路走，避开那个地方。"

"行是行，不过千万别再迷了路！"小姑娘一想到前途未卜，就不禁打了个寒战。

他们钻进一条长廊，不声不响地走了老远，边走边看新出口，看看跟进来时是否一样。可是没一个出口是原来的。汤姆每次认真查看新洞口，贝基就望着他的脸，看是否有希望的表情，汤姆则愉快地说：

"噢，没什么大不了的，这不是的，不过我们会找到出口。"

可是一次又一次的失败，使汤姆感到希望越来越渺茫，随后他

干脆见到出口就钻，希望能找到来时的那个出口。嘴上虽然仍说着"没什么大不了的"，心情却十分沉重，连说出来的话都失去了响声，听上去好像是"没救了！"贝基极度痛苦地紧跟在汤姆身旁，竭力想止住眼泪，但眼泪还是流了出来。她终于说：

"对了，汤姆，别管那些蝙蝠了，还我们还回到那条路上去！看样子，我们越走越不对劲。"

汤姆停住了脚步。

"听！"他说。

周围万籁俱寂，静得连他们的喘息声都能听见，汤姆放开喉咙大叫。叫声回荡在通道里，渐渐远去，直至最后隐约听上去像是阵阵笑声，逐渐消失在通道深处。

"喂，汤姆，别喊了，听起来怪吓人的。"贝基说。

"是吓人，但我最好还是喊，贝基，说不准他们能听见我们。"说完他又大喊起来。"说不准"三个字比那阵阵笑声更可怕，它表明希望正在消失，两个孩子静静地站在那里听着，可是什么也没听见。汤姆立即按原路返回，步伐很快。但没多久，他就表现出举棋不定的样子。贝基感到十分害怕，汤姆居然连往回走的路也找不着了。

"嘿，汤姆，你不做记号啊？"

"哦，贝基，我真是笨死了！我压根儿就没想到还会照原路返回！我们现在迷路了。真是糟糕透了。"

"汤姆，找不着路了！我想我们别想走出这个鬼地方了！真是的，我们当时为什么不和其他伙伴一块走呢！"

贝基说完后，立即瘫在地上哭了起来，这下可把汤姆吓坏了，他想贝基要不就快死了，要不就是快发疯了。他坐在旁边紧紧地搂着贝基。她也紧紧地靠着汤姆，把脸贴在他的怀里，诉说着她满脑子的恐惧，贝基已经来不及后悔了，她的声音传到远处似乎就变成了嘲笑声，回旋在通道里。汤姆让她振作起精神，但贝基说不能。

因此，汤姆就开始自责，他怨恨自己不该把贝基带到这里。汤姆这一骂倒见了效果。贝基说要充满希望，只要汤姆别再说这样的话，她情愿和汤姆一起闯过难关。

于是，汤姆和贝基又开始朝前走，没有明确方向的胡乱走。事实上，他们两个现在能做的也只能往前走，不停地往前走。没过多久，希望又渐渐复苏了。它没什么理由，非常简单，仅仅是因为希望的源泉在时间和失败还没有消退时就已经自然地复苏了。

过了一会儿，汤姆就把贝基的蜡烛拿来熄灭，这种节约是有着某种意义的，也无须多说什么，贝基很清楚其中的用意，她又失去希望了。她很清楚汤姆口袋里还有一根完整的蜡烛和几个蜡烛头，可是对汤姆而言，他现在必须节约着用。

不久，倦意又涌上了心头，但他们两个尽力不去想，因为对他们来说，时间就是宝贵的生命。他们都不敢坐下来休息，因为他们觉得只要是朝前走，朝一个方向或者不管是往哪边走，都算是靠近了希望，这样一来，也许会有好的结果；绝对不能坐下来，因为那只是坐以待毙，死神会降临得更快。

再到后来，贝基柔弱的四肢再也无法支撑下去，她一步都挪不动了。贝基坐在地上，汤姆也坐下来陪着她一块歇息。他们两个人谈到家、朋友以及家里舒服的床，特别是那耀眼的灯光！贝基说着说着就哭了起来，汤姆想另外换一个话题来哄劝她，但她已经听到他这样鼓励很多次了，现在，她认为这些鼓励的话听起来反而像是在挖苦她。贝基已经非常疲乏，有些昏昏欲睡，汤姆看到贝基这样，反而高兴了起来，他就坐在那里死盯着贝基看，只见她正在美好的睡梦中，脸上的表情渐渐变得舒展多了，笑容也慢慢呈现出来。那平静的脸庞也给汤姆的心灵带来了一些安慰。因此，他的思绪便转向过去的日子和梦一般绚丽的回忆，在汤姆陷进沉思中时，贝基却在一阵爽朗的笑声中醒来，但她突然停止了笑，然后就是一片呻吟声。

"嘿，我怎么就睡了呢？如果能一觉睡过去该有多美啊！哦，汤姆，我不是这样想的！你别这样看！我不说了。"

"贝基，你还能睡一觉，真好；休息好了，我们就能找到出去的路。"

"汤姆，我们可以尝试一下。我梦到了一个很美丽的国家，我觉得我们肯定是在去那儿的路上。"

"不一定的，贝基，你振作起精神来！我们再去试一下。"

汤姆和贝基站起身子，牵着手朝前面的方向走去，但他们的心里也没有底。汤姆和贝基想估算出待在洞里有多长时间了，他们觉得好像已经过了很多天，但这是不可能的，因为蜡烛还没有用完。汤姆说他们必须要轻轻地走，也好听听哪儿有滴水的声音。他们必须要找到有泉水的地方。没过多久，汤姆和贝基果真找到了一处泉水，汤姆对贝基说这下可以歇息了。他们两个已经很累了，但贝基觉得自己还能多走一会儿。可汤姆不同意继续走，这让贝基感到很惊讶，难以理解。他们两个坐了下来，然后，汤姆用黏土把蜡烛粘在前面的石壁上。他们两个千思万虑，谁也没再说话。过了很久，贝基先说：

"汤姆，我现在非常饿！"

汤姆就从他口袋里掏出了一点东西来。

"贝基，你还记得这个吗？"他问贝基。

贝基差点没笑出声来。

"是我们两个的结婚喜糕啊，汤姆。"

"对，现在就剩下这点东西了，要是他和桶子一样大就好了。"

"这还是我在野餐的时候留下的，以便做个纪念，汤姆，大人们的结婚喜糕不都是这样的吗？但是，这将是我们两个的……"

贝基的话还没说完，汤姆就开始动手分喜糕。贝基大口地吃着，汤姆则是一点一点地吃着他的那份。两人最后又饱饱地喝了一肚子凉水，这顿"宴席"就这样结束了。这个时候，贝基又提议说

继续向前走。可是汤姆却沉默了一段时间，然后告诉贝基说：

"贝基，要是我说了的话，你能接受吗？"

贝基的脸色顿时失去血色，但她认为自己能接受。

"贝基，我们就待在这里吧，这里还有水喝，况且我们的蜡烛也只剩下这么一小截了！"

贝基顿时放声大哭了起来，汤姆竭尽全力来安慰她，但根本就没用。后来，贝基对汤姆说：

"哦，汤姆……"

"贝基，我在这里，你想说什么呢？"

"他们会想到我和你的，肯定会来找我们的！"

"说的是，他们肯定会找我们的！"

"汤姆，说不定他们正在找呢。"

"当然喽，我想他们也许正在找，我希望如此。"

"也不知道他们什么时候会发觉我们不和他们在一起了？"

"应该会在上船回去的时候吧。"

"哦，汤姆，那时候天就黑了，他们会注意到我们吗？"

"谁知道呢？但我确信他们回到家里以后，你妈妈没看到你，这时，他们肯定就会想起你。"

这时，贝基的脸上露出了害怕的表情，汤姆这才意识到自己犯了一个很大的错误。贝基在之前说好那天晚上不回家的。这下，他们不再说什么了，只是埋头思考着，一阵悲痛突然涌上贝基的心头，汤姆发觉他所想的事情和贝基的一样，就是撒切尔夫人在星期天发现贝基不在哈帕夫人家时，已经是中午的时候。汤姆和贝基的眼睛死死盯着那一小截蜡烛头，看着它慢慢地烧掉，最后只剩下半英寸长的一个烛心，那柔弱的烛光一会儿高、一会儿低的，顺着细长的烟柱向上爬，当到了顶部的时候，就徘徊一段时间，紧接着，让人畏惧的黑暗覆盖了一切。

也不清楚过了多长时间，贝基才逐渐意识到她正趴在汤姆的怀

里痛哭不已。汤姆和贝基觉得像过了很长一段时间似的，他们从昏睡中醒来，还是一筹莫展。汤姆认为现在要不是星期天，就是星期一了。他尽力地想让贝基也说话，但贝基特别痛苦，已经彻底绝望了。汤姆说他们其实很早就走散了，人们肯定正在找他们两个，汤姆认为人们听到他的叫喊声就会来找他们。于是，他就叫了几声，但回声在黑暗中听起来非常恐怖，汤姆也就只好停了下来，不敢再叫喊了。

时间渐渐地流逝。此刻，他们又觉得非常饿了，汤姆拿出他先前那份留下来的一小块喜糕，然后分给贝基吃，但他们越吃就越感到饿得难以忍受。那块小喜糕反倒引起了他们的食欲。

不久，汤姆对贝基说：

"嘿，你听见了吗，贝基？"

从远处传来了一阵模糊的喊叫声，他们两个屏住了呼吸静静地听。然后，汤姆立即应答起来，接着拉起贝基的手，顺着声音传来的方向走去，摸索着进了通道里。这时，声音又传了过来，这次明显地很近了。

"哦，贝基，就是他们！"汤姆说，"贝基，我们现在有救了……"

汤姆和贝基兴奋得差点疯了。但由于脚下不时就会碰到很多石头和坑，所以他们走得非常慢，必须小心点才行。汤姆和贝基说着就碰到了一个坑，于是，他们停下脚步。那坑大约有三英尺深，也可能是一百英尺，反正是无法跨过去的。然后，汤姆趴在地上，尽量伸出手去摸，但根本就摸不到坑的底部。他们还是必须待在这里，等待着救他们的人来。原本就很遥远的喊叫声，他们现在听起来就更远了，过了一段时间，连一点声音都听不到了。简直倒霉透了！就算汤姆喊得嗓子都破了也没有丝毫的用处。他满怀希望地和贝基谈论着，但过了一段让人焦急的时间后，就再也听不到喊叫声了。汤姆和贝基只好摸索着重新回到了泉水旁。眼看着时间一点儿

一点儿地过去了。他们又睡了一觉，但醒来后却发现肚皮饿得咕咕直叫，痛苦不堪，汤姆确信今天肯定是星期二。

突然，汤姆想到了一个办法。泉水不远处有很多叉路口，与其在这里焦急地等着，倒不如去闯几条试试。汤姆从口袋里掏出一根风筝线，然后把它系在了一块突起的石头上，就和贝基上了路。汤姆一边往里走，一边放线。约莫走出二十步远，通道往下就到了尽头。然后，汤姆跪了下来用手摸，摸到了拐角处之后，又尽量往左边摸。正在这时，在不到二十码的地方，有只手拿着蜡烛从石头后面出来了。汤姆大喊了一声，那只手的主人印第安·乔的身体立即就露了出来。这下可把汤姆给吓呆了，他动都不敢动一下。紧接着就见印第安·乔拔腿就跑，很快就消失得无影无踪了，真是太走运了。汤姆想，幸亏乔没听出他是谁，要不然肯定会过来杀了他，以报他在法庭上的作证之仇。山洞里的回音让人难以辨别出谁是谁。因此，乔没能认出汤姆来。而汤姆被吓得差点就瘫痪，浑身没有一点儿力气。他对自己说，要是他还有力气的话，肯定就会回到泉水边，不管怎么样，宁愿都待在那里，再也不去冒险，要是再碰到印第安·乔，他就完了。汤姆非常谨慎，他不愿意告诉贝基说自己看到了印第安·乔。他告诉贝基说，他大喊一声，仅仅是为了碰点好运气。

但从长远的角度来看，害怕是不重要的，最重要的问题是饥饿跟乏累。汤姆和贝基在泉水旁又无奈地度过了一个漫长而乏味的夜晚，不过，这也给他们两个带来了转机。汤姆和贝基醒来后，饥饿难当。汤姆确信日子要不是到了星期三或是星期四，就是到了星期五或是星期六，这都很有可能，大伙现在肯定不再寻找他和贝基了，汤姆提议说重新找一条出路。他现在认为就算是碰到印第安·乔和其它危险，也没有什么可怕的。关键是贝基现在身体非常虚弱，她已经陷入了麻木的状态，她根本就振作不起精神来。贝基说她就待在原地不动，等待着死神的降临。她对汤姆说，要是他愿

意的话，他尽可以自己顺着风筝线找出路，但他必须不时地回来和她说话，贝基还让汤姆保证在最后的时刻降临时，汤姆务必要守护在她的身旁，一直紧握着她的手，直到死去。

汤姆吻了一下贝基，他的喉咙里有种哽咽的感觉，但他在表面上还是佯装出一副满怀信心的样子，汤姆确信人们肯定会来救他们出洞。随后，他就拿着风筝线爬进了一个通道。饥饿让汤姆有些沮丧，但死亡更让汤姆感到无比的痛苦。

## 第三十二章  安全归来

　　一直挨到星期二下午的黄昏时刻，圣彼得堡全镇依然沉浸在一片哀痛之中，走失的汤姆和贝基仍然没有任何消息。人们为他们两个公开举行了祈祷仪式。也有很多人私自为他们两个进行祈祷，每个人都诚心诚意，期盼着他们两个能够早日回到家中，但洞中传来的消息始终跟往常一样。寻找他们的大多数人都回家干各自的活儿去了，很显然的，他们觉得汤姆和贝基不可能被找到了。

　　撒切尔夫人病得很重，她发烧时一直在呓语，不断呼唤着贝基的名字，有时候，头抬起后整整一分钟都想听着贝基回来的声音，最后，又无奈地呻吟着扑倒在床上。大家看到后心都碎了。玻莉姨妈一直被愁云笼罩着，她的头发现在差不多都变白了。夜晚降临的时候，整个小镇就在一片哀悼和绝望的气氛中沉静了下来。

　　忽然，镇里的钟在半夜时分全都"当、当、当"地响了起来，声音非常大。街道上顿时挤满了人，人们都来不及穿好衣服就站在那里大声嚷叫着："大家快起来，找到他们了！找到他们了！"紧接着，铁盆和号角的喧嚣声也响了起来。人们聚集在一起，朝河那边走去，去迎接汤姆和贝基。他们两个就坐在一辆敞篷的马车上，四周的人前呼后拥，再加上迎候的人群，大家浩浩荡荡地涌上了街头，欢呼声不时地响起。

　　这下，镇子里的灯火全都亮了起来，没有一个人还想回家睡觉，因为这是他们度过的一个最壮观的夜晚。在刚开始的半小时内，镇民们挨个来到撒切尔法官家里，他们抱起汤姆和贝基就亲吻，使劲地握着撒切尔太太的手，他们想说些什么，可又说不出来。最后，他们就拥了出去，泪水洒得满地都是。

　　玻莉姨妈非常高兴。撒切尔夫人也高兴万分，等派往洞里报告消息的人告诉了她的丈夫，他也会很高兴的。汤姆在沙发上躺着，身旁一群热心的听众耐心地听他讲述这次历险的故事，汤姆偶尔会

添油加醋大肆地渲染一番。最后他跟大家说了他是怎样离开贝基独自一人去探险的事情；如何顺着两个通道一直走到风筝线够不到的地方；接着又是如何顺着第三个通道朝前走，把风筝线都放开，当他正准备要返回的时候，忽然看到远处有个小亮点，看上去就像是日光，因此，他就丢下绳子，朝小亮点处摸索过去，他把头和肩膀都伸出了小洞，然后就看到了那宽阔的密西西比河缓缓流淌而过。如果当时是晚上，他就不会看到亮光，也就不可能走出这条通道。汤姆还跟他们说他是怎样回去把这个好消息对贝基说的，但贝基听到后，说不准汤姆拿这种玩笑来烦她，因为她已经很累了。她很清楚她已经活不长久了，不过，贝基说她也愿意死去。汤姆还说他是如何费尽口舌去说服贝基，等她摸索到可以看见蓝色天光的地方，贝基高兴极了；汤姆还对大家说他是如何挤到洞外，接着如何把贝基也拉出洞的，他们两个坐在那儿，是怀着怎样的心情高兴得大喊大叫；然后有几个人又是怎样乘小艇经过，汤姆呼唤他们，并给他们讲明自己的处境。他们起初不相信汤姆和贝基会遭遇到如此荒唐的事，因为那几个人告诉汤姆说，他们两个待的山洞其实就在河下游五英里的地方。那几个人后来把汤姆和贝基带到小艇上，划到了一座房子附近，然后让他们两个吃晚饭，天黑以后又休息了两三个小时，才把他们两个带回家。

送信的人在天亮之前照着撒切尔法官一行人留下的麻绳记号找到了他们，然后告诉了他们这个好消息。

汤姆和贝基很快就明白了，因为在洞中待了三天三夜，又累又饿，身体还不能马上恢复过来。整个星期三和星期四，汤姆和贝基都卧床不起，而且似乎越睡越困，越休息越没力气。星期四的时候，汤姆稍稍活动了一下筋骨，到了星期五，他就去镇上了，星期六的时候，他几乎完全恢复了，但贝基一直等到了星期天才可以走出家门，她看上去非常消瘦，就像得了一场大病一样。

汤姆听说哈克也病了，因此在星期五就去探望了他，但人家不

允许他进卧室，在星期六和星期天也没让他进去。后来，他每天都能进去，却不允许他提起历险的事情，或者是谈什么让人兴奋的话题。道格拉斯寡妇就在卧室里待着监督汤姆，以防他胡乱讲话。汤姆在家里听到了卡第夫山事件，后来还知道了人们在渡口附近的河里发现了那个"衣衫褴褛"的人的尸体，他可能是想逃跑，但他的运气可能不好，被水给淹死了。

　　汤姆从洞中获救后大概过了两周，他又去看哈克，哈克这时看上去比以前结实多了，也不怕激动了。汤姆认为他说的有些话，哈克可能会很感兴趣。汤姆路过撒切尔法官的家时，也去看了贝基，法官和几个朋友允许汤姆开口说话，有个人半开玩笑地问汤姆，是否还愿意旧洞重游？汤姆听到后说，再去也没什么大不了的。法官就说：

　　"是啊，汤姆，有你这样的人我根本就不觉得奇怪。但我们现在小心谨慎了，再也不会有人在洞里迷失了。"

　　"怎么回事呢？"

　　"哦，我两周前已经用锅炉铁板把洞门钉上了一层，又上了三道锁，钥匙我拿着。"

　　汤姆听到后，脸色一下子刷白。

　　"你怎么啦？汤姆，喂，快倒杯水过来！"

　　然后就有人取来水泼在了汤姆的脸上。

　　"哦，没事了。汤姆，你究竟是怎么了？"

　　"对了，法官大人，印第安·乔还在洞里啊！"

## 第三十三章　罪有应得

消息在几分钟内就传开了，十几只小艇装满了人朝麦克道格拉斯山洞划去，渡船也满载着乘客随后去了。汤姆和撒切尔法官是乘着同一条小艇去的。

打开洞口的锁后，人们在暗淡的光线下看见了一幅凄惨的景象。印第安·乔躺在地上，四肢伸得直直的，死掉了。他的脸距离门缝非常近，看上去，他在死之前的最后一刻，企求的眼神仍死死盯着外面的亮光和充满自由的欢乐世界。汤姆亲身在洞中待过，因此，他非常清楚印第安·乔当时的痛苦。汤姆似乎动了恻隐之心，但不管怎么说，他现在感到非常快慰和安全，这一点他以前是从来没有体会过的。从他证明那个流浪汉的罪行之后，汤姆的心头就一直被一种沉重的恐惧感死死纠缠着。

印第安·乔的那把猎刀还在他的身边，刀刃已经裂成了两半。他死前肯定是拼命用刀砍过门下面的大横木，并在上面穿了一个口子，但这没有丝毫的用处，由于外面的石头天然地形成了一个门框，用刀去砍如此坚固的门框，根本就起不了什么作用，刀反倒被砍得不成样子了。不过，就算没有石头，印第安·乔也是白费力气，他可以把大横木砍断，但他不可能从门的下面钻出来，这一点，他自己也很清楚。他砍大横木，也仅仅是想找点事做，好打发让他厌烦的时光。人们在往常都能够找到几截游客们插在缝隙间的蜡烛头，但这一次一截也没有找到，因为印第安·乔把所有的蜡烛头都找出来吃掉了。他还想办法捉到几只蝙蝠，除了爪子，其它的部分他全都吃掉了。但不幸的，印第安·乔最后还是饿死了。

在不远处有一个石笋，已经过了很多年了，石笋是由头顶上的钟乳石滴水形成的。印第安·乔把石笋弄断后，就把一块石头放在石笋墩上，然后凿出一个浅窝来接每隔三分钟才滴下来一滴的水。水滴声听上去就像钟表一样有规律，让人厌烦，印第安·乔要等上

一天一夜才能接满一汤匙水。从金字塔出现起，这水就开始滴了；特洛伊城陷落时；罗马城刚建立时；基督被钉上十字架时；征服者威廉大帝创建英国时；航海家哥伦布出航时；那水就一直不停地在滴着，它现在依旧在滴，等一切随着时间烟消云散，然后被人遗忘，它还是会继续滴下去。

世间万物是否都有目的、肩负着使命？几千年来，这滴水默默地不住流淌，是特意为印第安·乔准备的吗？它是否还有其它什么重要的目的，再继续流一万年呢？不过，这没什么的。在印第安·乔用石头窝接那宝贵的水之前，已经过去很多年了。现在的游客来麦克道格拉斯山洞观光时，会长时间地驻足观看，他们肯定会盯着那块让人痛心的石头和缓缓滴下的水滴，印第安·乔的"杯子"在山洞奇观中非常突出，就连"阿拉丁宫殿"也无法跟它相比。

印第安·乔就被埋在山洞口的附近。镇里、乡下四周七英里地之内的人都乘船或者马车成群结队地来到这里。他们带着孩子，也带来很多食物，都觉得看到埋葬乔和看他被绞死是一样的开心。

这件事过后，人们就不再向州长提赦免印第安·乔的事了。很多人都在请愿书上签了名，并开过很多一把鼻涕一把泪的会议，挑选了一群软心肠的妇女组成了请愿团，她们穿着丧服去州长那里哭诉，恳求他能大发慈悲，不要管自己的职责要求。听说印第安·乔手里有五条人命案，但这又能怎么样呢？他就算是魔鬼撒旦，也还会有一帮的糊涂人甘愿在请愿书上画押、签字，他们的眼睛里还会滴出泪水洒在请愿书上。

汤姆在埋了乔之后的那天早上，就把哈克叫到一个没有人的地方，跟哈克说一件很重要的事情。哈克从韦尔斯曼和道格拉斯寡妇那里知道了汤姆历险的事情。但汤姆说，他认为他们有一件事没跟哈克讲，这也就是他现在要讲的。哈克的脸色显得极其阴沉，他说：

"我知道，你肯定进了二号，除了威士忌之外，你没找到任何东西。尽管没人说是你干的，但我听到威士忌那桩事，我就确定是你干的，你还没有搞到钱，否则的话，你早就跟我人说了。汤姆，我总是觉得我们不会得到那份财宝。"

"嘿，我说哈克，我一直都没告诉客栈老板，我星期六去野餐的时候，客栈不是还好好的吗？这你是很清楚的。难道你忘了吗，你那天晚上该去守夜的。"

"哦，对了！我怎么感觉就像是一年前的事了。我就是在那天晚上跟踪印第安·乔的，我一直跟到寡妇家。"

"哦，原来是你跟在他后面啊！"

"是的，就是我，你可千万别说出去。我觉得印第安·乔肯定还有朋友，我可不想让他们来找我的麻烦，要不是我的话，我敢保证他这次已经到德克萨斯州了。"

就这样，哈克将他的全部经历对汤姆说了。

汤姆在这之前还只是听说过关于韦尔斯曼的事情。

"嘿！"紧接着，哈克就回到老话题说，"哪个要是搞到了威士忌，那钱也就肯定会落在他手里。反正，我们两个是发不了财了。"

"哦，哈克，那财宝根本就不在二号里！"

"你说什么，汤姆？"哈克认真地盯着汤姆的脸。"难道你有了什么新的线索吗？"

"哈克，它就在洞里啊！"

哈克的眼睛闪闪发光。

"你再说一遍，汤姆。"

"钱就在洞里！"

"汤姆，你是开玩笑呢，还是说真的？"

"我当然不是开玩笑啊，你快跟我去，我们把它弄出来，好吗？"

"好，发个誓！只要我们做了记号，就可以找到回来的路，我肯定跟你去。"

"哈克，这次进洞，我保证不会遇到一点儿麻烦。"

"真是太好了，你怎么想到钱在那里的？"

"哦，先别急，哈克，你进去就知道了，如果拿不到钱，我甘愿把我的小鼓，还有其它所有的东西给你，我绝不反悔。"

"好，就这样。你说吧，我们什么时候动身。"

"现在就去，你看呢？只是，你的身体可以吗？"

"要进到很深的地方吗？我已经恢复有三四天的时间了，但是汤姆，我觉得最远也只能走一英里的路程。"

"哈克，要是其他人进洞，需要走五英里的路，但有一条近路只有我一个人清楚。哈克，我现在就带你划小船过去。我让它浮在那里，在回来的时候，我自己划船，根本用不着你动手。"

"好，汤姆，我们这就行动吧！"

"好，我们得准备点肉、面包，还有烟斗、两只小口袋、三根风筝线，再带一些他们叫火柴的那东西。上次在洞里，要是有些火柴的话，我想可能就会好些了。"

中午刚过，汤姆和哈克就乘人不在时"借"了条船出发了。

汤姆在离"空心洞"还有几英里的地方对哈克说：

"你看，哈克，这高崖从上到下没什么变化，没有房子，也没有锯木厂，就连灌木丛都是一个样。你再看看那边崩塌处的白色空地，那就是我们的记号之一。好了，我们现在就上岸吧。"

然后，汤姆和哈克上了岸。

"哈克，在这里用钓鱼竿就能够到我钻出来的洞，你一定可以找到洞口的。"

哈克后来到处找了一会儿，结果什么也没找到。汤姆非常得意地迈着大步走到一大堆绿树丛旁说：

"哦，哈克，找到了！你看，洞就在这里。这是一个最隐蔽的洞口，你不要告诉别人。我早就想做一个强盗了，我很清楚需要这样一个洞来藏身。但到哪里可以碰到这样理想的洞是很费神的，不过，现在有了，可是必须要保密。我们只能让乔·哈帕和本·罗杰斯进洞，因为我们必须结成一个团伙，否则的话，是没有什么派头的。汤姆·索亚这名字听上去挺响的，是不是，哈克？"

"嗯，汤姆，是挺响的，但抢谁呢？"

"遇到谁就抢谁吧，拦路抢劫不都是这样干的？"

"要杀人吗？"

"不，不会老是杀人，而是把他们撵到洞里，然后让他们拿钱来赎？"

"什么叫'赎'？"

"就是用钱换人，让他们把所有的钱都拿出来。连朋友的钱也要拿来，要是一年内不送上赎金的话，我们就放他们的血，一般就这样干。但别杀女人，只把她们关起来就好了。她们长得总是非常漂亮，也很有钱。不过，她们要是被抓住的话，就会吓得要死。你可以摘下她们的手表或者拿别的什么东西，但对待她们必须要摘帽，以表示我们是很有礼貌的，不论是读什么书，你都会了解到，强盗是最有礼貌的人。然后，女人会慢慢对你产生好感，等在洞里待上一两周后，她们就不哭了，随后就算你要放她们走，她们也不愿意走了。就算你把她们带出去，她们也会转过身，直接返回来的。我记得在很多书上都是这么写的。"

"嘿，真是太好了，汤姆，当强盗要比做海盗强多了。"

"是有些好处，因为这样做离家会近些，要看马戏什么的也非常方便。"

这时，一切都准备好了，汤姆和哈克就开始钻进山洞。汤姆带头走，他们两个好不容易才走到通道的另一头，然后就系紧捻好的风筝线，又继续朝前走。没走几步路，他们就来到了泉水处，汤姆浑身都在发抖，他让哈克看墙边泥块上的那截蜡烛芯，跟他讲了自

己和贝基两个人在当时看着蜡烛火光摇曳，一直到最后熄灭时的心情。

洞里死气沉沉的，静得吓人。汤姆和哈克开始压低嗓门低声说话。他们又朝前走了几步，很快就钻进另一个通道，一直来到了那个低凹的地方，借着烛光他们发现，这个地方并不是悬崖，只是一个二十英尺高的陡山坡，汤姆悄悄地对哈克说：

"哈克，我现在让你看样东西。"汤姆把蜡烛高高举起说："你尽可能地朝拐角处看，看见了吗？就在那边的大石头上，有蜡烛烟熏出来的记号。"

"汤姆，我看到一个十字！"

"那么，你的二号呢？就在十字架下，不是吗？哈克，我就是在那里看到印第安·乔伸出蜡烛的！"

然后，哈克就盯着那神秘的记号看了一会儿，颤抖着声音说：

"汤姆，我们还是出去吧！"

"什么？出去？你不要财宝了吗，哈克？"

"是，我不要财宝了。我总觉得印第安·乔的鬼魂就在附近。"

"哦，哈克，不在这里，肯定不在这里。他死的地方离这里还有五英里远呢。"

"哦，不，汤姆，它不在那里，我敢保证它就在钱的附近，我很清楚鬼的特性，这你是知道的。"

汤姆也动摇了，他很害怕哈克说的是对的，他也在怀疑，不过，他很快就想到了一个办法：

"嘿，哈克，我们两个真是太傻了。印第安·乔的鬼魂怎么可能在有十字的地方游荡呢！"

汤姆这下可说到重点上啦，他的话的确起了很大的作用。

"嘿，汤姆，我怎么就没想到十字还能避邪呢。我们的运气真是太好了。我想我们应该从那里爬下去再去找那箱财宝。"

　　汤姆首先下去，他一边往下走，一边打一些粗糙的脚蹬儿。哈克就跟在他的后面，有大岩石的那个石洞分出四个叉道口。汤姆查看了三个道口，但结果没有看到什么东西，后来在最靠近大石头的道口里，他们找到了一个小窝，里边有一个铺着毯子的地铺，还有个旧吊篮，一块熏肉皮，两三块啃得干干净净的鸡骨头，但就是看不到钱箱。汤姆和哈克找了好多遍，始终没找到钱箱，因此，汤姆说：

　　"他说是在十字下，你看，这不就是最靠近十字底下的地方吗？我想他们不会藏在石头底下吧，下面可是一点缝隙都没有啊。"

　　他们又四处找了一遍，然后丧气地坐了下来。哈克想不到一点儿办法，最后还是汤姆开了口：

　　"嘿，哈克，在这块石头的一面泥土上有脚印和蜡烛油，可是另一面什么都没有。你好好想想，这是因为什么呢？我敢保证钱就在石头下面，我一定要把它挖出来。"

　　"很好，汤姆！"哈克激动地说。

　　紧接着，汤姆就掏出正宗的巴洛刀，还没挖到四英寸深就碰到了木头。

　　"嘿，哈克，你听到木头的声音了吗？"

　　后来，哈克也开始挖，没过多久，他们就把露出的木板移开，这时，他们看到了一个通往岩石下的天然裂口。汤姆举起蜡烛钻了进去。他说看不到裂口的尽头，想进去看一下，因此，就弯着腰穿过了裂口。路越来越窄，慢慢地朝下面通去。他先朝右走，然后又朝左走，曲曲弯弯地沿着通道朝前走，哈克就跟在汤姆的后面。后来，汤姆进了一段呈弧形的通道，不久之后，他大声喊道："哦，上帝！哈克，你看这是什么？"

　　没错，宝箱就藏在一个小石窟里，附近有个空弹药桶，还有两只装在皮套里的枪，两三双旧皮鞋，一条皮带，另外有些被水浸湿了的破烂东西。

"哦，我们终于找到财宝了！"哈克一边说着，一边用手抓起一把变了色的钱币。"汤姆，我们发财了。"

"哈克，我就一直认为我们会找到的，真是太难以置信了，财宝终于到手了！嘿，别傻呆在这儿，我们必须赶紧把它拖出去，我来试一下，看看能不能搬动。"

箱子有五十磅重，汤姆费了好大的力气才把它提起来，可是要提着走就特别费劲。

"我早就猜对了。"他说，"我那天在闹鬼的房间里看到他们拿箱子时，也是非常吃力的，嘿，我们带来的这些小布袋子正好能用上。"

钱很快就被装进了小袋子里，汤姆和哈克把它搬上去，然后拿到十字岩石旁。

"汤姆，我现在就去拿枪和其它东西。"哈克说。

"别拿，不要去动那些东西，要是我们以后当强盗的话，会用得着那些东西的，现在就放到那里。我们一定要在那里聚会，痛饮一番，那可是一个难得的好地方啊。"

"什么叫痛饮一番？"

"我也不清楚，但强盗们总是聚会痛饮，我们当然也要这样做。哈克，快走，我们待在这里的时间太长了，现在已经很晚了，我也觉得饿了，等我们到了船上就可以吃东西和抽烟了。"

汤姆和哈克出来后就钻进了绿树林，小心谨慎地观察周围，确认岸边没人后，才开始上船吃饭、抽烟。

太阳快落山时，汤姆和哈克撑起船离开了岸边。黄昏中，汤姆沿岸边划了很久，他一边划，一边高兴地和哈克聊天。天刚黑，汤姆和哈克就上了岸。

"嘿，哈克。"汤姆说，"我们把钱藏到寡妇家柴火棚的阁楼上，我早上回来就数一下钱，然后分掉，再到林子里找个安全的地方把它放好。你就待在这里别动，看着钱，我去把本尼·泰勒的小车子偷来，我很快就回来。"

汤姆说完就消失不见了，没过多久，他就带着小车子回来。他把两个小袋子先扔上车，然后再盖上一些烂布，拖着钱出发了。他们来到韦尔斯曼家后，就停下来休息。当正要准备动身离开时，韦尔斯曼走出来说：

"嘿，那是谁呀？"

"哦，是我们两个，哈克和汤姆·索亚。"

"真是太好了！你们快跟我来，大家都在等你们呢。快点，我来拉车。嘿，怎么不像看上去那样轻呢？是装了砖头吗？还是装了什么破铜烂铁？"

"是烂铁。"汤姆说

"我也觉得像，我知道镇上的孩子就是喜欢东找西翻，弄些破铜烂铁卖给翻砂厂，最多也不过换六个子，如果是干活的话，就能挣双倍的钱，就是这样的。哎，不说了，快走吧！"

汤姆和哈克想知道为什么催他们快走。

"你们不要问了，等到了寡妇家就清楚了。"

由于常被人诬陷，所以哈克心有余悸地问道：

"琼斯先生，我们可什么事也没干呀！"

韦尔斯曼听到后笑了一下。

"哦，我不是很清楚，哈克，我也不清楚是什么事，你跟寡妇的关系不是很好吗？"

"是的，不管怎么说，她一直都对我非常好。"

"这就好了，那么，你还有什么值得害怕的吗？"

哈克的脑子反应很慢，还没转过脑筋来就和汤姆一起被推进道格拉斯夫人家的客厅。琼斯先生把车停在门后，也跟了进来。

客厅里灯火辉煌，镇里有头有脸的人物全都聚集在这里了。他们是撒切尔一家、罗杰斯一家、哈帕一家、玻莉姨妈、玛丽、牧

师、希德、报馆撰稿人，还有很多的人，大家的衣着全都很讲究。寡妇热忱地接待汤姆和哈克，这样的孩子谁见了都会伸出热诚的手。汤姆和哈克全身都是泥土和蜡烛油。玻莉姨妈看到后臊得满脸通红，皱着眉朝汤姆不停地摇头。他们刚才在山洞里可是受了大罪呢。

琼斯先生说：

"汤姆当时不在家，因此，我就没再继续找他了，但我恰好就在门口碰上他了，他和哈克正好在一起，所以，我就赶紧把他们两个弄到这里来了。"

"哦，你做得不错。"寡妇说，"你们跟我来吧。"

她把汤姆和哈克领到一间卧室，然后对他们说：

"你们先洗个澡，然后换件衣服。这是两套新衣服，衬衣、袜子都已经准备好了。这是哈克的。哦，不，你用不着道谢，哈克，一套是我拿来的，另一套是琼斯先生拿来的。不过，我保证你们穿上一定会觉得很合适的。穿上吧，我们等着，你们穿好就下来。"说完，寡妇就走了出去。

## 第三十四章　人小鬼大

"汤姆，如果弄到绳子，我们就能滑下去，窗户距离地面不怎么高。"哈克说。

"瞎说什么，为什么要溜走呢？"

"和一大群人在一起有些不习惯，总而言之，我是不会下去的，汤姆。"

"哼，真让人讨厌！下去就下去，有什么大不了的，我一点儿都不在乎，我会照应你的。"

这时，希德进来了。

"嘿，汤姆！"他说，"玻莉姨妈整个下午都在等你，玛丽也为你准备好了礼服，现在大家都在替你担心呢。瞧，这不是黏土和蜡烛油吗？你看看，就在你的衣服上。"

"行了，希德先生，你就别管了。今天，他们因为什么在这里大吃大喝？"

"哦，是这样的。这是寡妇家的宴会，她经常邀请客人。这次是为了韦尔斯曼和他儿子才举行的，以酬谢他们的救命之恩。嘿，你想了解更多的东西吗？我现在就可以对你说喔。"

"嗯，是什么事呢？"

"什么事！今天晚上，老琼斯先生有个惊人的消息要告诉这里的人。我听到了他和姨妈谈的这件事，但现在，我觉得这已经不算是什么秘密了。事实上，大家都知道这件事了，寡妇也知道，但她却在尽力掩饰。琼斯先生试图要哈克出席，因为要是哈克不在场的话，他是不能说出那个大秘密的！"

"希德，究竟哪方面的秘密？"

"就是哈克跟踪强盗到寡妇家的那件事情啊。我想琼斯是想通过这件事来个一鸣惊人，但我敢打赌，他肯定会失败的。"

说完后，希德心满意足地笑了。

"希德，我想是你把秘密泄露出去的吧！"

"嘿，你就别管是谁做的，总之，有人已经泄露了那个秘密。"

"希德，我很清楚全镇只有一个下流的家伙会这样做，那个人就是你。如果你是哈克的的话，我想你早就溜了，肯定不会向人报告强盗的消息。我就知道，你只会做这些卑鄙龌龊的事，你就不乐意看到做好事的人受到表扬。好，我就照寡妇的说法赏你一个'不用道谢'。"

汤姆一边说，一边打希德耳光，连踢带推的把希德撵出了门外。

"好了，你赶紧向姨妈告状去吧，要是你敢的话，明天就有你好受的！"

寡妇家的客人在几分钟后都坐在了晚餐桌旁，十几个孩子也被安排在同一个房间里的小餐桌旁，他们就在那里规规矩矩地坐着，那个时候的习俗就是这样。过没多久，琼斯先生就做了一段简洁的发言，他非常感激寡妇为他和儿子举办这次宴会，但他又说，还有一个非常谦虚的人……

琼斯先生说了很多后，突然宣布这次历险中的哈克也在这里。人们立即显得异常惊讶起来，其实，他们是故意做这样一个表情的。要是在平常，遇上这样快乐的场面，人们听到秘密后会显得更加热闹的，但结果只有寡妇一个人表现出非常惊诧的表情。她不停地夸赞和感谢哈克，使得哈克差不多忘了在众目睽睽下穿着新衣时，那种不自然的感觉。

寡妇说她想收养哈克，并供他上学接受教育，等有了钱就让他做生意。这个时候，汤姆终于能搭上话了，他说：

"其实，哈克不需要这些，他有钱了。"

虽然这话听上去很可笑，但在座的来宾碍于面子，都忍着没笑出声来。不过，场面倒显得尴尬起来。最后，还是汤姆打破了

沉默。

　　"哈克已经很有钱了，可能你们现在还不相信，但他真得有很多钱。嘿，你们不要笑，过一会儿，我会让你们看到的。"

　　说完，汤姆就跑到门外。现在，那些人都迷惑了，大家都奇怪地看着，有的人去问哈克，但他像结巴了似的，说不出话来。

　　"希德，你知道汤姆得什么病了？"玻莉姨妈问道，"哦，我一直都不了解他。"

　　希德还没说话，就看到汤姆费力地背着口袋走了进来。他把黄色金币倒在桌上，说：

　　"你们看！这下，你们信了吧！一半是我的，一半是哈克的！"

　　在座的人全都大吃了一惊。大家的眼睛死盯着桌面，一时间说不出话来。然后，大家要求汤姆把事情的原委说出来。汤姆满口答应，因此，他就把事情的经过说了一遍，话听起来虽然很长，但大家都听得津津有味，没人打断汤姆的话。等汤姆说完后，琼斯先生说道：

　　"原本以为我今天会让大家惊奇一下的，但听了汤姆的话后，我想我所说的根本就不够惊奇了。"

　　钱被数了数，一共是一万二千美元。在座的人当中，有的家产虽然比这还多，但一次就看到这么多的钱，对他们来说还是头一回。

# 第三十五章　哈克与"强盗"为伍

汤姆和哈克两个人意外地发了大财，一下子就轰动了圣彼得堡这个穷乡僻壤的小村镇。他们的发现不仅钱多，而且还是现金，真让人难以相信自己的眼睛。人们到处都在议论这件事，并对他们表示出羡慕之情。圣彼得堡镇上每间闹鬼的屋子现在都被人们掘地三尺，就连木板都被一块块拆掉，就只为了可以找到财宝，而且这些事情全是大人们做的，有一部分人做得还非常有兴致，也很认真。汤姆和哈克两个人不管走在哪里，都被人们巴结着，有的表示出羡慕之情，有的则睁大眼睛盯着他俩看。汤姆和哈克忘记了他们说的话以往在人们的心中并未占有什么分量，但现在不同了，不管他们说什么，人们都看得非常宝贵，到处重复着他们两个的话，就连他们的每一个举动，都被认为有着极其深刻的意义。汤姆和哈克明显已经失去了作为一个普通人的资格，更夸张的是，有人竟然还收集了他们两个人过去的资料，并说他们两个在以前就显现出种种不平凡。村镇里的报纸竟然还刊登了汤姆和哈克的小传。

道格拉斯寡妇把哈克的钱拿出去按六分的利息放债，玻莉姨妈委托撒切尔法官以相同的利息把汤姆的钱也拿出去放债。汤姆和哈克现在都有一笔数目很大的收入。通常的日子和半数的星期日，汤姆和哈克每天都有一块大洋的收入。算起来，这笔钱是一个牧师一年的收入，不，更准确说的话，牧师是拿不到那么多的，仅仅是上面先给他们开张票据罢了。那个时候，生活费用是很低的，一元二角五分钱就够一个孩子上学、住宿、吃饭，就连穿衣、洗澡等都包括在里面了。

撒切尔法官非常器重汤姆，他认为汤姆绝对不是一个平凡的孩子，要不然他是不会救出他女儿的。当他听到贝基偷偷对他说，汤姆曾在学校替她挨过老师的鞭打时，法官真是感动极了。贝基恳求父亲能够原谅汤姆，汤姆撒大谎主要是为了替她挨打，法官的情绪

非常激动，他大声地说，那个谎言是高尚的、是善意的，它是一个慷慨且宽宏大量的谎话，它完全有资格永垂青史，跟华盛顿那句曾大受人们赞美关于斧头的老实话一样（据说，华盛顿总统在小时候曾用父亲给他的一把小斧头将一棵樱桃树砍掉，当父亲追问起来的时候，他并没畏惧受罚，反而很诚实地承认了自己的过错）。贝基看到父亲踏着地板、跺着脚说这句话时显得非常了不起，她从来没看过父亲有这样的神情。于是，她直接跑去找汤姆，把这事告诉了汤姆。

撒切尔法官希望汤姆将来能成为一名大律师或者是一个很有名的军人。他说他准备把汤姆送进国家军事学院，然后再把他送到最好的法学院接受教育，这样的话，将来不管是当律师、做军人，还是身兼两职都没什么问题。

哈克·费恩有了钱后，又受到了道格拉斯寡妇的监护。于是，他也踏入了社交圈子，事实上是不应该这么说的，他其实是被拖进去或者是被扔进去的，因此，哈克觉得非常痛苦。寡妇的佣人帮他又梳又刷的，弄得他非常干净整洁，每天晚上又给他换上冰冷的床单。他吃饭必须要用刀叉，还要用餐巾、碟子和杯子；他又必须上学，上教堂进行礼拜；他还必须要谈吐斯文。总之，不管走到什么地方，哈克的手脚都被文明紧紧地束缚着。

就这样，哈克像是在忍受煎熬一样，硬着头皮度过了三个星期。然后有一天，他突然不见了。寡妇非常焦急，到处寻找哈克，整整找了两天两夜。人们也非常关注这件事情，他们到处寻找哈克，有人甚至还到河里去打捞。到了第三天凌晨时分，聪明的汤姆就在破旧的屠宰场后面的一个破旧空桶中发现了哈克，原来，哈克就是在这里过夜的。他似乎刚吃过早饭，吃的东西都是他偷来的一些剩余饭菜。

哈克嘴上抽着烟，正舒服地躺在那里歇息。他邋遢不堪，蓬头垢面，穿着往日快快活活时那套有趣的烂衣服。汤姆把他撵出来，

告诉他他已经惹了麻烦，要他快回家。哈克脸上悠然自得的神情消失了，马上露出一脸的愁相。他说：

"汤姆，别提那事了，我已经试过了，没有用的，汤姆。那种生活不适合我过，我不习惯。寡妇待我好，可是我受不了那一套。她每天早晨叫我按时起床；她叫我洗脸；他们还给我使劲地梳洗；她不让我在柴棚里睡觉。汤姆，我得穿那种倒霉的衣服，紧绷绷的，有点不透气。衣服很漂亮，弄得我站也不是，坐也不行，更不能到处打滚。我已经很长时间没有到过别人家的地窖里了，也许有许多年了。我还得去做礼拜，弄得浑身是汗，我真恨那些一文不值的布道词！在那里我既不能捉苍蝇，也不能嚼口香糖，星期天也不能整天赤脚。吃饭、上床睡觉、起床等，寡妇都要按铃，总而言之，一切都井然有序，真让人受不了。"

"哦，我说哈克，其实大家都是这样子的啊。"

"汤姆，你说的没什么不对，但我不想和大家一样，我就是难以忍受，那种束缚真的让人受不了。况且，丝毫不费力气就可以弄到吃的东西，我实在不喜欢这种吃法，就连钓鱼也必须先求得寡妇的允许，去游泳还得先问问她，干什么事都必须先问她才行。说话还得斯文一些，我真是适应不了！因此，就只好跑到阁楼顶上抽一会儿烟，这样嘴里才会觉得有些滋味，要不然，还真不如死掉算了，汤姆。寡妇不允许我抽烟，也不让我在人们面前大声说话，或者是大声喊叫，更不准我伸懒腰和抓痒痒……"紧接着，哈克就显出一副非常厌烦和委屈的模样。"还有啊，她每天都祈祷个不停！打我记事起，就从来没见过像她这样的女人。哦，汤姆，我必须得偷偷溜走，不溜不行啊，况且，就快开学了，我不溜的话，就得上学，你说我怎么能受得了呢？嘿，汤姆，其实，并不像人们说的那样，发财是个很愉快的事情，我看发财根本就是发愁、受罪嘛，结果把你弄得真想死去。这儿的衣服我穿上去觉得很合适，在桶里睡觉感觉也很好，我是不准备离开这儿了。汤姆，如果不是因为那些

219

钱，我根本就不会碰到这么多让人厌烦的事情，现在，你把我的那份钱也拿去吧，只要偶尔给我几毛钱够花就行了，因为我认为轻而易举得到的东西并不能显示出有多大的价值。我恳求你，到寡妇那里为我说说吧！"

"哈克，你是知道的，我绝对不可以这样做，这不合适。如果你再适应上几天，我保证你会喜欢上那种生活的。"

"那种生活就像坐在热炉子上很长时间一样难受，我才不干呢！汤姆，我不想当什么有钱人，也不愿意住在那个闷热倒霉的屋子里。我喜欢河流、森林，以及那些大桶，我是绝对不会离开这些东西的。真是太不走运了，我刚弄了几条枪，并且还找到了一个山洞，正想去当强盗的时候，却偏偏碰上了这种事情，太扫人兴致了。"

汤姆似乎找到了一个很好的机会。

"嘿，哈克，有钱也可以当强盗啊。"

"真的吗，汤姆？"

"当然是真的，千真万确。但我们不能接受不体面的人加入，哈克。"

哈克的兴致立即被打消了。

"不让我加入吗，汤姆？你不是还让我当过海盗吗？"

"我是让你当过，但这跟加入没什么关系，总之，强盗要比海盗格调更高。在很多国家，强盗算是最上流的人物，他们都是一些诸如公爵之类的人物。"

"哦，汤姆，你一直对我非常好，不是吗？我相信你是会让我加入的，对吧，汤姆？"

"哈克，我很想让你加入，也很想那样做，但我要是让你加入的话，其他人又会怎么说呢？他们肯定会很不屑地说：'瞧！汤姆·索亚那帮乌合之众，都是一些低贱的人。'哈克，你应该清楚，这是在说你啊。你不喜欢听到他们这么说你，我也不喜欢。"

哈克沉思了一会儿，他的思想非常矛盾。不过，最后他还是开口说：

"好，我再回到寡妇家里适应上一个月，看能不能喜欢上那种生活，但你肯定会让我加入，对吧，汤姆？"

"好吧，哈克，就这样定了！走，我去跟寡妇讲清楚，让她对你的要求松一些。"

"你答应了吗，汤姆？哦，这真是太好了。要是在一些难的事上她能宽容一些，我就能在背地里抽烟和诅咒了。哼，要不就挺过去，要不就完蛋。汤姆，你准备什么时候结伙当强盗？"

"从现在就开始。我们把孩子们聚集在一起，今晚说不定就举行入伙仪式。"

"举行什么，汤姆？"

"举行入伙仪式。"

"什么叫入伙仪式呢？"

"就是发誓彼此帮忙，永远不泄密。就算被剁成肉酱也不能泄密。要是有人伤害了你，就把他以及他的家人都干掉，一个也不剩。"

"这真是太好玩了，汤姆。"

"是，我是觉得很好玩。发誓仪式必须在半夜举行，我们要选择在最隐蔽、最恐怖的地方做。我看闹鬼的房子最好，但可惜的是，都被拆了。"

"汤姆，半夜的时候做是很好的。"

"嗯，还要向棺材起誓，咬破手指头签名。"

"这才真像一回事啊！我看要比当什么海盗强一万倍。汤姆，我决定跟寡妇在一起，一直到死。如果我能成为一个很有名气的强盗的话，我想每个人都会提起我的，寡妇也会为自己把我从困境中解救出来而感到很骄傲的。"

## 结语

　　故事到这里该结束了。因为这的确是一个儿童的故事，所以我写到这里之后就必须搁笔，如果我还想一直写下去，就得涉及成人时期了。我很清楚，如果是写成人的故事，只要我写到结婚成家就可以了，但是写青少年，就必须见好就收。

　　这本书中的人物有许多现在仍然健在，他们依然还过着富裕快乐的生活。如果有朝一日我再来续写这个故事，读者可以看一下原来书中的小孩子们长大后都做了些什么，这也许是件很有意义的事情。正因如此，眼下我最明智的做法，就是暂时不要越俎代庖。